水的記憶之旅

山田登世子　著

章蓓蕾　譯

目錄

第十一章　海與寶石　323

第一章

草地上的野餐

踏青

又是大地吹拂著誘人的幸福氣息的季節。五月裡陽光普照，莫泊桑（Henri Rene Albert Guy de Maupassant, 1850-1893，法國作家，自然主義文學的代表性作家）的短篇小說《春》從一開頭便是描寫陽春清爽的氣氛。

充滿陽光的春季好天終於來臨。大地回春，新綠甦醒，和暖的空氣撫人肌膚，長驅直入地闖入我們的胸懷，最後滲透到心臟底層。一種渴望幸福的慾望油然而生，這是一種難以名狀的感覺。我渴望放步奔跑、我渴望低頭猛走，我也想談一場戀愛，我更想把春天吞下去。這樣的慾望從胸中不斷湧現出來。

「想要吞下春天」的慾望像是一種季節病，不時地襲上巴黎人的心頭，這就好像低垂的濃霧總惹得倫敦人想要自殺一樣。春天一到，新綠的芳香引誘著大批人群湧往郊外。

路易・塞伯斯汀・梅爾歇（Louis-Sebastien Mercier）在他的*Tableau de Paris*中描寫過週末郊遊的景色。「每到星期假日，緊閉的店門告訴大家商店全都打烊休息。中產階級的人們從一大早就開始裝扮自己。表面上，他們像是忙著趕去望彌撒，但實際上，他們一心掛念的是彌撒之後的一整天都能過得自由愜意。人們紛紛準備前往帕西（Passy）、奧圖悠（Auteuil）、維生、布隆尼（Boulogne）等森林野餐。」這篇文章是梅爾歇在一七八二年所寫的。我們從文中可以看出，當時人們已逐漸形成一種在朝聖日出門遊玩的風氣。一個世紀之後，春季的陽光比當時吸引了更多遊人走到野外的草地郊遊。十九世紀末，野餐曾是風行一時的休閒活動。譬如著名畫家馬奈（Edouard Manet, 1832-1883，法國印象派畫家）的「草地上的野餐」，以及莫內（Claude Monet, 1840-1926，法國畫家）所繪的同名作品，都是表現巴黎人郊遊行樂的風景。

根據上述文學及美術作品來看，我們得知巴黎市郊附近擁有相當範圍的空間以供郊遊踏青。十八世紀末期的巴黎市只有十二區，整個市區被名為「納稅人之牆」的城牆所圍繞。梅爾歇文中列舉的綠地則全部位於巴黎城牆之外。帕西、奧圖悠、布隆尼等三處森林位於巴黎之西，維生森林則位於巴黎市區以東，這片森林從進入十九世紀之後基本上並無任何變化，仍然是一片保有原始風味的田園。一般大眾比較喜愛造訪的是維生和布隆尼兩處森林。不過，在第二帝國時期之後，這兩處森林都成為巴黎市政府管轄的公園。後來，巴黎經過郝斯曼（Haussmann）的改造計畫擴大面積，城牆外圍的腹地也被闢為市地。到了一八六〇年時，巴黎市從原本的十二區增加為二十區。整個市區以舊有的十二區為中心，重新在其周圍闢出八個新區，而巴黎市區外圍幾乎朝外延展了一倍左右。到了一八四〇年代，提葉爾又將市城牆改築爲軍用城牆。

隨著巴黎市區的拓展，巴黎人的郊遊活動範圍也跟著擴大。莫泊桑生活的那個世紀末，最受人歡迎的地區是上面介紹的城牆外圍部分。因一般人都對新闢出來的郊外感到好奇，這些地區便成爲最佳的休閒勝地。當時更由於鐵路的基本建設急速發展，大眾出外郊遊的範圍也因而擴大。讓我們再來看看莫泊桑的另一篇短篇小說，書名就叫做《野餐》。莫泊桑在文中對十九世紀末的野餐場所詳細描繪，其準確度令人想要稱他爲「活地理」。

那是講述一家做金屬鍋類生意的商家，一家人穿著絲綢的禮服，僱了馬車，打算出門去享受一年一度的郊遊盛事。馬車終於往郊外的田園奔去……

> 沿著種滿行道樹的香榭大道往前行，通過馬悠門（Maillot）之後，眼前呈現出一片郊外景象。等到我們來到努易（Neuilly）橋前，迪富爾對大家說：「好，快到鄉間了！」馬車接著來到庫爾布勃瓦的圓形廣場前，遠處的地平線一望無際，眾人忍不住同聲發出驚嘆。遙望遠方，右邊依稀可見阿爾疆多（Argenteuil）小鎮，鎮上教堂鐘樓聳立，更遠處的薩諾瓦山丘和奧魯朱蒙風車隱約可見。我們又向左邊望去，馬利水道橋（Le Pont Marie）像是掛在清晨的晴空之上，再向遠處，還可看到聖傑爾曼高原。

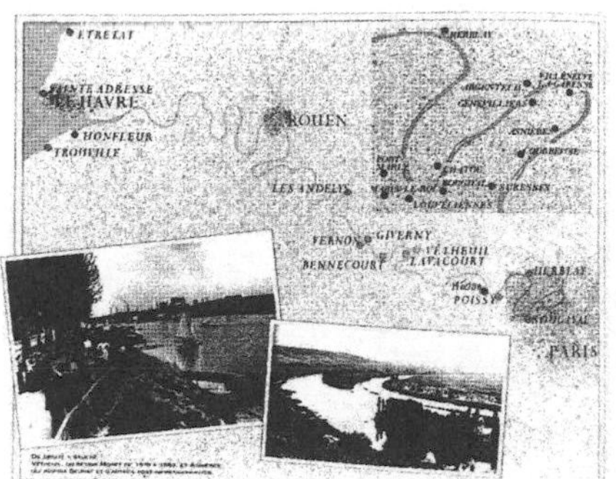

●上右：莫內所繪的「草地上的野餐」。
●上左：印象派時代的塞納河畔，從此處能遠望巴黎西郊。
●下：畢沙羅（Camille Pissarro, 1830-1903）的「蒙摩拉西森林的野餐」。

在陽光普照之中，我們再次越過塞納河。「橋上風景眞是美極了。河水反射著陽光，水面上的蒸氣緩緩上升，像是要被太陽吸上天去似的。大家用力吸進一口不同於平日的清爽空氣，一陣清新重生之感鑽入心田，使人體會到舒適安心的滋味。」莫泊桑這段文字形容的地區是在巴黎西郊，那是位於馬悠城牆外到塞納河畔之間的一片田園地帶。至於目前大家熟知的高級住宅區努易與奧圖悠，都是後來才新開發出來的，而從這塊地區更向西面展開的那片廣大範圍，則是名副其實的鄉間。正像莫泊桑所說，「一般市民整年都關在黑暗的帳房裡面度日，他們不僅沒有機會看到綠色，也沒機會到野外去散步。」對這些人來說，鄉間實在是他們「平日憧憬已久的夢想」。因此，即使巴黎正在急速加緊其現代化，住在巴黎的人們卻深深愛好到草地上去吃午餐。

類似莫泊桑對田園鄉間的描寫，福婁拜（Flaubert）也在他的小說《布法羅與佩居謝》（*Bouvard et Pecuchet*）裡面提到過。福婁拜曾企圖在這篇小說裡列舉當時巴黎流行的娛樂，所以當然就不能不提到巴黎人「平日憧憬已久的夢想」。福婁拜寫道：

> 穿過花市河岸，平日憧憬已久的夢想又被喚醒。於是，有一個星期天，他們起了個大早趕著出門去。一路上經過木頓、貝爾布、舒雷努、奧圖悠，整整一天裡，他們漫步在葡萄園中，時而駐足園中摘取小徑兩旁的罌粟花，時而躺在草地上休息，時而暢飲牛奶，

那天的午餐是在刺槐樹下的小咖啡館裡吃的。直到天黑之後，兩個人才拖著滿身塵土回家，他們感到既疲倦又興奮。從那天之後，他們便經常到郊外散步。

文中所提到的木頓、貝爾布、舒雷努、奧圖悠等地都在巴黎西郊，和莫泊桑描寫的野餐地點相同。這塊田園地帶之所以吸引遊客，主要是因爲正好近水。貫穿巴黎東西兩邊的塞納河流出城牆之後，像是畫出一個大大的M字，直向西北蜿蜒流去，然後繼續北上至諾曼地平原，再流入英法海峽。而曲折蛇行的塞納河畔的鄉間不只是有水有樹，也是巴黎人喜愛的地方。

大衆的小憩

原野和水，以及反射在水中的陽光——說到這裡，各位可能已經注意到，我們在上面向各位介紹的休閒勝地剛好和印象派畫家關係都很深遠。譬如提起阿爾疆多，大家就會想到莫內，提起馬利水道橋，就想起西斯萊（Alfred Sisley, 1839-1899）一樣，而秀拉（Georges Pierre Seurat, 1859-1891）所繪的阿尼厄爾（Asniers）浴場也是在巴黎西郊。由此可知，印象派畫家的誕生和同時期風行一時的郊遊娛樂之間有著密切的關係。大家都知道，十九世紀末期的藝術作品主題主要都是無形的水、光和空氣。大家不能忽視的一點是，這類有關氣象現象的想像力和某些特定場所之間必然存在著緊密的關係。而印象派的風景畫剛好就誕生在上述的巴黎市郊。因此在討論寫生這種繪畫方法之前，大家不要忘記，同一時代還有比藝術涵蓋更廣的文化背景，那就是大眾都對鄉間活動極有興趣。

是的，印象派所表現的「水與光」這個題目大致是包含在當時的娛樂活動範圍裡。下面就讓我們來看看莫泊桑寫的另一篇短篇小說，讓我們跟隨小說的主角，一塊兒順著塞納河划向郊外去看看吧。提到水路，當然就得坐蒼蠅船（**bateau-mouche**，譯註：專指巴黎塞納河上的遊艇），對於當時巴黎的交通狀況，我們在本書後面的章節裡還會詳細介紹，現在我只請大家把注意力集中在巴黎郊外的風景。因爲以城牆爲分界線，巴黎城內外的風景將會變得截然不同。因此最值得注意的就是這條分界線。現在就讓我們乘著水路越過這條界限吧。

請大家假設導遊正站在船頭向我們做簡介，船外景色不斷地從眼前消逝。「船身划過河岸，岸上的樹木、人家與橋樑飛逝而過，猛然間，橫跨整個河面的巨型波望迪朱爾（**Point du Jour**）高架橋印入我們的眼簾。從這兒起，我們就要離開巴黎，朝向鄉間駛去了。穿過高架橋的雙層拱橋之後，塞納河像是突然獲得自由與空間似的，整個河面極力伸展，化身爲一條美麗的河流緩慢地向原野流去。」

優雅平緩地奔流在原野上的塞納河，多少印象派畫家所繪的風景都散佈在這片郊外土地上。譬如說，從阿爾疆多更往西去，有一個山丘叫做美森拉斐特（Maison Lafit），且看我們的導遊如何介紹：「那山丘整面都開滿了紫丁香。一片名副其實的淡紫花海迤邐地蜿蜒到兩三公里外的村莊。這片廣大的地面像是鋪上了一層花朵織成的地毯。」而那光明耀眼的陽光則細碎地撒在淡紫色的花丘之上。從城牆外面延伸出來的這片郊外土地上，遍佈著充滿「綠色與水」的幸福景色。

就在莫泊桑寫下上述作品的同時，于斯曼（Joris-Karl Huysmans, 1848-1907，法國小說作家，最初從自然主義作家出發，之後轉爲撰寫唯美小說，並喜描寫神祕學世界）針對巴黎郊外地區以報導文學風格寫下一篇文章，這篇被訂名爲〈城牆周圍〉的散文還有一個副標題——「波望迪朱爾」。這個地名即是我們在前面介紹莫泊桑時提到的相同地點，換句話說，這也是巴黎和鄉間的一處分界點。然而兩相對照之下，莫泊桑的字裡行間所傾訴的是來自原野的喜悅，于斯曼筆下的鄉間風景變化卻是極眞實又刻薄。下面就請大家欣賞這篇散文的開頭第一段。

巴黎郊外現在已經成爲自然主義藝術家的世外桃源。新巴黎市區內雖然零星地住著一些稀奇得像寶石似的美國人，但他們是不會到這裡來的。你瞧這城牆附近有多少人哪！他們都是被這碩果僅存的一角吸引而來的。這些人爲了追尋田園的幻影，也爲了追求庭園

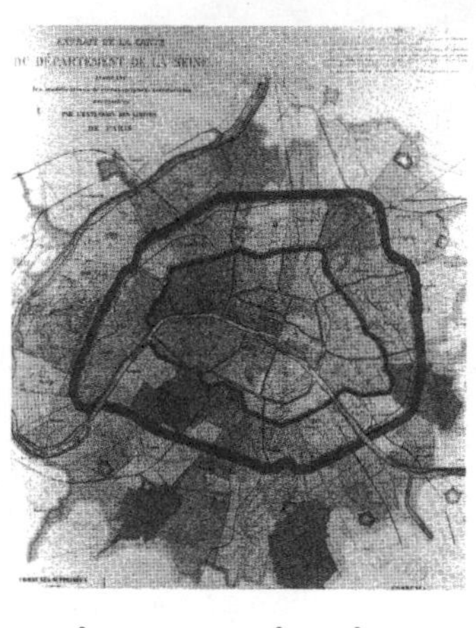

- 上：波望迪朱爾（Point du Jour）的遊艇碼頭。
- 中右：巴黎郊外即都市外圍區，田園與工業在此並存。畢沙羅（Camille Pissarro, 1830-1903）所繪的「旁多瓦斯附近的工廠」（1873）。
- 下右：莫內的「阿爾疆多的塞納河」（1873）。

的風味，即使是在星期天，他們也不畏辛苦地湧向這塊貧瘠的土地，哪怕只能嚐到一點田園氣氛，或是呼吸到一絲清新的爽快空氣都好。

這是自然主義的世外桃源。對於這裡所謂的世外桃源，于斯曼寫道：「人們已經看厭了繁華的街景，他們寧願和大眾雜處共浴，等到洗去身上的油垢之後，他們更想遠離人煙，獨自躲在冷清的角落，讓心靈獲得暫時的小憩。」對於上述那些人來說，到城牆外漫步閒逛時實在最適於進行冥想。于斯曼接著寫道：「而另一方面，也有很多人根本與夢想無緣，他們的腦中除了賺錢營生之外別無他物。只因為郊外特有的氣氛能讓哭鬧的孩子安靜下來，所以，對於這些人來說，郊遊不過就是一種娛樂和喘息而已。」

老實說，于斯曼這篇報導文學的重點其實是要描述後者「喧鬧行樂」的模樣。每到星期天，這些人全家穿上毫無品味的服裝，嘈雜喧嚷地趕急著出門。放眼望去，塞納河畔一家接著一家的廉價酒店和炸魚店，河面的橋上盡是不斷往來的汽車聲，附近工廠的煙囪放出陣陣煤煙的氣息，還有那隨處可見的「骯髒綠地」，以及像貓額頭那般小的庭園與田地……當然啦，塞納河畔也不是沒有垂柳低撫水面的畫面，四周也不乏陽光閃耀的美麗焦點，只可惜緊鄰著這些美麗風景畫面的，卻是齷齪的郊區景觀連綿不斷地延伸下去。于斯曼又乘船從城牆附近回到巴黎市內，他用筆記錄了沿途看到的各種景象，簡單地說，他只是不加選擇地記錄著一路上的風景。

于斯曼的文章讓我們發現一個有趣的事實，那就是印象派畫家曾經花費極大苦心去選取美的（譯註：而不是醜的）田園風景。但我在這裡想請讀者們注意的是，于斯曼在文章開頭所使用的是反諷描述。因為這塊巴黎城外的郊區之地只是嘈雜大眾飲酒作樂的樂園，孤獨的靈魂則壓根兒別想在這塊土地上獲得短暫的小憩。至少，每到星期天，我們從船上望向塞納河畔，岸邊草地上坐滿了「擾人心煩的家族」，而附近的酒店裡面，則滿是人潮，擠得人連氣都喘不過來。換句話說，人們原本為了躲避都市的喧譁才大老遠地跑到郊區來，可是到了之後才發現，其實這兒也和「大眾洗群澡」沒什麼分別。巴黎的居民因為嚮往綠色而樂此不疲地在星期天到草地上去野餐。事實上，與其說這種休閒活動是「孤獨心靈的避難所」，倒不如說是「大眾的小憩」。正是因為有這些巴黎大眾存在，莫泊桑的短篇小說才可能發展成為愛情故事，而那些樹蔭深處的「草地」才能搖身一變成為「談情說愛的舞台」。

波特萊爾（Charles Pierre Baudelaire, 1821-1867，法國詩人）曾經說過：「人類對人類的喜愛是超乎尋常的。人類逃離了都市，卻又去追尋其他的人類，這是人類又在田園鄉間建立都市的理由。」的確，我們走出都市就能看到郊區的田園風景，但田園景色當中也同樣地有大批人群聚集，田園其實也就是另一種都市。

像上述這種「田園即都市」的構造，主要是受到巴黎的都市空間構成所影響。而「草」和「都市」之間的關係則是關鍵所在。

窗外有藍天

說到巴黎郊外的大眾行樂景象，我不免想起另一幅和這種景象形成戲劇性對照的郊區風景。那就是和法國只有一海之隔的英國。提起英國，這個國家才算是眞正的原野之國，只有英國人才眞的懂得田園生活。老實說，法國從第二帝國時期興起的郊遊之風還是從英國吹過來的。

莫內的「野餐」和童話「愛莉絲夢遊仙境」都是在一八六五年完成的作品。小女孩愛莉絲掉進那個瘋狂又荒謬的地下世界之前，她正無聊地坐在草地上發呆，草地上的雛菊盛開，白兔奔跑，水邊的蘆葦隨風搖曳，這景色不正是典型的英國原野風光嗎？而英國的田園生活方式正好就是在第二帝國時期傳到巴黎來的。郝斯曼是受到崇拜英國的拿破崙三世的命令，才提出以建設綠地與植樹來改造巴黎的政策。舉個有名的實例來說，巴黎近郊的布隆尼森林便是爲了想學英國的海德公園而建的。換句話說，當時法國是全國上下一同接受並模仿英國式庭園。

然而，英法兩國欣賞田園的品味卻正好形成兩種相對的空間構造。巴黎人對於綠色的憧憬僅限於週末假日出門遠足；而英國人則將綠地與其住宅結合爲一體。說到這裡，我們必須說明一下「住在綠中」的觀念。

這種概念起源於十八世紀初，當時「繪畫庭園」（picturesque garden）的觀念正逐漸受到歡迎。波普（Alexander Pope, 1688-1744，英國詩人，古典派代表性人物之一）在自己的庭園裡挖掘洞穴，並築起曲折蜿蜒的小路。小徑之間還穿插了多樣的風景，波普因此成爲實踐「繪畫庭園」的先驅者，並因此獲得盛名。他住在倫敦西郊，而他美麗如畫的庭園就建在泰晤士河畔的推肯罕（Twickenham）。波普不僅首創風景庭園，他也是把住家搬到郊區的創始者。深爲人口過密而煩惱的倫敦人從此遠離都市塵囂，隱居田園鄉間，這種居住形式可說是從這時開始的。波普在他居住的洞穴門口掛著赫拉士（Horace，譯註：拉丁文全名爲Quintus Horatius Flaccus，西元前六十五年至西元八年，古羅馬詩人，奧古斯多時代的代表性詩人之一，與Vergilius齊名）的名言：「祕密小徑爲通往隱者之路。」我們從這句名言能深切感受到波普想將自己的庭園建造爲世外桃源的理想。

漸漸地，波普的田園式生活開始大規模地在泰晤士河南岸的庫拉帕姆村普及起來。我用「大規模」來形容這種風潮，主要是因爲當時倫敦的中產階級幾乎全都搬離了都市，不分等級地搬到郊外去居住了。據說，當時在背後主導開發庫拉帕姆村的中心人物是富裕的銀行家兼貿易商人孫同（Henry Thornton）和他的家人。這也表示，當時決定遠離都市，「住進自然」的中產階級，其實都是財力較為富裕的菁英人物。

羅勃特・費雪曼（Robert Fishman）曾在他的著作《中產族理想國》（*Bourgeois Utopias*）裡面詳細記述上述郊區都市形成的經過，他還把那些郊區稱之為「郊區族理想國」（Suburbia），隨著這個名詞的出現，英國人創造的住宅與工作場所分開的生活型態首度誕生。簡單地說，屬於「郊區族理想國」成員的工作場所是以都市為據點，而他們的私人居家生活則遠離塵囂。不僅如此，他們所選擇的住家地點還是免於工業污染的「綠中之家」。從此以後，英國的中產族都選擇隱居於自然之中，並將市中心的土地讓給中下階級。而這種由空間上的居住型態差異所引起的社會差異很顯然形成了一大問題。因為這些社會菁英將構成商業和工業的基礎——污染、密集、喧囂——劃上了負號，而為自然與家庭劃上了正號。他們拋棄城市，選擇遷往城牆外去居住。費雪曼在書中記述：「職業從家居裡抽離出來。中產族的豪宅和勞工族的住宅也被明顯地區分開來，從此，『郊區族理想國』的綠樹也和骯髒的都市所代表的灰色形成強烈對比。」

事實上，費雪曼所謂的「郊區族理想國」即是大型的「庭院」。每所住宅外圍的綠樹亦即隔絕在住戶與污穢的都市環境之間的分界線。上述這種住宅亦即是一種特權勢力範圍的象徵。我們前面提過的「如畫的庭園」是在私人庭院裡圍起一片自然風景，而「郊區族理想國」則把「如畫的庭園」建置在更大型的庭園風景當中。根據費雪曼的定義，所謂郊區族的首要定義是：「獨門獨院的房屋環繞在如同公園綠樹的庭院裡。」根據這個定義，「如畫」的「郊區族理想國」藏身於恬靜的翠綠之中，從此這裡成爲「私生活」的烏托邦。「郊區族」原本爲了遠離勞工階級而建成這種住宅，他們唯一希望獲得保障的就是隱私。對於這一點，費雪曼說明：「他們種植綠樹，是爲了不讓彼此看見對方。」「不讓彼此看見」即是隔絕他人的視線，亦即是「郊區族理想國」的綠樹所維護的理想道德。

「郊區族」的理想道德既然是忌諱他人偷窺自己的隱私，相對地，他們當然也不容許自己去偷窺別人的庭院。在「郊區族理想國」這片隱私的聖地之上，唯一被允許的行爲就是眺望青蔥的窗外景色。換句話說，每個人的眼睛所看的方向是由內向外的。更由於「郊外族」不斷研磨這種潛藏於內的修養，因此成爲醞釀維多利亞王朝僞善道德的溫床。

佛斯特（Edward Morgan Forster, 1879-1970, 英國小說家）曾在他的小說《窗外有藍天》（*A room with a view*）裡對於郊區族的心理詳加描寫。因爲佛斯特本身即是「郊區族理想國」的創始者孫同的子孫。對那些住在「郊區族理想國」裡的中產階級，佛斯特以辛辣的反諷語氣描寫他們僞善的道德。

小說中女主角住在位於倫敦南郊的薩利（Surrey）山丘，從這裡可以眺望綠蔭豐盈的薩賽克斯森林。女主角的住處可說是典型的郊區住宅，有陽台、涼椅，還有花壇、菜園，屋子的兩側種滿了綠樹。住在擁有如此廣大庭院的世界裡，女主角永遠都在眺望外界，她始終無法解開自己心中之結。而客廳裡遮住煦煦陽光的窗簾，則很貼切地象徵著女主角緊抓心結不放的心態。爲了讓女主角從這種閉塞的狀態解放出來，作者爲她安排了一次義大利之旅。「郊區族理想國」的成員一向對於義大利懷抱著輕蔑的態度，他們認爲義大利人是「完全不講究隱私的一群人」。女主角終於因爲這次義大利之旅而從「房間」裡面解放出來了。她第一次發覺自己肉體的覺醒，逐漸開始拋棄精神的壓抑。在翡冷翠的草地上，她找到了改變她整個人生的愛情。那一天，她和英國朋友們出門野餐，一塊兒在原野散步，一不小心，她滑到了山坡下的一片三色堇花海當中。就在那片「堇色瀑布」之下，她遇到了自己的夢中情人。從這一刻起，包圍在她周圍的郊區族「圍牆」也被義大利的原野徹底地瓦解了。

避難所與沙龍

佛斯特筆下的女主角能夠解除心中藩籬，主要原因還是因爲接觸到翡冷翠郊外毫無限制的自然空間和那極爲適合野餐的鄉間風景吧。而巴黎郊區的鄉間風景也正好和翡冷翠周圍一樣。但相對地，英國和義大利兩國的郊區則分屬於極具對照性的兩種空間，這種對照性，我們也能在英法兩國之間看出。因為對巴黎和翡冷翠這種位於內陸的城市來說，「郊區族」所想要的「都市與鄉間的結合」是辦不到的。奥古斯丁・貝爾克（Augustin Berque）在他的著作《都市宇宙論》中指出，這種「田園中的郊區」式的住宅空間是盎格魯薩克遜文化圈獨有的特產。

隨著十八世紀「繪畫庭園」美學的興盛，「郊區族」開始在英國出現，到了十九世紀，美國全國也逐漸有「郊區族」的誕生。舉例來說，都市計畫史上著名的奥姆斯泰德（譯註：**Frederick Law Olmsted, 1822-1903**，美國造園專家，對於奠定造園學的地位有其特殊貢獻，代表作有：紐約中央公園、費城費爾蒙得公園以及波士頓的公園大道）所提出的河濱計畫就是企圖建立「庭園中的都市」。這個計畫是奥姆斯泰德在一八六九年提出的。就在同一時期，正好法國的郝斯曼提出了改造巴黎計畫。而事實證明，巴黎改造計畫的方向正好和盎格魯薩克遜型的郊區族背道而馳。而就自然與都市兩者之間的關係來看，英國與歐洲大陸原本就是朝著相反方向發展的。對於這一點，貝爾克在其著作中也曾扼要地說明之。

貝爾克認為，郊區住宅的概念是「將普通住宅建在公園之中，使都市與自然相結合」。而這種基本概念「在本質上與傳統的歐洲都市性質完全不同」。根據貝爾克的解釋，對於歐洲大陸來說，「都市本身即是某種型態」，這裡所指的「型態」要以「田園或自然」等具有負面意義的背景來襯

托才會顯示出其輪廓。正因為如此，「從歐洲大陸的都市性質來看，都市空間與農村空間兩者之間存在著本質上的差異」。而這種都市與非都市之間的差異，主要都是經由兩者之間象徵性分界線而明白地表現出來。所謂的象徵性分界線，當然非「城牆」莫屬。換句話說，歐洲大陸的都市都是「根據田園與自然」設定了分界線，也正因為具備這種分界線，都市的型態才能自然顯露出來。至於那些隨意分布在自然之中的盎格魯薩克遜式田園都市，則顯然和這種型態格格不入。

貝爾克的都市風景論完全適用於巴黎這個都市所具備的劇場性。因為他所謂的「型態」即是一種「被觀賞」的外觀，「型態」本身不僅在吸引他人的視線，同時也朝向人們的視線展示自己。而對英國的郊區族來說，他們的理想是避開他人的視線，將自己隱藏起來。郊區族的視線只能由內向外，因為他們強烈地拒絕去窺視他人的內部（亦即房間內部）。而郊區族的理想則是維護自己的私生活如神聖不可侵犯之地，同時將住宅建成避免對外公開的避難所。

和英國的郊區族相較之下，巴黎這個城市本身呈現出另一種「型態」。因為巴黎市的私有住宅多少都脫離不了某些公共性。針對這一點，貝爾克特別列舉歐洲大陸具備上述公共性的地點，譬如廣場、街道等。相信大家早已熟悉廣場所具備的公共性與政治性，所以，在此我們想請大家先將注意力集中在街道上。按照貝爾克的看法，街道的功能歸納起來，並非只有「交通」。「商店櫥窗、陳列櫃、露天咖啡店、路邊騎樓、建築物入口的裝飾、種著可愛植物且能俯視街道的陽台⋯

⋯⋯等，對上述這些創作的動機，我們都無法將之歸納爲交通。甚至可說，交通的機能有時還與其他機能對立，但這些創作都有其本身存在的理由。」

貝爾克所謂的存在理由，我想就是指巴黎這個都市具備的公開展示性吧。最重要的是，巴黎的街道和住家（建築物）之間有一種互相依存的關係，這種關係使得住家成爲街景的一部分。換句話說，私有空間的住家和公共空間的街道彼此緊密結合，共同形成一種完整的「型態」（即風景）。簡單地說，這些私有空間並不允許完全隱蔽，它們是朝著隱匿的「視線」而開放展示的。

就拿馬奈（Edouard Manet, 1832-1883）的「陽台」（The Balcony）這幅畫來說吧，畫中三人處於俯視街道的位置，然而要是從街道上看來，這三人其實是站在引人注目的位置上正在被人看著呢。在這種情況下，私有空間和公共空間的分界線就顯得極不明確。陽台上的三人雖然眺望著外界，但他們同時也正在被外界所眺望。而陽台原本算是「室內」，這時卻處於向外開放的狀態，同樣的，原本算是「室外」的街道，卻經由「露天咖啡館或商店櫥窗」等形式，而便成了既是室外又是「室內」的特殊空間。

造成上述這種「室內」和「室外」的分界線曖昧的原因，主要是因爲有身分不明的觀眾，不，說得更正確一點，這些觀眾即是路過的行人。他們隨意將視線投向其他行人，相同地，他們知道自己也處於他人的視線之下。通常，像巴黎這種以「街道」與「廣場」爲重點的都市，一般人經常會受到不明身分人士的注視，而事實上，這些場所也因此才能獲得少許活力。正如同貝爾克所說，對於那些喜愛躲在自然之中的英國郊區族來說，這種都市絕對不會是他們喜歡的。

英法兩國在都市性質上的對照性，我們從兩國的庭園結構便可以看出。前面已經提過，郝斯曼提出的巴黎改造計畫的確是受到衛生先進國英國的影響，因為郝斯曼當時提出的口號即是「空氣與健康」。郝斯曼的改造計畫讓市內綠地歸入市政府管轄下加以整理，另一方面，市內公園數目也確實有所增加。從這方面來看，郝斯曼的改造計畫實施後，巴黎市內的綠地面積的確增加不少，不過，若是從公園裡的綠地面積比例來看，則根本還談不上是能夠隔絕他人視線的避難所。這些綠地充其量也只能算是一種公共空間，與其說要在這裡避開他人視線，不如說這是一種提供

「參觀者」在陽台上變成「被參觀者」。
●上：馬奈的「陽台」(1869)。
●下：尼提斯的「奧圖悠的賽馬場」。

陌生人發生偶發性關係的公開場所。伊波里多・泰納（Hippolyte Taine, 1828-1893, 法國歷史學家、評論家）訪問英國時曾對兩國公園之間的差異表示驚異，他在《訪英記》裡寫道：「和香榭大道（Avenue des Champs-Elyses）、盧森堡公園（JARDIN DU LUXEMBOURG）比起來，英法兩國間的對照是多麼懸殊啊！一般的法國式庭園，換句話說，也就是路易十四世的庭園，等於就是一種專爲聊天散步所建的戶外沙龍或長廊。而英國人發明的英國式庭園則顯得相當孤獨，但也只有在這孤獨的庭園裡，人們的雙眼和靈魂才能和自然交流。」泰納的評語的確不錯，不論我們身處於法國的公園、街頭或是廣場，這些地方頂多算是公開的社交場所罷了。

換言之，這些場所藉以辨別其本身所具備的私有性與公有性的分界線並不明確。而很自然地，我們也絕不可能將這樣的場所當作靈魂的寄託之地。

巴黎的城市構造基礎原本就建立在其本身與自然環境間設下的分界線（即城牆）之上，我們甚至可以說，這也是巴黎市走向「庭園的廣場化」的主要理由。

「孤獨的散步者」盧梭（Jean-Jacques Rousseau, 1712-1778，法國哲學家、作家、政治理論家）所追求的大自然中的避難所，最後還是在英國而不是在法國找到的。巴黎的公園和孤獨的靈魂所追求的夢想簡直相差了十萬八千里。我們會在巴黎的公園裡遇到無數陌生的遊客，偶然的邂逅常在不知不覺中引出一段戀情。因爲巴黎的公園也和大街一樣，是一個「沈浸在群眾中」的場所。

譬如布隆尼的風景庭園原本有意要建成「巴黎的海德公園」，但沒過多久，就成了社交界的模範舞台，風景庭園也因此成了「虛榮的庭園」，相信大家對這段變化過程都很清楚。在巴黎這個都市裡，即使是綠蔭深處，也總是響著歡樂的旋律，而且，都市的旋律遠遠凌駕於自然的旋律之上。至少，在巴黎的城牆之內，總是這樣的。

說到這裡，各位可能會問，那麼城牆之外那片廣大的田園地帶，還有庶民前往野餐的郊區草地又是怎樣的的場所呢？

負面的場所

對於巴黎城牆之外的場所定義，貝爾克給了我們一個明確的答案。貝爾克認為，對巴黎來說，郊外只能算是「非風景」。

巴黎以自然做為負面的底色，然後又在這負面的底色上畫出正面的「型態」，因此，從巴黎的角度來看，郊外即是一種具有負面色彩的底色，亦是名副其實的「型態」造成之效果。請大家回憶一下我們前面提過的莫泊桑的小說，文中曾經明確地描寫出都市盡頭與田園起點的分界線。由於這條分界線正好就是巴黎城牆，所以不論是誰，都很清楚巴黎市內和市外的分別。然而，即使

是在一九一九年巴黎城牆拆除之後，郊外地區仍然是被賦予負面價值的場所，並且和巴黎形成明顯的對照。而巴黎市政府在被拆除的城牆舊址上建起的環狀高速公路，並將之命名爲「外緣」（periphery），便足以做爲證明。

和法國相比之下，英國人將郊區建成了專供菁英分子居住的「都市與鄉間之結合」，而巴黎的高收入階層則留居在市內，被趕到市外居住的都是貧困的勞工階級。這是因爲郝斯曼的巴黎改造計畫促使市內房價嚴重暴漲，低收入者不得不移居郊外，並因此形成了巴黎的居住階層分化。巴黎郊區從此成爲「反郊區族」的代表地區。又因爲受到工業化的波及，這塊屬於都市外部的空間只得勉強承受起衆多負面要素的衝擊。

巴黎人坐在那像避難所一樣的郊外草地上享受田園風景時，這塊空間背後隱藏了多少複雜的要素，讓我們再度閱讀前面提過的莫泊桑的《野餐》就能瞭解。小說裡的一行人乘著租來的馬車越過了城牆，等他們到達郊外之後，放眼望去，從阿爾疆多到聖傑爾曼（Saint-Germain），廣大無垠的郊外景色盡收眼底。讓我們來看看莫泊桑筆下的郊外景色吧！

> 陽光很快地照射到我們的頭頂。滾滾塵埃遮住了視線。道路兩旁發出陣陣臭味，貧窮骯髒的村莊綿延不斷地持續下去。這些房舍像是和人一樣生了痲瘋病。殘破不堪的建築物

被任意地遺棄在路旁，還有建到一半的小屋，只有家徒四壁，頂上空無一物，像是因爲主人無錢繳付建築費而不得不半途而廢似的。遠處的原野上遍地工廠，細長的煙囪隨處聳立，看來好似種植在這片骯髒的田地裡唯一的一種蔬菜。更錦上添花的是，翩然春風混雜著石油和泥土，以及其他更不好聞的氣味撲鼻而來。

經過毫無秩序的開發之後，巴黎郊區的田野之間興起林立的工廠，煤煙與水肥的氣味充斥在各處角落。關於這一點，我們從于斯曼的報導文學裡也能看出相同的景象。貧瘠的耕地面積小得簡直就如同貓的額頭，延伸在耕地兩旁的草地上只長著薊草和蒲公英，空曠之處插滿了「房屋出售」的招牌。靠近城牆的地方座落著龐大的工廠，漆黑的濃煙不斷地從工廠的煙囪裡冒出來。就連從這附近流過的塞納河水也顯得不夠清澄。阿尼厄爾在法國第二帝國時期曾被用以當做巴黎市的下水道，並因此成爲一八六二年霍亂流行的病源地。而所謂的巴黎郊區，即是這塊胡亂混雜著村莊和工廠兩種要素的空間。正因爲如此，貝爾克才會將這塊空間稱之爲「非風景」。

然而，塞納河畔一向是巴黎人喜愛前往野餐的地點，每到星期天，成千上萬的巴黎人都跑到塞納河畔尋歡作樂，這些都是無可否認的事實。正像于斯曼以其眞實筆調所描述的一樣，這些遊客是為了欣賞郊區的田園風景才跑到塞納河畔來的。對那些原本就住在河畔的人們來說，這塊土地既不美又一無所有；但對前來遊玩的遊客來說，這裡卻提供了田園風景。至於「風景」的定義，再讓我們重新引用貝爾克的話來解釋吧。貝爾克認為，「為了將田園變成風景」，我們必須「擁有開發新都市時的眼光與視線」，「而且這種視線必須將田園視為具有美麗意識的對象」。換句話說，「田園風景能在都市與鄉間同時誕生」。

唯有住在巴黎的都市居民才能將郊區視為暫時提供田園風景的場所，只有生活在都市的人們（而非生活於郊區的人們）的眼睛才能發現郊區那種由「原野」與「水」所組成的美麗風景，同時，也只有他們才有資格消費這種風景。被紫丁香染成淺紫色的小山丘、反射著煦煦陽光的水面、還有那從樹蔭間撒下陽光的林間小路——這樣的田園風景全是根據都市遊客的欲望與視線而產生的。即使是那些繪出這種田園風景的印象派畫家，他們的視線也和都市的遊客毫無差別。他們繪出無數美麗的野外風景，但這些風景也全是藉著都市居民的審美視線而「截取」下來的田園景色。外光派（譯註：在陽光照射下，直接描寫自然色彩，並只限於在戶外作畫的畫派總稱，印象派即為其中之一）的畫家們懷著和週末遊客一樣的慾望與眼光，在同樣的郊外發掘出了幸福的風景，於是便將這些風景記錄在畫布之上。

幸福的風景

印象派畫家當中，以郊外風景爲主題的作品最多的畫家當然要以莫內爲首。儘管眾多印象派畫家聚集於原野與水邊作畫，唯有莫內曾從一八七一年起住在阿爾讓多六年之久。譬如著名的「罌粟花」和「撐洋傘的女人」都是在這個郊外小鎮畫的。在莫內的作品當中，這一系列的繪畫讓人感覺那是一種「幸福的風景」。然而，這種感覺也是經由都市居民的視線才能感受到的一種全屬個人的幸福感。

眾所周知，印象派與其他繪畫形式的分別在於畫家們喜用自己的視線觀察事物，但這裡所謂的「全屬個人」，卻不是針對這一點來說的。我想提醒大家的是，莫內的作品所散發出來的是屬於家庭的親密性。是的，家庭的親密性，提起這個名詞，大家會立刻聯想到英國的郊區族。其實我們還可以說，家庭的親密性營造的氣氛使人感到遠離巴黎的社交，如同置身與世隔絕的處境。

譬如莫內所繪的「午餐」即是一例。綠蔭樹下放置著長椅和豐盛美味的餐桌，同樣的庭院裡坐著莫內的妻兒，這幅景象豈不是「像圖畫一樣」的甜蜜家庭嗎？這種幸福感即使只是表面的感

覺，卻得在如同避難所一般的「受到保護的庭院」裡才能獲得。根據專門研究莫內的報告指出，一向被人認爲「極貧」的莫內，其實是個非常浪費的人。他不僅把朋友的錢拿來亂用，還請了一大堆佣人、保姆、園丁等，過著相當奢侈的生活。相信大家在這張以庭院午餐爲主題的繪畫裡，一定能感覺出中產階級的私生活所洋溢出的幸福感吧？這張畫裡飄逸著一種排除了外界陌生目光的幸福感。

事實上，這張畫裡帶給觀眾幸福之感的是坐在庭院裡的那個女人和她身邊的幼兒。這張名爲「卡密爾．莫內母子」的繪畫裡，莫內的妻子正在刺繡，她身邊的幼兒正在閱讀圖畫書，周圍茂盛的花叢圍繞著這對母子。這光景豈不正是中產階級的家族聖像嗎？讓我們再來看莫內的另一幅畫──「讀書的女人」。畫中的女人穿著美麗的衣裳，她坐在豐盛的紫丁香花叢下閱讀，觀畫的觀眾會不自覺地感受到彷彿置身室內的親密幸福之感。是的，「庭園」可說是中產階級擁有的迷你王國。幸福的男人讓妻子住在自己建造起來的疆域裡，他才能在這難能可貴的國土裡享受幸福的感覺。印象派的繪畫具有一種平面性，遠近法的展望線所形成「支配的視線」在這裡卻是英雄無用武之地。印象派繪畫裡的庭園差不多幾乎都是極爲平凡的庭院，離凡爾賽所代表的華麗之權力簡直相差了十萬八千里。然而，也正因爲如此，這樣平凡的庭園才能鮮明地反映出家庭這個渺小的疆域所擁有的幸福。

•上右：莫內的「卡密爾・莫內母子」（Camille Monet und ihr Kind）（1875）。
•上左：莫內的「午餐」（1874）。
•中：左拉位於巴黎西郊塞納河畔的住所路旁的火車緩慢開動（左拉攝影）。
•下：庭院裡的珍妮（左拉攝影）。

另一方面，莫內能有機會將上述的幸福感表現出來，主要還是因爲巴黎郊外仍然留有一塊如此令人安逸的場所。和充斥著工廠與工人的巴黎東郊比起來，位於塞納河邊的巴黎西郊享盡地利交通之便，同時也是優裕的中產階級興建別墅之地。于斯曼曾在他的報導文學「城牆周圍」裡詳細描述上述郊外景色。他在文中表示，原野上滿是貧瘠的田地與工廠，還有無數的廉價食堂，偶爾也能看到一兩棟鄉間別墅。「在那一望無垠的原野盡頭，有幾棟中產階級的住家矗立著，房屋的牆壁被石灰塗得雪白，屋頂上裝飾著磚瓦。庭院圍繞著整棟住宅，院中還有涼亭式的小屋，以及鮮紅耀眼的天竺葵。這才是眞正的田園。正因爲院中闢有菜園，園中才能收穫自家所種的甘薯。院內的樹木看來比別處更蔭鬱，草地也比別處更青蔥。」

當時，法國的杜維爾（Deauville）和蔚藍海岸（Cote D'azur）等海濱早已開發爲頭等別墅區，同時也吸引了無數的外國人。而于斯曼文中所提到的塞納河畔的別墅區則比上述海邊稍微平民化一些。眾多因素促使這塊巴黎市外的土地即使到今天仍是一塊不屬於市內的分散地。除了莫內之外，還有不少富裕的印象派畫家曾在這裡建築別墅與畫室，其中包括馬奈、莫里索（Berthe Morisot, 1841-1895）和凱優波特（Gustave Caillebotte, 1848-1894）等。就像一般人都知道，印象派是藉由水與蒸汽等題材以寄託對於「北方的」英國之幻想，而印象派畫家經由隱居田園來享受世外桃源的幸福感的做法，我想也是來自英國。莫內位於阿爾疆多的庭園裡洋溢著幸福，這種氣氛使人聯想到郊區族的自畫像，那是一種維護私人生活並充滿幸福的自畫像。

除了莫內在塞納河畔所建的別墅外，左拉在梅塘（Medan）建起的別墅幾乎與前者齊名。一八七七年，左拉因《酒店》的銷售佳績而在一夕之間躍昇爲暢銷作家，他在阿爾疆多的西北方沿塞納河畔的梅塘購入一棟別墅。從梅塘搭乘法國西部鐵路，不到一小時就能到達巴黎，交通十分便利。左拉最初購入時，別墅還是一棟小得像兔子窩似的屋子，其後，隨著左拉的小說日漸成名，這棟別墅也開始逐步擴建。寬闊的庭園圍繞著這棟建築，最上層是書房，左拉生前始終都在這裡寫作。除了主建築之外，左拉又在旁邊建起給客人使用的客房，其中還附有豪華的撞球室。後來，左拉買下這棟別墅周圍的土地，逐漸擴展庭園，他先在園中建了溫室，然後又闢出菜園，最後將廣大的庭園變成了農場。這棟聳立於梅塘的左拉別墅其後成爲文學沙龍，左拉的自然主義代表作《梅塘的黃昏》就是在這裡寫成。在文學史上，這是許多人都耳熟能詳的史實。另一方面，左拉身爲十九世紀末最受歡迎的流行作家，他同時也是一名典型的中產階級，他熱愛自己的家園並將之視爲一個小型帝國。

左拉的書房擁有極高的屋頂，從那巨大的窗口遙望出去，舉目所能望見的土地，全都歸這名作家所有。塞納河緩緩地從別墅門前流過，從這裡能夠眺望廣大的平原，還有遠處隱約可見的森林，以及介於別墅與塞納河之間橫貫平原的西部鐵路。左拉曾持續使用他所鍾愛的柯達相機拍攝

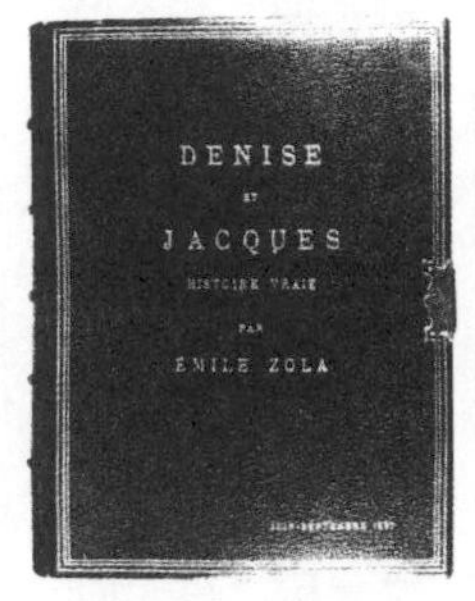

●上右：幸福的風景。左拉家中庭院裡的下午茶時間。
●上左：父親的禮物（左拉送給妻子珍妮的禮物，是一本保存著子女成長記錄的照相簿）。
●中：位於梅塘的左拉宅邸與庭園。
●下：左拉想要表現他所擁有的「眼」。

門前的風景。不，不只是這些門前眺望到的風景，室內景象也是左拉拍攝的對象。左拉鏡頭下的室內景象呈現出一個充滿各種雜物的世界。房裡堆滿了如同高牆般的珍貴古董和大眾繪畫。這裡簡直就像博物館正在展示收藏品的大廳。而左拉想要展現的不僅是這些收藏品，他還想要展現他的照相機。他曾同時並進地欣賞、蒐集、擁有這些相機。經過十年的持續攝影，左拉珍藏著大批照片，而這些相簿稱得上是他個人帝國的紀念簿。

另一方面，左拉確實也有其非得密藏不可的理由。因為他的收藏品當中，的確有很多珍貴得不能再珍貴的寶貝。譬如說，其中就包括他偷偷拍攝的女人身影。那是曾在梅塘別墅裡擔任女傭的珍妮，她不僅是左拉年輕的愛人，同時還為他生下兩個孩子。左拉溺愛這名比他小了二十七歲的年輕女孩，並在自己的別墅裡進行著雙重的家庭生活。而左拉終其一生都不斷地透過照相機拍攝著他這位「祕密家族的肖像」。據說，左拉安排珍妮母女住在梅塘別墅附近，他必須走出書房外的陽台，並且使用望遠鏡，才能眺望到珍妮母女的行動。而這些祕密家族的相簿則表現出左拉企圖成為絕代的「眼之作家」（譯註：即以「眼」代「筆」）的欲望。

在觀賞左拉所拍攝的照片時，映入我們眼簾的，是各式各樣的庭園風景。是的，這些庭園正是左拉身邊的女人們共同圍築起來的幸福領域。珍妮和她的孩子避開世人耳目，住在一處祕密住所，那是一處被廣大庭園包圍的恬靜住宅。左拉每天騎著腳踏車到那棟離梅塘不遠的金屋去會他的嬌妻。這位勤勉的作家確實也是一位勤勉的父親。每到午後，庭院中擺出下午茶的餐桌，左拉這時總是坐在父親專用的位子上，不斷用手按著相機上的自動快門，持續地拍攝著自己的家族肖像。而這幅景象不正是家庭這個小型帝國所擁有的幸福風景嗎？不論是莫內或是左拉，都曾在都市之「外」擁有過這樣一片遠離塵囂的小型避難所。

而每到週末，無數遊客也群聚在這塊同樣的都市之「外」的草地上演出不同的幸福景象。幸福家庭和野餐——兩者皆爲小市民的幸福鏡頭。時至今日，這些都市外的田園風景早已消失殆盡，郊外的鄉間已淪爲紛雜的「非風景」地點，而在十九世紀當時，中產階級卻在這些市外郊區的草地上發現分別屬於他們的幸福場所，這裡是一片樂土，因爲他們從這裡帶著對田園風景的懷念回去。

在王權、神權皆已被推翻的世紀末的今天，凡爾賽的虛幻庭園早已被世人否定。而畫家盧梭（Henri Rousseau, 1844-1910，法國畫家。譯註：請參見本章第四節「避難所與沙龍」）曾經希冀在樹蔭下追求到親密夢想的避難所，早已不再是遙不可及的理想國，我們甚至可以說，這樣的場所才是使中產階級感到安逸的避難所吧。

第二章

塞纳河的星期天

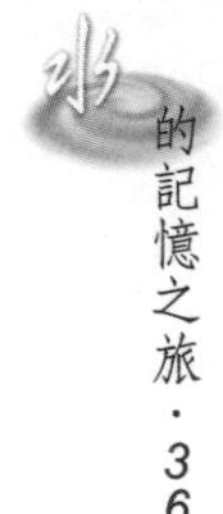

花樣少女間的譜系

陽光普照的星期天，春心浮動的巴黎人紛紛湧向郊外。他們在塞納河畔的草地上攤開野餐，享受著波光閃爍的河濱風光。對他們來說，河濱的草地既能提供野餐的場所，又能藉機遊覽塞納河，這塊空間既是野外活動的空間，同時也是進行水上活動的休閒地。

從一八七〇年起的八十年之間，正是印象派傾向於描繪水邊風景的時代，這段時期也正好是巴黎人風行遊覽塞納河的全盛時期。另一方面，莫泊桑也在這個時期以「塞納河的遊人」而名噪一時。莫泊桑晉身文壇之前曾經擔任政府公職，每個星期天，他都會和同伴們一塊兒到塞納河來划船。這位十九世紀末的名作家一向引以為傲的強壯筋骨就是這樣鍛鍊而來。莫泊桑曾在他的短篇小說《蠅》裡表現其對塞納河所懷抱的熱情——「我這種腳跨巴黎的衙門和阿爾疆多的河流的雙重生活是多麼樸實，多麼令人愉快，又多麼困難重重啊！過去這十年間，要說我曾對什麼如此熱衷過，那只有偉大的塞納河。啊！她是那麼美麗、沈靜，又富於變化。她是一條發臭卻滿載著夢想和穢物的河流。」

莫泊桑認為塞納河的河水「是一汪腐水，她將巴黎所有的污穢都載往大海」。印象派畫家筆下

・上：塞納河上的遊船。等待水門打開的船伕們（蓋爾道爾原作，盧梭版畫）。

・中：秀拉（Georges Pierre Seurat）的「阿尼厄爾浴場」(Bathing at Asniers)（1883-1884）。

・下：莫內的「水上餐廳『蛙池』」（La Grenouillere）(1869)。

的「美麗的塞納河」是一條污濁的河流，她的河水絕對談不上清澄。事實上，塞納河畔也算不上是羅曼蒂克的談情說愛之地。我們倒不如說，這是一塊進行污穢性愛的場所，露水鴛鴦與青樓女子都在這裡尋找對象。《蠅》這篇小說就是關於五名貧困船伕和同一個女人發生關係的故事。這名賣春女子的的暱稱就叫做《蠅》。在這塞納河畔，「渾濁的河水和穿著粗俗服飾的喧鬧群眾不斷地掀起浪潮」。在莫泊桑的《星期天的愛爾德拉》裡，這些在河邊遊蕩的女子終於現身。在十九世紀那個女人圍繞庭園的「家庭的時代」，同時也是「娼婦的時代」，這片渾濁的河畔亦是這些女子沿街賣笑的場所之一。讓我們再來看看莫泊桑的另一篇短篇小說《保羅的愛人》。這個小說的舞台是在塞納河河心的夏圖島旁邊的布吉瓦（Bougival）。附近水面整天都有各式各樣的船隻往來遊蕩。

船隻一艘接著一艘划來。有些是從河中心的夏圖來的，也有些是從下游的布吉瓦來的。河面的小船之間不斷傳來笑聲。除了笑聲之外，還有呼喊聲、詢問聲以及謾罵聲。船伕們露出手臂上的筋肉，燠熱的陽光照射在他們的褐色身體之上。而在船舵之後則支撐著紅、綠、青、黃等各色洋傘，它們像是一叢奇異的花朵，彼此爭奇鬥豔地綻放著。

「七月的豔陽高掛天空，燦爛的空中佈滿了熾熱燃燒的氣氛。」在星期天的愛爾德拉，最熱鬧

的地方就是水上餐廳「蛙池」（Grenouillere）。我們在莫內或雷諾瓦（Pierre-Auguste Renoir, 1841-1919，法國印象派畫家）的繪畫裡都見過這所建在水面上的餐廳。但莫泊桑筆下的「蛙池」則毫無山水風景可看，這裡變成一塊散發著猥雜污穢之氣的地方。「水上餐廳裡充滿了喧嚷謾罵的群眾，木製餐桌上的飲料被打翻了，穢物分成幾道細流滴向地面。所有的餐桌上全都堆滿了裝著喝剩飲料的杯子。而每張餐桌旁邊都圍坐著喝得爛醉的酒客。他們高聲喧囂著、歡唱著，嘴裡還發出各種怪異的聲音。」

水上餐廳裡面瀰漫著渾濁的愛慾氣息，也混雜著腐敗的性愛氣氛。餐廳裡隨處可見「尋找夜間獵物的女人」，即使是在附近的人行道或是小橋旁邊的草地上，到處都是打扮得濃妝豔抹的娼婦。「走到這片地區之後，陣陣臭氣撲鼻而來。空氣裡漂浮著沈積在這個世間的所有臭氣，不論是假裝高級的怪僻氣味，或是巴黎的社會所生出的黴菌氣息，全都浮游在空氣之中。」當然，印象派畫家所繪的「蛙池」風景裡也可能混雜著這些巴黎娼婦。當時畫家們所描繪的塞納河畔正是第二帝國時期以來最有名的尋歡場所。

事實上，這所「蛙池」最有名的是每週四晚上的康康舞表演。莫泊桑所寫的《保羅的愛人》發表於一八八一年，幾乎與佛利・貝爾傑爾的全盛時期同時。這時，大眾對於法國康康舞的癡迷已從巴黎延燒至塞納河沿岸。且讓我們來欣賞莫泊桑對這種狂熱瘋舞的描述吧！「女人們在那蓬起的裙子裡瘋狂地上下跳躍著，看起來，她們的股關節簡直都要脫臼了似的。她們的襯褲隱約可見。女人們以驚人的速度將大腿高舉過頭，她們晃動著腹部，扭動著臀部，搖晃著腰部。女人們的汗水混雜著強烈的氣味瀰漫在空中。」

女人們在塞納河畔瘋狂地舞著。雖說法國從第二帝國時期到黃金時代（belle epoque）之間，這種水上餐廳正開始逐漸受到歡迎，但在香榭大道與蒙馬特（Montmartre）等巴黎的新起之地，最受一般大眾歡迎的還是戶外音樂會和舞蹈。由於當時煤氣燈和電燈等電氣照明設備都已經相當進步，因此大眾娛樂的範圍便延伸到了戶外及水邊。愛好「自由」的女性們不再受到「家」的侷限，她們的身影逐漸出現在野外，同時，時代的表情也隨之改變。女性們在近來「束腰的解放」之後，包在她們身上的束縛正逐漸消失。我想請大家回想一下，卡雷特（Gabrielle Colette, 1873-1954，法國女性小說作家）原本也是一名跳康康舞的舞女。當時法國大眾對這種舞蹈的狂熱，實際上已經牽動了其對二十世紀的波動與影響。

除了康康舞之外，自由奔放的法國女子更以「游泳」來向新時代發出預告。當康康舞女郎身上仍然穿著束腰時，游泳的女人已經脫掉了束腰，拋棄了裙子，改穿半長的短褲。很快地，游泳的女人們也和康康舞女郎一樣，成了「蛙池」的註冊商標。因爲這所水上餐廳也同時經營著浴場。莫泊桑對於這些女人的描述：「有些稍具姿色的青樓女子對於自己的身材十分自豪，於是她

●上：水上餐廳兼浴場的「蛙池」（右邊為莫泊桑的小說《伊貝特》裡的版畫插圖）。
●中：「蛙池」的招牌節目——每週四的康康舞。
●下：「蛙池」貼在火車上的廣告。

們就到浴場來，脫光了衣服供人欣賞。」事實上，「蛙池」的法文就是「蛙女」之意，亦即指戲水女郎。阿尼厄爾浴場與阿爾疆多成爲巴黎西郊的觀光勝地之後，那些花枝招展的女人也成群結隊地蜂擁而來。若是換成現代的話來說，我們可以將這些女人稱之爲「蛙女族」，由此也可證明，女人游泳在當時眞可謂開時代風尚之先端。就連招攬遊客到塞納河一遊的鐵路海報，也採用這些「蛙女」的泳裝圖片做爲宣傳。當然啦，我們不能說這些「蛙女」都是妓女，于斯曼在他的報導文學裡面就曾提到，前往「蛙池」的遊客包括各色人種，「有的是全家出遊，有的是團體旅行；也有情侶結伴而來，或是寂寞的獨行客」。而更重要的是，來自四面八方的各色人種全都混雜在這塊水邊樂土之上。

是的，「混雜」這現象本身即是休閒勝地最顯著的特徵。我們從英國的郊區族身上看出，他們「隱居」郊外的行爲背後隱藏著對中下層階級的嫌惡，同時也膨脹出屬於衛生學的感性。然而，對於重視社交的法國來說，情況就完全不同了。巴黎市內雖然也有固定的居住階層分化，可是這一套拿到水邊（譯註：指塞納河畔）之後，就完全不管用了。塞納河水模糊了各階層之間的疆域，同時也打破了各階層之間的分界線。事實上，那些下水游泳的女人豈不正是脫掉了她們的「社會服裝」。上述這類遊樂勝地則已無法提供孤獨的靈魂逃避喧囂，它們在這裡扮演的角色是「大眾避難所」，各階層的人們在此混雜一處，並很可能展開一場意外的夏季戀情。

莫泊桑所寫的《保羅的愛人》就是有關夏季戀情的故事。有一個星期天，一名帶著愛人到塞納河畔划船的青年在無意中發現了愛人的祕密。「蛙池」面前的塞納河上划過各式各樣的遊船，其中有一艘極不引人注意的獨木舟，舟上乘坐的全是女人。是的，那是一艘「女同志之船」。而保羅的愛人正是她們的好友，也是一名「蛾摩拉之女」（譯註：蛾摩拉（Gomorrah），罪惡之城，舊約創世紀裡記載的死海沿岸小鎮名，由於鎮民不遵守道德、不忠於信仰，因而受到Yahweh神的詛咒。最後與Sodom同被毀滅）。

在那世紀末的時代，騎在馬背上漫遊森林的女人被視為「蛾摩拉之女」，還有許多女人划著獨木舟掠過塞納河面，也有些女人換上泳裝——這裡提到的女人形象正好使人聯想到普魯斯特（Marcel Proust, 1871-1922，法國小說家）筆下的花樣少女。普魯特斯描寫一群少女騎著自行車來到諾曼地海灘。她們是一群「運動少女」。少女們藉著自行車和運動越過了「性別」的分界線。「運動」原本屬於男性的領域，也是紳士的領域，但這些少女們卻憑藉著自行車重新拓寬了女性分屬的領域。我們甚至可以說，「運動的」女性是站在「自由的」女性衝鋒陷陣的陣頭。時至今日，二十世紀即將來臨，人們不僅已經承認健康的價值，同時更逐步接受具有活力的體格，曾被視為「蛾摩拉少女」的運動少女們，現在反而被歸入邊緣領域。隨著時代的腳步，休閒活動日漸普及，「花樣少女」的譜系逐漸在水邊形成。

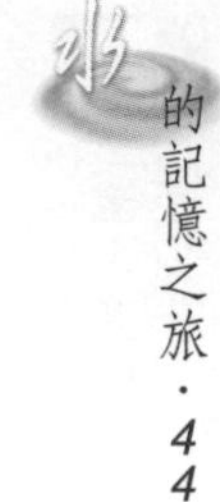

船上的午餐

前述的「花樣少女的譜系」使我們聯想起另一種譜系。那就是「藝術家」神話的譜系。普魯斯特小說裡的少女們與諾曼地的畫家們交上了朋友。小說中以第一人稱出現的主角首次遇到奧貝婷（Albertine）的場所不就是畫家艾爾斯契的畫室嗎？在《追尋逝去的時光》（*Rememerance of things past*，普魯斯特的小說，又譯《追憶似水年華》）裡雖然不曾出現這些年輕女孩擔任模特兒的畫面，但以她們和畫家之間的關係來看，即使說她們是模特兒也沒人會感到驚奇。而這種畫家與模特兒之間的關係則提醒我們重新看待前述的「自由的」女人之間的譜系。

說到這裡，我想先向大家介紹一張畫，那是雷諾瓦所畫的「船上的午餐」。

這張畫是在莫泊桑發表《保羅的愛人》的同一年完成的，畫中的舞台則是緊鄰「蛙池」的旅館「福爾涅斯」。莫泊桑和這家旅館的老闆福爾涅斯是好友，附近的船伕閒暇時總喜歡聚集在這裡消磨時間，換句話說，這裡等於是他們的桃花源（El Dorado）。雷諾瓦的畫面中央幾乎被夏季的炎陽所佔滿，整張畫裡的人物都和雷諾瓦有著密切關係。譬如斜靠在陽台邊的是福爾涅斯，兩肘支撐在餐桌上的是他的女兒阿爾西；面向背後靠坐在椅子上的是熱愛划船的畫家凱優波特，他身

- 上：雷諾瓦（Pierre-Auguste Renoir）的「船上的午餐」（The Boating Party Lunch）（1880）。
- 中右：凱優波特（Gustave Caillebotte, 1848-1894）的「耶爾河畔的船上午餐」（1872）。
- 中左：庫爾貝（Gustave Courbet, 1819-1877）的「塞納河畔的少女們」（1856）。
- 下左：羅布斯（Felicien Rops, 1833-1898）的「布吉瓦的星期天」（Sunday in Bougival）（部分完成於1876）。

邊的年輕女孩是他的模特兒，而抱著小狗坐在桌邊的少女則是日後成爲雷諾瓦妻子的愛琳娜。這是雷諾瓦在畫室中以親密友人爲模特兒所完成的繪畫，與其說它是一張風景畫，倒不如說它是一張大眾繪畫。換句話說，也等於是一種「反對話作品」吧。因爲一般所謂的「對話作品」，主要是由畫家根據畫主的要求而爲其畫成的「家族之肖像」，但雷諾瓦所畫的卻是另一種「幸福的風景」。雷諾瓦的畫中只有藝術家們本身的生活情景。譬如「船上的午餐」，很顯然就是一幅畫家本身的「同伴之肖像」。

不過，問題是這些「同伴」究竟是何許人呢？當時那些印象派畫家通常都不使用學院或美術學校準備的模特兒，他們喜歡讓自己認識的女人擔任模特兒，不僅如此，有些畫家像莫內或雷諾瓦，他們最後就和自己的模特兒結爲夫妻，相反地，被畫家拋棄的模特兒當然也不在少數。而這些圍繞在畫家身邊的女人中，絕大多數都是生活在家庭之外的「自由的」女人。譬如在雷諾瓦的模特兒裡面，有些曾是蒙馬特的女演員，還有很多是針黹女工，他的妻子愛琳娜就曾經是一名針黹女工。

對了，提到針黹女工，我們又發現了另一個女人組成的譜系。這也是一個曾和「花樣少女的譜系」互相交錯的譜系。十九世紀的浪漫派文學經常以針黹女工爲小說的女主角，她們成爲貧困畫家的情婦之前，通常是在學學生的女友，而且也可能同時是好幾個男人的情婦，換句話說，她

們扮演的角色也等於是娼婦。梅爾歐曾在他寫的*Tableau de Paris*裡描述這些針黹女工。當時，中產階級家庭的女孩都在父母嚴厲的監控之下成長，但這些針黹女工卻「離鄉背井，告別了自己貧困的雙親，一個人到外面租屋居住，過著自由自在的日子」。由此可見，這些女孩擁有充份的自由。然而，梅爾歐卻認爲這樣的「自由」只是形式上的自由，是「反而成爲禁錮」的自由，因爲這些女孩一旦遇到了終生伴侶，她們立即便會陷入悲慘的境界。但即使如此，對於獨自在巴黎求學的年輕學生來說，這些針黹女工仍然是非常理想的玩伴。特別是在星期天，女孩們度過了辛勤的一週，好不容易等到這個期盼中的日子，她們便希望有個男友陪伴，藉以撫慰一週來的無聊生活。

針黹女工登上印象派畫家的畫布之前，她們可說是「巴黎人的星期天」景色裡不可或缺的角色。每到星期假日，興致勃勃地湧向巴黎郊外的，都是這些針黹女工和其他靠著自己雙手維生的女人。青春活潑的針黹女工是巴黎青年郊遊野餐時絕不能缺少的人物。事實上，一八四〇年代曾被爭相閱讀的《學生的生理學》（*Physiologie de l'etudiant*, 1841, Louis Huart著）一書當中，就花費了不少篇幅來描寫年輕學子們和針黹女工的「野餐」。而繆塞（Alfred de Musset, 1810-1857，法國浪漫派詩人兼作家）的小說《咪咪・潘森——一名針黹女工的肖像》（*Mimi Pinson: Profil de grisette*）則可算是描寫窮學生與針黹女工戀愛故事的開山始祖。讓我們來看其中的一段：

看吧，每到星期天，要是遇到晴朗的天氣，有多少人會邀了朋友一塊兒去吃飯、散步或喝酒啊！大型馬車上面擠滿了針黹女工，大夥兒一起湧向拉努拉和貝爾維爾。假日裡，又有多少人朝向聖傑克大街湧去！成群的帽廠女工、洗衣女郎，還有賣香煙的少女們。每個人都快樂地伴著情人，像飛舞的雀兒一樣遍遊巴黎的近郊，最後停憩在鄉間的樹叢裡。

「咪咪・潘森」這個人物最先出現在繆塞的風俗素描集《巴黎的惡魔》裡面，繆塞顯然企圖將她寫成一種「都市傳說」。緊跟著這個「窮學生和針黹女工」的愛情故事之後，繆傑爾寫了《波西米亞生活情景》以描述窮畫家與針黹女工的戀情，隨後，普契尼（Giacomo Puccini, 1858-1924，義大利歌劇作曲家）的歌劇「波西米亞人」（La Bohemia）則更進一步提升「藝術家的青春」的神話表象地位。而普契尼將這齣音響型愛情劇的舞台設在郊區鄉間的背景也令人感到好奇。雷諾瓦所畫的「船上的午餐」所表現的幸福風景，主要是建立在上述「都市傳說」的譜系之上，而「都市傳說」的譜系則和「花樣少女」間的譜系緊密相連。

是的，普魯斯特不是說過嗎？「女人們走過街頭。這些女人和過去的女人稍有不同，她們全都是雷諾瓦筆下的女人。」所謂「雷諾瓦筆下的女人」即是指「自由的」女人，說得更正確一點，是指那些身分曖昧但卻裹著「幸福」表象做外衣的女人。而水邊正是吸引這些女人聚集一處的地點。

戀愛轉接站

然而，戀愛冒險的舞台不只限於水邊。駛向塞納河畔的車內與車站早已成爲邂逅相戀的場所。十九世紀是「交通」的時代，特別是鐵路的時代。開發別墅地與休閒地的行動幾乎和開發鐵路的行動同時進行。最早開通巴黎至聖傑爾曼之間的鐵路是在一八三八年。緊接著，一八三九年又繼續開通了巴黎至凡爾賽的右岸線，一八四〇年開通巴黎至凡爾賽的左岸線。進入四〇年代之後，鐵路繼續開通到魯昂（Rouen）、魯爾堡（Le Havre），其後到了第二帝國時期，爲了配合舉辦萬國博覽會，並將巴黎建設成歐洲的首都，法國進入鐵道開發突飛猛進的時代。一八五九年，原本雜亂無章的鐵道公司被合併爲六大公司。除了佩雷爾兄弟所經營的西部、東部與中部鐵路公司外，另外三家：LPM、奧魯雷安（Orleans）和北部鐵路公司與之並稱爲六大鐵路公司，分別進行鋪設幹線的工程。一八七八年，伴隨著佛雷西內計畫的實施，法國的地方鐵路支線網日漸完善，國內交通網絡於獲得飛躍的發展。

在這裡，我想請大家將注意力放在鐵路的「車站」上面。因爲車站這種由鋼鐵和玻璃構成的建築物亦是龍蛇雜處的「群眾的場所」。班傑明（Walter Benjamin, 1892-1940，德國評論家，深受猶太神祕主義與馬克斯主義影響，做爲法蘭克福學派的一員而發展出獨特思想）在他所寫的《暴力批判論》中指出「車站、展覽會大廳與百貨公司」等建築物都是一種「大量群眾登台」的場所。群眾聚集之所——就像其他遊樂場所一樣——亦即是邂逅相戀的場所，同時也是娼婦出沒的地方。班傑明寫道：「奧芬巴赫（Jacques Offenbach, 1819-1880，法國作曲家）的歌劇『巴黎生活』第一幕的舞台就是車站。」事實上，這齣曾經風靡一時的歌劇開場的第一幕就是在聖拉札（St. Lazare）車站，絡繹不絕的外國觀光客站在月台上高聲齊唱：

巴黎啊，我對你所求之物，
也正是我所需之物，那就是巴黎的女人。
不是中產階級的女人，也不是貴婦人，
哎，是和那些女人不同的女人，
這麼說，大家都了然於心啦。

藉著主辦萬國博覽會的機會，法國招攬了各國的觀光客，巴黎也因此成爲歐洲的歡樂之都。

數的匿名群眾混雜於此，並且在這裡巧遇「邂逅」的機會。

莫泊桑的作品裡面也經常利用車站做爲男女主角邂逅的場所。一名在公家機關任職的男士上班族爲了去見女友而到佛利貝爾傑，這對戀人在星期天約會的場所就是聖拉札車站。兩個人見面之後便一塊兒往巴黎郊區的塞納河畔出發。說到這裡，我不免想起《追尋逝去的時光》裡面那些到諾曼地海灘避暑的觀光客們，他們就是搭乘輕捷的鐵道去旅行的，而鐵路沿途的車站實在令人留下深刻印象。小說裡的夏魯絡男爵在沿途一個小車站裡遇到一名男子。男爵放肆而又忘情地注視著那名男子，最後竟然決定放棄前往巴黎。男爵的行爲簡直等於是在車站「撿到一個男人」。說實在的，這是因爲車站這種匿名的場所提供各色人種混雜相處的機會，換句話說，車站也等於是一種性愛的轉接場所。更何況，這個故事裡提到的車站正位於前往休閒及遊樂場所的路上，而且當時又正是休假的季節。

除了車站之外，交通工具也是一種戀愛的轉接站。譬如《父親》這篇短篇小說，就是敘述在通勤馬車裡面發生的戀愛故事。小說是這樣開頭的：「他在教育部任職，因爲家住在巴提紐，所以每天都搭公共馬車去上班。每天早上，都有一名年輕女孩坐在他的對面，一直和他同車坐到巴黎市中心。老實說，他已經開始喜歡上那個女孩了。女孩每天都在同一個時間到達她上班的百貨公司。」這是一個眞實性頗強的戀愛故事，就好像我們在通勤電車裡面發生的故事一樣。這對每天戀愛「三十分鐘」的戀人約會的場所就是聖拉札車站。而西部鐵路的聖傑爾曼線則是巴黎人前往郊外名勝時最常利用的路線。

幾乎所有戀愛的轉接點都會和交通工具有所關連。會在公共馬車或火車上發生的故事同樣也會在水路上發生。莫泊桑也描寫過塞納河遊艇上發生的戀情。一名熱情活潑的青年從塞納河畔搭上遊艇去旅遊，船到托羅卡德羅碼頭的時候，上來一名抱著小包袱的女孩。她走到男人面前坐下來。沒過多久，女孩在聖庫爾碼頭下船，男人也緊跟在她的身後下船去。接著，兩個人就在撒著金色陽光的郊外草地上度過了一段屬於他們的時間。這名女孩是個針黹女工。這個愛情故事也和水邊、針黹女工及郊區鄉間有關。綜上所述，我們可以做出這樣的結論：法國的「田野」和「水邊」將女人吸引到「庭園」之外，從這個角度來看，她們和維多利亞王朝的僞善道德教育出來的英國郊區族是完全背道而馳的。

巴黎人的星期天

我們只要看當時的「蛙池」（La Grenouillere）餐廳在鐵路海報上描繪的女人形象，就能嗅出休閒娛樂時代已經來臨的氣味。在這裡，讓我們再來介紹一下當時的交通狀況吧。

一八八〇年，莫泊桑在《歌洛瓦報》連載的小說〈巴黎人的星期天〉當中曾以許多眞實現象來描寫星期天的休閒娛樂。男主角帕契索是一名在公家機關任職的單身漢。帕契索一直到了五十二歲，才終於想開始追求「和常人一樣」的休閒娛樂。於是他嘗試過諸如健身法、釣魚、園藝等各種休閒活動，帕契索相當享受同時進行多種活動，不過，對於第一次在星期天出門郊遊，他也覺得十分有趣。尤其是去塞納河遊玩，這在當時是最受歡迎的休閒娛樂。

從巴黎前往附近的鄉間有兩種方式：水路和鐵路。小說的主人翁帕契索在第一次出遊之後，又在第二個星期天拜訪他住在可倫布的同事家。莫泊桑寫道：「帕契索搭上了八點出發的火車。」當然啦，他是在聖拉札站上車的。這個車站是西部鐵路右岸線開往魯昂和魯爾堡等幹線的起站。同時，還有很多其他短程路線從這裡出發。譬如說，巴黎－凡爾賽線，以及巴黎——聖傑爾曼線。根據一八六七年法國爲了萬國博覽會發行的《巴黎導遊》所示，巴黎到聖傑爾曼需時四十二

● 上右：從郊外車站駛向釣魚場的共乘馬車，車上放滿了釣竿（莫泊桑的《巴黎人的星期天》奧藍道夫版所附之插畫）。

● 上左：十九世紀後半巴黎市內的主要交通工具之一——共乘馬車。二等座設在車頂，價錢是車內座位的半價。從馬德雷那到努巴斯契之間的旅客人數最多，從此這種共乘馬車的別名也被稱之為「馬德雷那—努巴斯契」。

● 中：車內的景象。

● 下：巴黎開往郊外的聖傑爾曼鐵路上的電車（Les tramways）。

分鐘，從早上八時起到晚間十時止，每小時各開一班車。可倫布就在這條路線上，它在阿尼厄爾的下一站，阿爾韁多的前一站，從巴黎到可倫布只要十五分鐘。

再過一個星期，帕契索趁著星期天搭乘聖傑爾曼線到庫爾勃瓦去玩，這一天，他是和在塞納河畔認識的朋友一塊兒去釣魚。「他搭上早上第一班火車，車站裡擠滿了手拿釣竿全副武裝的遊客，……車頂上堆放著滿滿的釣竿。」這種二等席位只有在敞篷的兩層車廂才有，票價比有屋頂的車廂席位便宜得多。這列釣魚專用列車到達庫爾勃瓦之後，旅客們繼續轉搭公共馬車。「旅客在庫爾勃瓦剛走下車來，大批開往布森的公共馬車立即飛馳而來。一群釣客不約而同地往二樓的席位走去，他們手中全都抓著釣竿，轉眼之間，這輛四輪馬車就好像遭到了暴風雨侵襲似的。」是的，正如這篇小說敘述，當時的西部鐵路也提供旅客從火車站到目的地之間的公共馬車服務。每年夏天的旺季，鐵路公司要運送八萬人以上的旅客。星期天還提供旅客打折的來回票。前往「蛙池」也是搭乘這條聖傑爾曼線到夏圖（Chateau）下車，從巴黎出發，只需三十分鐘。這條路線到阿尼厄爾浴場的班車平均每過三十分鐘就有一班。印象派畫家們筆下的「蛙池」和阿尼厄爾都是「巴黎人的星期天」的典型景象。

提起通往郊外旅遊的路線，還有一條Chemin de fer de ceinture線。這是一條圍繞巴黎行駛的環狀線。這條路線原本只是爲了幫助西部鐵道等六大鐵路公司各站之間的貨物運輸更爲順暢而建

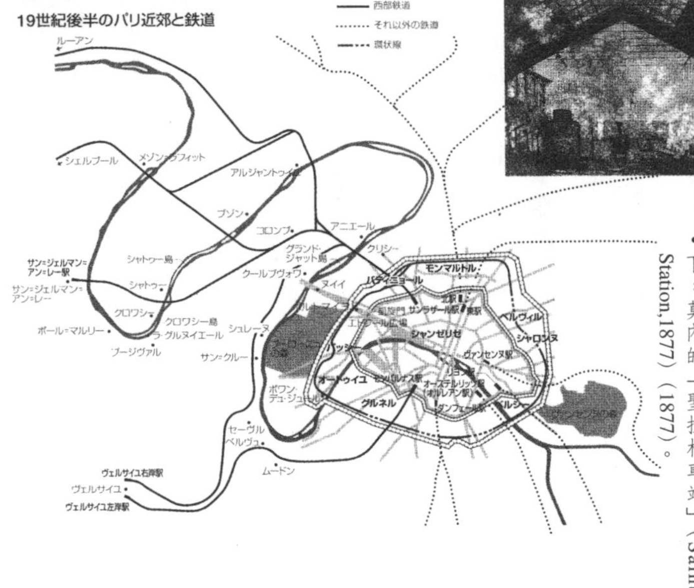

•上：休閒勝地塞納河畔的熱鬧風景。羅瓦爾所繪的「塞納河畔」。

•下：莫內的「聖拉札車站」（Saint-Lazare Station,1877）（1877）。

的，從一八六二年起，這條鐵路也開始運送出門遊玩的乘客。不過，雖說是成為遊覽路線，但乘客使用最多的路段是在聖拉札到奧圖悠之間，主要是做為遊客前往布隆尼森林郊遊野餐時的交通工具。從起站的聖拉札開始，接著是波路多－馬悠－努易、安佩阿多力斯大道、拉努拉、帕西，然後到達奧圖悠，在短短九公里的沿線之上共有六站，一般人亦將這條路線稱為布隆尼鐵路。搭乘這條前往布隆尼森林的鐵路往返只需花費五角，這條小型鐵路已經儼然成為輸送民眾遊覽的專用車廂。布隆尼森林是當時巴黎社交界人士彙集的場所，上流階層人士前往布隆尼森林時當然是搭乘華麗的馬車，而正是因為有上述那些廉價的公共交通工具，才襯托出這些上流社會馬車的華麗。

除了通往布隆尼森林之外，從巴黎出發的環狀線也能通往塞納河。一八六五年，橫跨塞納河左右兩岸的奧圖悠與波望迪朱爾之間的高架橋通車了。這座高架橋共分上下兩層，可以算是象徵巴黎郊外起點的標誌。由塞納河開往郊區的船隻全都得經過這座橋下。于斯曼在他所寫的《城牆周圍》裡面當然也提到了這座橋。塞納河遊艇經過波望迪朱爾碼頭之後，立即就來到高架橋下。「微風陣陣，橋身上層傳來環狀線上的火車汽笛聲。」這座高架橋同時也是水路與鐵路相連的分界點。

是的，巴黎人在星期天出門郊遊時比較喜愛利用的交通工具是水路，而不是鐵路。每到陽春

•上：塞納河遊艇的沿途碼頭標示（二十世紀初）。
•右：波望迪朱爾高架橋。橋身共有兩層，上層為火車通行。
•中左：從舒雷努出發的塞納河遊艇。
•下右：奧圖悠河岸並列的炸魚餐廳。

三月，塞納河上的遊艇引誘巴黎人出門遊覽。短篇小說《春天》就是這樣開頭的：「就在不知不覺中，我已經離開了塞納河岸。舉目望去，附近有好幾艘蒸汽船都不約而同地朝著舒雷努方向前進，……汽船甲板上擠滿了乘客。大家都是因為天氣太好，無法一直把自己關在家中吧？」前面提到莫泊桑的小說的男主角帕契索第一次前往巴黎郊外踏青，也是乘著水路前去的，他一直坐船到達聖庫爾。「船通過波望迪朱爾之後，寬闊的河面在煦煦陽光下安靜地流向前去，不久之後，船身通過了兩個島嶼，島上臨水的斜坡種著樹叢，隱約可見其中有許多漆成白色的小屋。船身貼近了斜坡繼續向前進，先到了巴目頓，接著到了塞布爾（Sevres），最後終於到了聖庫爾（St. Cloud）。帕契索匆匆地走下船去。」

莫泊桑的描寫十分正確。法國於一八六七年趁著舉辦萬國博覽會的機會設置了塞納河遊艇，這條水路往返於巴黎與聖庫爾之間，正好擔負起巴黎通往郊外的運輸任務。這條路線東起沙蘭頓（Charenton），西至舒雷努，被暱稱為「燕子」的塞納河遊艇從此成為巴黎特有的景色之一。遊艇碼頭從歐特里茲橋（Le Pont D'austerlitz）到葉那橋（Le Pont D'iena）之間共有六處，後來又增加到十二處。塞納河遊艇在萬國博覽會時成為來往會場的主要交通工具之一，這是很多人都知道的，到了一八八六年，所有遊艇經營者合併為一家，每天擔負起輸送三萬乘客的重責。由於遊艇票價十分便宜，因此甚受大眾喜愛，不論是前往浴場的遊客，或是賽船的觀眾，以及前往河畔野

餐的巴黎人，都喜歡以塞納河遊艇爲交通工具。而遊艇本身也因此變成了某種型態的「大衆的小憩」。遊艇碼頭附近的岸邊是整排林立的「炸魚店」，這種餐廳也是塞納河的著名標誌之一。廉價的炸魚氣味，以及穿著廉價的平民遊客，則早已成爲星期天的塞納河畔所不可或缺的景象。在獲知上述背景之後，我們更能瞭解，印象派畫家是以都市生活者的眼光企圖將這些「幸福的風景」繪得盡善盡美的。

反郊區族

上述的巴黎與西郊連結的近郊鐵路除了在週末假期負責運送郊遊的旅客之外，平日還有更重要的任務——通勤的交通工具。

前面介紹過的《巴黎導遊》裡面指出，從聖拉札出發的路線有兩條：分別爲聖傑爾曼線和凡爾賽線，這兩條路線便已含括了「巴黎周圍面積三分之一以上」。所謂巴黎周圍，是指塞納河沿岸的巴黎西郊。在巴黎四周的郊區中，這塊地區建有許多富裕的別墅。其中尤以聖傑爾曼、木頓（Meudon）森林及凡爾賽附近的夏季別墅均爲富有上層階級所有。每年到了夏季，他們都從這些別墅搭乘西部鐵路火車去巴黎上班。據說，每天利用西部鐵路通勤的乘客人數高達兩萬七千人

次，而每年的乘客總人數則為二十四萬人次以上。當時巴黎的市民人數已經超過兩百萬人，各地湧入首都的勞動者人數逐漸增加，首都的住宅區則從市中心朝向市外發展。這份《巴黎導遊》中的資料顯示，巴黎周圍面積正在逐日增加。事實上，西部鐵路的乘客當中約有三分之二是住在郊區的居民。我們光從這個數字就能看出巴黎市區凌亂開發的現象。

而更有趣的是，在同樣的郊區鐵路當中，隨著路線不同，乘客的素質也大不相同。譬如運行在東部鐵路上的凡森內線（Chateau de Vincennes）的乘客主要都是商店經營者，而西部鐵道的主要乘客則是公務員或證券商人，其中的公務員大多利用蒙帕那斯（Montparnasse）車站，而證券商人們則多利用聖拉札車站。《巴黎導遊》裡面還指出，西部鐵道的乘客大多都互相熟識，換句話說，就好像是「另外一個證券交易所」。而聖拉札車站同時也是晚報銷路最好的車站。我們在前面一章已經說過，新巴黎市區內的行政區增加到二十區，住在市內的居民也逐步根據住宅地區而產生階級分化現象。另一方面，不只是住宅區，即使是交通工具也發生了階層分化的現象。很明顯地，這種將事物分為一等、二等、三等的等級化現象主要是根據階層理論發展出來的，而鐵路路線則能因此表現出沿線居民的文化階層性。而從另一個角度來看，早在巴黎市民能夠識別階層的分化之前，這種由郊外到市內通勤的現象早就行之多年了。

談到通勤的交通工具，除了鐵道之外，當然不能不提一下路面電車（Les tramways）。凡是普魯特斯的讀者，對那行駛在巴爾貝克海岸的輕便鐵道一定不會感到陌生。而這條路線上的電車同樣地也行駛在巴黎市內。郝斯曼當初不僅將巴黎市區的條條大路連貫起來，同時還讓路面電車通行於寬闊的巴黎大道之上。在巴黎那段光輝燦爛的歲月裡，這些電車數度更換引擎，從馬力、蒸汽到電力，路面電車始終奔馳於巴黎市內。由於這種電車最初是由美國所發明，所以別名又稱為美國鐵路。從第二帝國時期開始，法國急速推行這種鐵路的建設。鋪設路面電車的目的原本是希望能與公共馬車連結，做為從郊外通往市中心的重要通勤方式。

莫泊桑在他的短篇小說《家庭》裡面曾經提到路面電車。小說是這樣開頭的：「努易線地面電車通過馬悠門之後，朝著正對塞納河的大道前進。後面拖著車廂的車頭為了警告路邊行人，不時地鳴放警笛。車頭上吞吐著蒸汽，好像人類跑得氣喘不止似的發出『呼－呼－』的聲音。」小說裡的男主角在庫爾布瓦車站下車。三十年來，任職於海軍總部的他都是搭乘這條輕便鐵路通勤。每天早上，他像是烙印似地搭乘同一條路線上班，他反覆地在同樣的時間，同樣的地點，遇到同樣的面孔。每天回家的路上，他會買一份報紙。十九世紀末銷售量突破一百萬份的報紙《迷你晚報》的主要讀者群，可以這篇小說的男主角為代表。

「像是烙印似的」每天在同樣的時間搭乘同一班電車上班的這些人，在當時法國郊區族當中算是比較貧困的階級。而對於原本居住在郊區的人們來說，「星期天的桃花源」只不過是一種「非

風景」，他們的生活和歡樂的風景是扯不上關係的。巴黎人眼中的「令人嚮往的鄉間」，只不過就是一種郊區風景。莫泊桑曾經忠實地將這種反郊區族的心態表達出來：

這些傢伙住在巴黎近郊，他們把那片水肥堆積的田園當成了庭園在佈置，甚至還闢出了花壇。他們用塗料層層塗上自己的住宅，在那小小的房子裡面過著儉約的生活。他們屬於那種疲於生活但卻無法不去工作的階層。

巴黎的郊外只是一片屬於都市之「外」的土地，這和英國人對於郊外的定義不同。對於巴黎人來說，他們在上等生活之「外」過日子，他們活在相同的空間裡，同時也活在相異的文化空間裡。所謂「相同的空間」，是指通往努易的路面電車三十年來所經過的上流社交場所，這裡靠近布隆尼森林，是法國黃金時代（belle epoque，譯註：十九世紀末至二十世紀初，法國政治安定、社會繁榮，各種人文藝術蓬勃發展，這段時期被稱之爲黃金時代）最大的上流社會舞台。對於住在巴黎郊區的人們來說，娜娜（譯註：左拉的小說人物）曾經走過的巴黎大道，史旺夫人表現其豔麗姿色的社交舞台都是遙不可及的世界。莫泊桑寫道：「每天晚上，穿過香榭大道兩側路樹往回家的方向走去時，路上都有不少嘈雜的行人和華麗的馬車組成的波潮，使人感覺自己像是在遠方異國流浪的旅人。」

路面電車這種「公共交通工具」其實算是一種處於文化下位的記號。因爲巴黎的地下鐵是在一九〇〇年開通的。當時正處於一九〇〇年之前，也就是十九世紀末。不論是鐵路或是水路，這些公共交通工具在當時都是爲了給庶民代步而設。雖然香榭大道之上擠滿了各式各樣華麗的私家馬車。但對於住在巴黎郊外的通勤族來說，香榭大道卻是「遠在天邊」的另一個世界。而且香榭大道上的那這些馬車並非用來做爲交通工具。它們是一種「遊步」的空間，也是一種爭奇鬥豔，展現美麗華服的舞台。從貴族到上流階級，整個巴黎社交界都在此展示它的五光十色。而對那些住在「可悲的郊區」的居民來說，香榭大道不僅是「浮華的庭園」，更是遙不可及的場所。

沒過多久，汽車出現在街頭。這等於在向世人宣告，地下鐵開通後的電力時代已經來臨。電力這種衛生的能源出現之後，蒸汽火車頭吐出的煤煙和汽笛都開始逐漸染上陳腐的色彩。塞納河畔「幸福的星期天」景象也和蒸汽火車頭一樣，逐漸顯出老舊的氣氛。「蛙池」則被譽爲「塞納河畔的托爾維爾（Trouville）」。隨著交通工具的速度日增，人們在郊外遊樂的範圍也開始急速擴展。秀拉創作「賈圖島的星期天午後」是在一八八四年，在之前的一八八三年，「東方快車」（Orient-Express）已經開通。如果說週末假日的郊外水邊能成爲世人的世外桃源，那麼長假的地點則擴展到更遙遠的海邊。於是，花樣少女們的身影開始出現在諾曼地避暑勝地的海灘上。

是的，塞納河一直朝向北方流去，它在魯爾堡流入大海。而沿著塞納河興建的鐵路也是朝著北方的海岸駛去。《巴黎人的星期天》裡面的某一個星期天，男主角住在阿尼厄爾的上司家裡舉行了一場受勳酒會，那是一棟愛爾蘭式的別墅，男主人對於自己的別墅所在位置顯得特別自豪。這所別墅的地理位置和左拉的梅塘別墅很像，是建在鐵路旁邊。「每當遠處傳來火車的聲音時，佩魯德里便對著賓客們報告這列火車駛向的目的地。他唸著：聖傑爾曼、魯爾堡、傑爾布爾、迪葉普等地名，賓客們則半開玩笑地從窗口伸出頭去，和車上的旅客們打招呼。」

開往諾曼地的列車所行駛的路線和聖傑爾曼線是相同的。巴黎至迪葉普之間最早開通的遊覽列車是在一八四八年。當時乘坐馬車需時十二小時的距離，從此只要六小時就能抵達。到了第二帝國時期，甚至更從六小時縮短爲四小時。遊覽列車的票價爲五法郎，約等於當時的勞動階級的兩天工作所得。一八六三年，巴黎至托爾維爾與杜維爾之間的鐵道首度通車，從此巴黎就離海邊更近了。一八七〇年是印象派的時代，也是「塞納河畔的星期天」最受歡迎的時代，這時馬拉美（Stephane Mallarme, 1842-1898，法國表現詩人）已在《最新流行》一書中做出如下報導：「沒有任何一個車站比西站（聖拉札站）更像巴黎了。這裡位於市中心，屬於時髦現代的一角。所有朝向諾曼地或布爾塔尼等大眾喜好的沿岸地區出發的快速列車，都是從這個車站出發的。每到夏季，整個車站都充滿了海的香味。」我們從十八世紀八〇年代的秀拉所繪的圖畫裡面便可看出，當時的塞納河畔的確是大眾在週末出遊的好地方，但實際上，這時站在時代先端的「最新流行」

卻已經開始朝向海邊移動。接下來，就讓我們沿著塞納河向北，繼續我們的這場水的記憶之旅吧。是的，我們要繼續北行。

北方的水上運動

北方——離太陽極為遙遠的地方，同時也是夜神降臨水面的地方。當陽光反映在水面，落日失去了固體的形象，人們的身影也被搖晃的光影所吞噬。塞納河畔的群眾腳步聲逐漸遠去，失去光線的河面從明確的地點逐漸變化成不知漂泊至何處的場所。莫泊桑曾在他另一篇短篇小說《家》中鮮明活潑地描寫過這種風景的變化。小說的男主角早已為其通勤三十年的生活感到疲累，有一天，他的母親去世了。他在葬禮的前一天晚上走出家門。他發現夜間的塞納河失去了光彩，一向熟悉的巴黎近郊景色不再，取而代之的是在相同的場所出現的「夜間風味」。原本在白天裡看來擁擠又貧澀的場所，到了晚上，卻逐漸變成氣味與聲音的世界。

清香的空氣充滿在溫暖的夜色裡。每到這個季節，附近的庭園裡開滿了各色花朵。一到黃昏，白天裡還在沈睡的花香便漸漸甦醒過來。花香混雜在陣陣吹拂的晚風當中，帶給大街上靜悄悄地沒有一個人影，街道兩旁並列的煤氣燈一直延展到凱旋門前。而巴黎則在遠處朦朧的燈紅酒綠當中喧嚷。

白天裡看來極為骯髒齷齪的郊區風景這時逐漸變成「夢境」般的世界。那是一種充滿氣味、喧嚷以及溫暖感觸的世界；也是一個固體型態消失殆盡，萬物的界線都已扭曲模糊並且濡溼了世界。這個既無法「眺望」亦談不上「細密」的世界，顯然更和「視覺」扯不上關係。請大家來看一下，圖望（Yi Fu Tuan）提出的環境論就是以感覺論做為基礎。他在《個人空間的誕生》裡寫道：「不論聽覺、嗅覺，或是觸覺，這些感覺都屬於親近的感覺。經由這些感覺認識的世界使人感到愉快安心，同時也是充滿感情的世界。然而，這個世界欠缺能夠定位的特徵。上述三種感覺都完全會被個人所處環境所影響。」圖望將上述這三種感覺稱之為「近接感覺」，因為他認為，視覺是一種遠隔操作的感覺，而且必須相隔某段距離之外才能感受得到。而近接感覺則不使人感到距離存在，同時使人感覺身在其中。若是借用圖望的理論，我們可以經由上述三種近接感覺，親身體會一下審美價值之外的「場所的風味」。

說到「場所的風味」，恐怕再也沒有比莫泊桑對此更敏感的作家了。莫泊桑之所以與眾不同，

主要就是由於他的「多感」，還有他的親近感特別豐富。莫泊桑描寫塞納河畔的「水色」與「綠色」時，他所描寫的人物是包含在景物之內的，而他自己則離開「眺望」的位置相當遠。他在很多篇短篇小說裡面都曾經描寫過這種視覺外的「場所的經驗」。莫泊桑是一名具備無與倫比的「水之想像力」的作家。他利用「水」將人們吸引到視覺之外。而他描寫的夢中景象則滿含水分且濡溼地流動。視覺具有操縱作用，水則將人們帶進其流程之中。莫泊桑描寫塞納河風景時這樣寫道：

月亮升起來了。地平線附近被月光沾染得充滿溼潤。白楊樹承受著月亮，反射出銀色光輝高高聳立。籠罩在原野上的濃霧令人聯想到淡雪。河面上全無星影，整面河水像是覆蓋著螺鈿（譯註：一種漆器的花紋）似的不斷泛起銀色波紋緩緩地向前流去。

月光照著柔和的河水將整個世界都染溼了。這時的河水不僅深深觸動心靈，同時也帶動著無意識的記憶流動。難怪小說中的男主角會在這時痛哭起來。因爲在這追憶母親去世的夜晚，水和月彼此交互感應。這情景到了莫泊桑筆下，連草地、空氣和河水都濡溼得像是含滿了水分，甚至都要滴下水滴來了。莫泊桑之所以被稱之爲印象派作家，主要是從這個角度來評判的吧。因爲十九世紀後半也是「夢」和「無意識」等「看不見的世界」開始受到重視的時代，而有關水的想像力則和這個無法看見的世界彼此交錯影響。

莫泊桑小說裡面所提到的「水」發源於「北方」。換句話說，莫泊桑有關水的想像力來自北方的故鄉。這位生長於諾曼地的作家的血液裡流動著北海的潮汐。是的，就是北海。那是一片籠罩著溼霧的灰暗大洋，落日染上北海的波濤，莫泊桑將這片憂鬱之水與他有關「病態的世紀末」的想像力串連為一套譜系。在十九世紀末這段不安的時代裡，各種疾病、恐怖、梅毒以及心靈現象不斷隨著黯淡的時代之流朝前湧去。有關於十九世紀「水的記憶之旅」，能夠帶領我們漫遊其中的最佳人選，恐怕除了莫泊桑之外，不做第二人想吧。

讓我們繼續北行。朝向北海前進。塞納河水載著沈積其中的祕密不斷向前流去。落日將北海海濱染上血色。就在那裡，那極北的海水浴場正逐漸形成另外一個「混沌」的遊樂場所。

第三章

海水療法

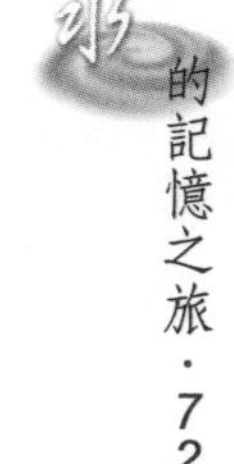

高雅的休閒勝地

塞納河畔的「蛙池」被稱之為「塞納河的托爾維爾」，每到週末假日，這裡總是擠滿了尋歡作樂的遊客。十九世紀後半，托爾維爾（Trouville）海濱已經成為最高級的休閒勝地。而在諾曼地海灘出現的女人則都是經過精心修飾打扮的女人。

我們在第二章裡提到過奧芬巴赫，他在歌劇「巴黎生活」裡似乎也把托爾維爾描寫成「歡樂之地」。歌劇的開場第一幕就是在聖拉札車站，男人在月台上面守候著搭乘托爾維爾出發的列車來臨的女主角。這是一條尋歡作樂的路線，連結了巴黎與諾曼地兩地。「巴黎生活」第一次上演是在一八六六年。巴黎至托爾維爾與杜維爾（Deauville）之間的鐵道是在三年之前，也就是一八六三年開通的。在此之前，從巴黎到諾曼地海濱要花上整整一天，光是車程就要花費五小時。套句當時的話來形容，夏季的海濱浴場是高雅的上流世界的生活場所。就像「蛙池」被稱為「塞納河畔的托爾維爾」一樣，法國黃金時代的杜維爾被稱之為「海濱的巴黎」，或甚至被稱為「巴黎第二十一區」。

十九世紀後半開始，前往休閒勝地旅遊的風氣逐漸盛行起來，巴黎人在每年夏冬兩季離開巴

●上：海濱亦是一種沙龍。霍夫巴瓦的「海濱」。
●中：杜布爾的「翁弗勒(Honfleur)海水浴」(1869)。
●下：眺望海岸活動。皮爾・吾丹的「斷崖上」(1878)。

黎變成了一種流行。諷刺作家貝爾塔爾（Bertall）在其作品《旅途生活》裡曾以戲謔方式描寫這種休閒風潮：

自從春季來臨，這些喜愛旅行的人們想到，自己若留在巴黎，要是哪天有人對他們說出這樣的話，那他們可是無法忍受的：

「哎呀，我去了坎內、尼斯、曼通、蒙地卡羅，都沒看到你的蹤影，這個冬天你究竟在哪兒啊？」被人問起這句話，要是回答不出自己是在波阿，或比爾里茲（Biarritz），或甚至是義大利，那眞是夠丟臉的。

「可是，眞是叫人無法相信哪。絕對不可能的。怎麼會有人十二月或一月還留在巴黎？除了開店的、上班的、從事證券業的，要不然就是門房守衛，其他還會有什麼人？……」

被評爲高雅的地點倒是有好幾個，只要到那些地方去就好。或者說，只要到那些地方去就應該夠好。就拿蒙地卡羅來說吧，那裡很高雅。坎內呢，更是高雅中的高雅。同樣的，尼斯和曼通也不錯。依葉爾對某些病患來說，還夠高雅。而其他位於法國南部的那些休閒勝地呢，要我說那些地方有多好嗎？根本一點都不夠高雅。

沒人去那些地方的啦。

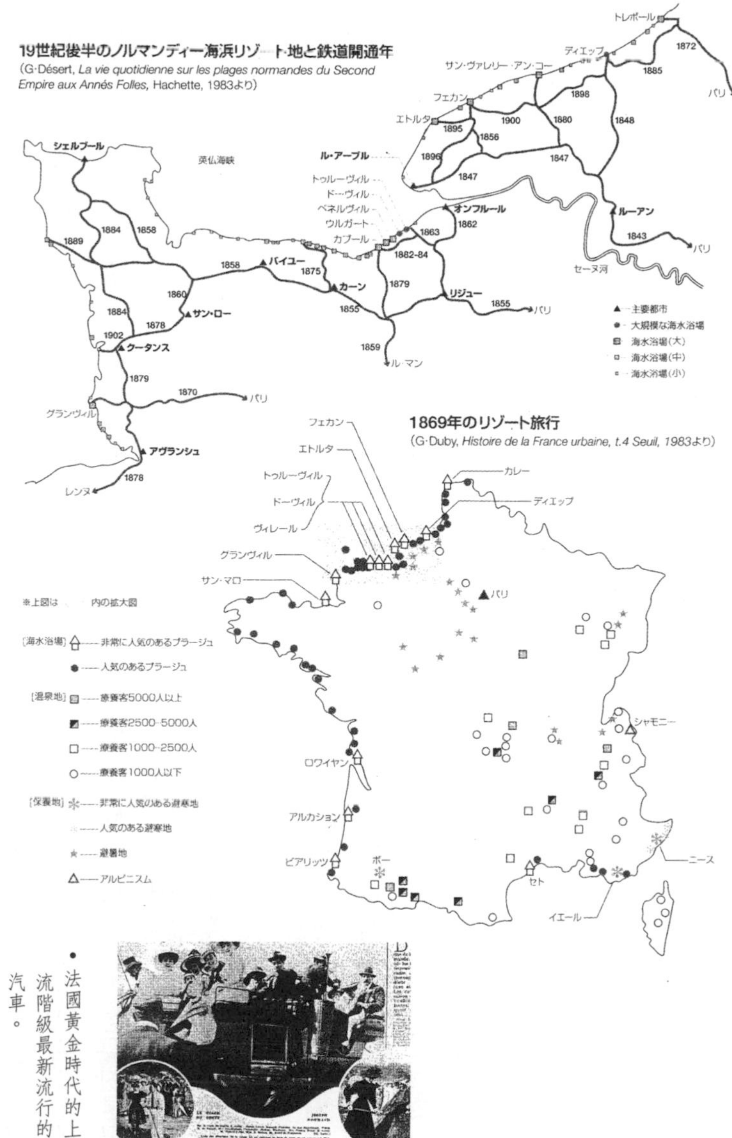

・法國黃金時代的上流階級最新流行的汽車。

貝爾塔爾提到的「高雅的場所」，是指巴黎社交界每天都能遇到的那種「同樣的人物穿著相同的服裝，戴著相同的帽子」相遇的地點。貝爾塔爾接著寫道：「冬季裡，人們期待的是太陽、人行道和森林，而到了夏季，人們除了期待海風，同時也期待人行道和森林。人們想要的是場所的變化、氣溫的變化，換句話說，也就是舞台的變化。……每到夏季，人們非得出現在迪葉普、托爾維爾，或者是比爾里茲，藉此證明自己的存在。貴婦們懷抱著恭謹的態度出門旅遊，她們並希望藉此養生，換句話說，她們對自己的健康是相當留意的。」

貝爾塔爾在《旅途生活》裡面幽默又誇張地將休閒勝地描寫成帶著「沙龍」氣氛的場所，換句話說，不論是法國南部的避寒勝地，或是諾曼地避暑勝地，這些地點相當於是一種「移動的沙龍」；而布隆尼森林則是「高雅的」。法國人的「季節感」由此而生，「整年裡都待在巴黎」則是極不高雅的，這種習俗逐漸深植法國人心。尤其是每年七月至九月的夏季，法國人都認爲非得在避暑勝地度過。而當時那個鐵道開通的時代亦等於是別墅的時代。富裕的上流階級都流行在鄉間購置別墅。當時突然成名的左拉就是在一八七七年購買了梅塘別墅。而貝爾塔爾推出《旅途生活》則幾乎也在同一年。這時法國的西部鐵路沿著塞納河向北鋪設，最後到達多佛海峽，而從第二帝國時期起橫跨法國黃金時代，面向多佛海峽的諾曼地海岸便建起了爲數眾多的別墅。

休閒勝地艾托魯塔（Etretat）因莫內的繪畫而名噪一時，奧芬巴赫及建築家杜克都在這裡建

•上：布爾塔尼（Bretagne）海岸的迪那爾（Dinard）也是高雅休閒勝地的代表之一。

•右：貝爾塔爾的《旅途生活》的封面圖畫。

•中左：風俗雜誌《巴黎生活》裡以「高雅」為題的專欄，其中提到了路易維頓的新產品。路易維頓在當時算是「高雅」的品牌。

•下左：一九〇八年八月十五日出版的《巴黎生活》雜誌，這個雜誌名稱來自奧芬巴克的著名歌劇「巴黎生活」，於一八三六年創刊。

起自己的別墅，莫泊桑生前始終都喜愛的別墅「吉貝特莊」也是建在艾托魯塔。就連福婁拜也在一八三〇年買下托爾維爾的土地。這種以別墅爲生活基地的模式原本屬於貴族的生活型態，然而隨著時代的腳步，現在中產階級也開始模仿起這種生活來了。事實上，十九世紀末前往托爾維爾休養的女客們曾被人稱之爲「海濱浴場的女王」。旅客中貴族不多，主要以實業家、銀行家及從事自由業者爲多。這些人在巴黎的住處大多數位於地價最高的新興住宅區，通常是在第八區或第十六區，也就是高級住宅區。譬如普魯特斯的作品舞台幾乎全都在巴黎至諾曼地之間的高雅地點。

就某種意義來說，高級休閒勝地的確等於是巴黎的「第二十一區」。然而，和巴黎的沙龍比起來，這些「活動沙龍」不僅不具閉鎖性，同時也是製造巧遇邂逅的地點。在那些有水有草的地點，各種階層混雜一處，支配社交界的階層區分氣氛也不再那麼濃厚，而隨著這種氣氛而來的悠閒也給休閒勝地帶來獨有的解放感。這些休閒勝地也和塞納河畔一樣，是產生夏季戀情的場所。在那銀沙白浪的海濱浴場，人們感到那都市所沒有的涼氣能夠紓解心頭鬱悶。對於十五歲的福婁拜來說，托爾維爾的海濱顯然是一個具有特權的記憶之地。海灘上的女人們豪放地隨意退下的衣裳，也攪亂了一旁正在弄潮的少年的心。

海濱靜無人煙，潮水退去，一望無際的銀白色沙灘在陽光照射下閃耀不已。太陽像是被波浪打溼了似的顯得潮溼萬分。……有一天，我一個人走到附近的海灘去。那地方雖離村裡最偏僻的住家不遠，但平時只有想游泳的人才會去。這裡男女可以一塊兒戲水。通常他們都在家裡或在海濱換上泳衣，然後把自己的衣服放在沙灘上。

那天的海灘上棄置著一件帶有黑條紋的紅色外套。

少年福婁拜拾起那件幾乎被海水沖走的外套。這件紅色長外套是修雷占傑夫人的。它曾經包裹住夫人的身體。少年被夫人凝視的時候，他的胸中掀起驚濤駭浪。「多麼令人眩目啊！她是一位多麼美麗的女性！她那漆黑的眉毛下，如火般的眸子像是太陽一般照耀著我，那情景，我現在都記得清清楚楚。」少年的福婁拜終生難忘首次萌生愛戀之心的地點就是在海灘。那是夏日裡的諾曼地海濱。就在那蓋滿銀灰砂礫的海濱浴場，來自都市之外的氣息吹得人胸中起伏不定。海濱也像塞納河畔一樣，是另一種製造巧遇機會的沙龍。

水療

事實上，十九世紀的休閒勝地除了是社交場所外，還有另外一項功能。那就是「療養」的功

能。福婁拜的父親是魯昂的名醫，他在托爾維爾買下別墅，其實主要是爲了家人的健康。我們在本章開頭介紹過的《旅途生活》裡，曾經提到了「病人」和「養生」等字眼。「她們並希望藉此養生。」而「養生」的原文爲hygiene，亦即「衛生」之意。不過當時所謂的「衛生」，和今日大家擁有的衛生習慣可是差了十萬八千里。當時法國人甚至連洗澡的習慣都還沒養成。hygiene只代表廣義的「有益於健康」。不過，像《旅途生活》那樣的風俗書裡都出現了「衛生」這名詞，可見當時那個時代對於「衛生」是多麼關心了。中產階級到了十九世紀逐漸掌握霸權，所以十九世紀是尊重勞動的世紀，也是身體逐漸成爲「資本」的時代。衛生學從這時起逐漸抬頭，而各種用於管理身體的嶄新方法也被開發出來。健康從此成爲一種無上的價值信號，而人們也從這個時代開始期待擁有健康的身體。

事實上，那些高雅的休閒勝地其實也具有「療養」的目的。更正確地說，休閒勝地混雜了社交與療養兩種現象。韋伯（Eugen Weber）在其著作《世紀末的法國》（*Fin de siecle: La France a la fin du XIX siecle*）裡有一章的題目即爲〈治療者與旅行者〉（"curists and tourists"）。韋伯在這一章說明，休閒旅行原本的目的是爲了「進行水療之類的保養」，隨著鐵道與休閒活動的發展，這項活動逐漸變成了「娛樂與遊覽」之旅，而正如同這一章的題目所示，「治療者」與「旅行者」同時匯集於休閒勝地，兩者之間的界限十分曖昧。旅行者是爲了求得精神解放而離開都市，而病患

們則爲了求助於治療而尋求喧囂外的一片淨土。十九世紀的發展帶領著休閒活動不斷向前，從「塞納河的星期天」到「海濱的假期」，不論從空間上或時間上來看，人們對於戶外活動的追求始終在不斷擴展。

十九世紀人們對於休閒勝地的需求還有一個主要理由，那就是因爲當時肺結核曾經十分流行。肺結核曾在十九世紀席捲全世界，對於這一點，相信大家早就知道了。直到鏈黴素在二十世紀中葉被發明之前，肺結核都是一種絕症，除了更換生活場所及進行食物療法外，幾乎無可救藥。肺結核的患者爲了追求陽光與新鮮的空氣，因此不得不離開都市。松塔格（Susan Sontag, 1933-，美國作家、評論家）曾經說過：肺結核病患者是「不斷地追尋健康場所的流浪者」。而歌劇「茶花女」則很清晰地反映出休閒勝地的肺結核神話。那個身患肺病的青樓女子瑪格麗特對她的愛人說：「爲了我的身子，我們必須住到鄉下去。」於是兩個人離開了巴黎，隱居到塞納河畔有水有綠的布吉瓦去了。在那個時代，風光明媚的戶「外」空間是和健康神話連結在一起的。這項要素日漸受人重視，以致氣候療法逐漸盛行，改變療養的環境也漸漸成爲時尚。譬如前面提到韋伯所寫的《治療者與旅行者》這一章裡就有這樣的一段：

鐵道使我們更易於接近新鮮的空氣與美麗的大自然。剛開始，當然是先從大都市周圍開始接觸啦。隨後再急速地通往海邊。沒過多久，巴黎到多佛海峽之間就變成最近距離。諾曼地海濱的清涼夏季愉悅地紓解了內陸的燠熱。當時的中產階級們身上都穿著厚重的服裝，當然炎熱的夏季就更讓他們受不了。而一般人都相信，海水療法（hydro-therapy marine）對於不孕、咳嗽、便秘等症狀都有明顯效果。

韋伯說的沒有錯，在十九世紀休閒風氣興盛的背後，田園風景和「水」的效能發揮了很大的作用。十九世紀後半起，被稱之爲hydro-therapy的水療法逐漸開始盛行，同時也深獲大眾喜愛。不曾受到都市污染的「水」不僅能夠治療疾病，同時也能給身體帶來活力。人們夢想著經由「水」這種淨化的物質來獲得健康。健康在十九世紀成爲最珍貴的標誌，諾曼地海邊的水療則讓許多想要一圓健康夢的人們趨之若鶩。

簡單地說，當時的水療法可分兩種，一種採用熱水，即「溫泉」。當時只要提到水療，大致就是指溫泉治療。若說水療成爲時尚，溫泉療養顯然興起於海水療養之前。不論就治療設備方面或是遊樂設備方面來看，海濱休閒勝地的開發向來都是以溫泉地做爲藍本，而溫泉勝地更因同時具備熱水與冷水兩種治療效能而招來更多保養的遊客。溫泉療養與海水療養先後發展，兩者總稱爲「水療」，其後觀光旅行又與「水療」攜手合作，從此給予休閒風潮帶來無限未來與希望。事實上，我們在前面介紹過的《旅途生活》中提到「高雅的場所」，作者特別列舉了蔚藍海岸、諾曼地，以及庇里牛斯山脈的溫泉地，而韋伯在其〈治療者與旅行者〉一文中同時討論溫泉與海濱。就以開發托爾維爾爲例，顯然這個休閒勝地擁有上述兩種特色，因此才能在海邊建起「水療兼溫水浴」的療養設施。我們還可以科布爾海水浴場爲例，這裡最初是由一家溫泉公司主導開發，而在開發過程中，通常都有醫師在背後參與進行。由此可知，不論是冷水還是熱水，兩者都能讓人滿足「健康」的夢想，因此才能招來無數遊客。

十九世紀亦是產業的世紀，疲憊的都市居民嘗試藉著「水」來治癒身心的病痛。我們從世紀末陸續出版的醫學書與水療指南的數量就能看出「水」所象徵的理想國。在這些著作當中，最受人注意的就是歷史學家密舒雷的《海》。這本別出心裁的博物誌是在一八六一年寫成，而幾乎就在同時，杜維爾也開始進行開發。密舒雷在書中再三讚揚海洋的生命力。他認爲，海水能夠給予我們身體活力，也能讓生命復甦。海水含有的鹽分和賦予胎兒生命的羊水成份相同，而且海水裡面充滿孕育生命的養分。密舒雷以其獨特的文筆寫道：「水能給予滋潤、養分，也能孕育果實與農作物。水眞是奇異的精靈！」放眼北海的海面，上面漂滿了白色的鯡魚魚卵，「這些生命像是沈浸在命運的酵母中發酵」。那是一片香醇的「乳之海」。海洋好比多產的生殖器，陸續不斷地在創造生命。「廣闊的海洋世界眞正該負起的任務就是不斷地創造生命。」對於密舒雷來說，充滿滋養黏質液的海水即等於「地球的血液」，因此這種液體必能復甦人類體內循環的生命。

對一向習慣於碧藍大海之印象的人們來說，密舒雷將海水視爲「地球的血液」這種宇宙觀實令使人讚嘆，然而，幻想家密舒雷心中的憧憬，其實是以海水喚醒那些失去血色的虛弱病患的生命力，並協助他們重新擁有健康的身體。密舒雷滿懷熱情地對那些「像是蒼白花朵」的女性們訴說：「熾熱的血潮，這才是海水的最高傑作。……爲了拯救蒼白柔弱如凋謝之花朵的妳們，必須重新注入要素，將妳們的雙頰染上玫瑰色彩，並且幫助妳們恢復健康。」海洋是生命之母，因此能夠孕育生命。他在《海》的最後一章〈海之復甦〉裡面詳細記載了海水療法的細節，我們只要仔細研究其中各項，就能發現其用意十分懇切周到。按照密舒雷的想法，順序應該是這樣的：「選擇海岸」、「定居」、「首次呼吸到海洋」、「海水浴——美之復活……」。

密舒雷提出的海水療法確實含有其獨特的幻視性，我們若是過分重視密舒雷看法的獨特性，不免會對其所處之整個時代背景有所誤會。密舒雷祈禱復甦的生命，是指女性及兒童的生命，換言之，即是承擔法國未來的生命。這位同時也寫過《民眾》的作者在書中不斷地向讀者灌輸他的「中產階級嚮往健康之夢想」。由於勞動時代的到來，健康的身體自然而然地成爲貴重的資本，很明顯的，這也是水所代表的意義發生變化的時期。十七世紀是貴族時代，當時用以裝飾凡爾賽庭園的巴洛克之水等於是「遊戲」與「舞台」的標誌，而這種象徵虛榮的「水」，與其本身所擁有的健康生命力的本質簡直相差了十萬八千里遠。

關於「水之活力」這種肉眼看不見的價值，首先是由中產階級發現的。時至今日，水不僅能夠提供生命活力，同時也是滋養健康的泉源。維歌雷洛（Cf. Georges Vigarello）在其衛生論之著作《清潔與不潔》裡面表示，水的象徵性已經從「舞台的記號」逐漸轉變成爲「實力的記號」。而對於極力主張海水能夠賦予生命力的密舒雷來說，他的理論顯然也只能在中產階級時代的水的象徵系統之內才能成立。

另一方面，從「舞台的記號」轉變爲「實力的記號」，這種變換亦可視爲由表層轉至裡層。如果巴洛克的遊戲之水代表流經表層的話，實力之水則在地層深處看不見的地方流過。密舒雷把碧藍的大海視爲鮮紅的血潮，顯然也是因爲他能透視海洋的「深處」（地球的中心）。由表層深入裡層，從「看得見的物體」到「看不見的物體」——這種變換最終會將我們引入無意識這個深層的部分吧？當時的時代的確正在朝向佛洛伊德時代邁進。而人類的靈魂也在深層之「水」不斷觸碰無意識的過程中被治癒……。

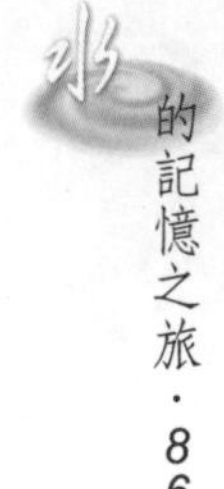

北方的海濱浴場

然而，我們現在要介紹的時代是十九世紀後半，這時精神分析還沒誕生。前往海濱休閒的習慣才逐漸蔚為風潮，需要療養的對象是那些「蒼白凋萎的花朵」，換一種方式來說，也就是那些虛弱的人們。讓我們再借用韋伯的文章來說明：「海水和空氣能夠治癒各種疾病，尤其是那些城市居民想要逃避的疾病，譬如因城市生活的壓力或污染造成的疾病。舉例來說，憂鬱症帶來的倦怠感，從憂鬱症到神經衰弱、精神錯亂，以及其他的神經障礙。」相信大家都知道，十九世紀末是個「神經衰弱」的時代。人們找不出身上任何器官發生問題，但他們卻為神經不安而煩惱。

更重要的是，一般人都認為，憂鬱症這種麻煩的疾病是屬於「北方」的疾病。迪德洛（Zeldin Theodore）在《感情的法國歷史》（*Histoire des passions francaises*）裡面就曾提到：「一般認為，憂鬱症是在十七世紀從多佛海峽的彼岸傳過來的。」他在這裡特別使用外來語來表達憂鬱症。到了十八世紀，迪德洛認為：「這個時代除了憂鬱症就是英國蒸汽。緊接著，十九世紀來臨，上述北方的疾病則開始快速地蔓延於歐洲大陸。在此之前，法國幾乎無人聽過這種疾病，但從此之後，憂鬱症開始擴及全國。這是一種發祥於『霧國英吉利』要命的疾病……。」

波特萊爾的《巴黎的憂鬱》是在一八六九年出版的。八年之後，密舒雷發表了他的作品《海》。我們可以說，憂鬱症和浪漫主義一樣，都是從大海的彼岸傳到法國來的。不論是浪漫主義或是憂鬱症都是來自「霧國英吉利」的產物，而且兩者都在十九世紀中席捲了法國文化。《感情的法國歷史》裡面曾經指出：「舉例來說，『星期天的憂鬱』可算是十九世紀最偉大的發明。有一篇在一八六一年發表的小說開頭第一句話就說：『那天是星期天，簡直就是巴黎所有憂鬱症患者的大節日……。那個星期天，外面下著傾盆大雨』。」

憂鬱症這種神經方面的疾病最早來自北方。說到這裡，我們不免想起，英國也是一個結核病的先進國家。換句話說，在那些被稱之爲「病佚」的人種當中，霧國英吉利等於是個中翹楚。若說像霍亂這種招致大量死亡率的病症是一種團體疾病，那麼結核病與神經衰弱則是一種純屬「個人的」疾病，這種疾病會使患者耗費心神在身體的些微症狀之上。而海濱療養法則專門用以治療這類個人的疾病。更重要的一點是，這類疾病的發祥地正好也是海濱療法的發祥地。英國不但創造了「病佚」這個族群，同時也創造了海濱療法。諾曼地海濱的休閒勝地全都是按照英國式的模型建造的。十九世紀末的杜維爾曾有「法國的布萊頓（Brighton）」之稱，而這個名稱本身即表示法國的休閒勝地都是仿效英國而建。英國不僅是憂鬱症及其治療法的先進楷模，就連海水療法都是由北方的海濱浴場——英國所發明的。

說到北方的海濱浴場，柯爾本（Alain Corbin, 1750-1840）曾經發表過長篇大論的《海濱的誕生》（*Le territoire du cide: L'Occident et le desir du rivage*），他在這本充滿感性的文化史當中詳細論述海濱浴場的範圍，並將海陸之間的廣大沙灘稱之爲「空虛之地」。柯爾本認爲，這類空虛之地幾乎全都屬於北方的海濱浴場。他並列舉環繞北海、波羅的海、多佛海峽等沿岸的國家，如荷蘭、德國、英國以及英國彼岸的諾曼地。柯爾本討論海濱浴場的重點在於這些海濱如何「誕生」。他認爲，海濱休閒勝地誕生的場所亦即憂鬱的發祥地，換句話說，也就是北方的海濱浴場所在地。

簡單地說，柯爾本的「海濱的誕生」即是憂鬱症的治療法。舉例來說，柯爾本在書中說明憂鬱與治療法時特別提到「崇高」這個名詞。他還在書中舉例，十七世紀中由羅伯特・巴頓（Robert Burton, 1577-1640，英國學者、作家）所發表的《憂鬱症的解剖學》（*Anatomy of Melancholy*）曾對英國貴族階級發生極大影響，書中列舉的療法之一就是變換環境療法。巴頓強調，「視野遼闊的優美風景」能夠驅走「遮住雙眼的蟲子」，換句話說，患者因爲環境發生變化而不再感到無聊。巴頓在書中積極建議憂鬱症患者出門旅行，以使患者經常變換地點眺望風景，藉以刺激其視覺。事實上，英國式庭園亦能刺激視覺而達到治療憂鬱症的功效，這套理論其實和巴頓將「景觀」與「治療」相提並論的邏輯是一樣的。

柯爾本認爲，根據上述理論，「崇高」這種感覺帶來的驚愕也和美麗風景一樣具備治療價值。譬如勃格（Augustin Berque）也曾表示過，崇高感具備的魅力能吸引視覺，其功效相當於身心皆受到冰凍似的刺激療法，而呈現垂直狀態的巨浪倒捲襲來時的光景，則能消解憂鬱症造成的情感凍結現象。這種結果表示「審美」與「治療」之間的緊密關係。而與勃格幾乎同一時代的醫師羅素（Richard Russell）則提出了海水療法的觀念。勃格的理論是在一七五七年提出的。羅素提出海水療法是在一七五〇年。這位年輕醫師是布爾哈斐（Hermann Boerhaave, 1668-1738，荷蘭醫學及化學學者）的學生，他不但大力宣揚生命起源的大海能使萬物茁壯，同時也極力推薦病患進行治療浴及飲用海水。他認爲，海水含有鹽分，因此能夠防止腐敗，並能幫助生物體內的分泌與循環。羅素提出的海水療法立即受到廣大歡迎，英國各地的海濱浴場擠滿了尋求海水療法的患者。羅素還在布萊頓海濱首區一指的海岸保養地區建立豪華別墅，而布萊頓更因此成爲名符其實的歐洲海濱勝地的範本，海濱浴場從此開始在各國普及起來。

上述的海濱休閒之風在十九世紀前半渡過多佛海峽到達諾曼地，這陣波濤首先對迪葉普造成衝擊。貝里公爵夫人到訪迪葉普之後，這裡逐漸形成傳統的貴族休閒勝地。托爾維爾與杜維爾是在法國第二帝國時期至十九世紀末才開始開發的，這兩個休閒勝地一向擁有「海濱浴場的女王」之美稱。我們在前面也曾提到，這些法國北方的海邊休閒地當時曾藉著海水療法而大肆宣揚，並因此招來許多遊客。一八四六年，拉庫爾醫師出版《海水浴醫學導引》，隨後，類似的醫療指導著作開始大量出現。因為海水浴是一種治療法，必須按照詳細規定逐步進行。

讓我們按照柯爾本的敘述，簡單介紹一下進行治療浴的規定。首先，患者接受波浪洗浴之前必須休息。要避免直接日晒，必須在日落之前進行洗浴。每回水浴時間為十五分鐘到半小時，不可過長。一天只能進行一次水浴。另外，由於海水浴會使身體變冷，因此浴後應該飲用溫飲或熱飲提高體溫，並得躺在床上休息。而且理所當然地，療養患者身邊必須有專人照顧他們接受治療。一般來說，患者進行海水浴時應該還要有懂得游泳的看護人員在場。對於患者的衣著與換衣時機，柯爾本也有詳細規定。當時幾乎在所有海濱都備有「海水浴馬車」，以供患者在海濱脫衣時使用。

根據十九世紀末的醫療指南來看，當時的海水治療效能含括了不孕、骨痨、氣喘、淋巴腺炎、萎黃病、神經衰弱及憂鬱症等。而更使我們感到有趣的是，有關海水浴的功效之中，並沒提到「陽光」這個要素。當時的醫療指南當中只列舉了鹽水、碘、海藻等，除此之外，則還有海濱的涼氣與空氣。說到空氣，我們不如把「海濱的發明」稱之為「空氣療法的發明」。蘊含著鹽分與水分的海風不斷吹拂著患者肌膚，這些在海濱尋求保養的患者所追求的是海邊的空氣，而不是燙人肌膚的太陽。柯爾本在其休閒論全卷當中不時地提到「北方的療養」的字眼以強調這項事實。

與正午相比之下，早晨和黃昏也有其獨特的優勢，相同地，與日晒比起來，日陰之處亦有優點，而和海水浴比起來，散步也算一種優勢活動，甚至連人們對月色的感受性都具備優勢……。以十九世紀的想像力來看，太陽甚至是最需要警戒的對象。因爲灼熾燠熱的強烈陽光能使身體變得乾燥，而乾燥即代表著生命力的萎縮。密舒雷在其著作《海》當中亦曾觸及十九世紀的想像力，他寫道：「病患必須避免強烈陽光。」「除了空氣和水，其他的一切皆爲無用之物。」

豐饒的水代表繁殖生命的承諾，這片豐饒之水即是伸展在陰霾下的灰色北海。而有能力治癒憂鬱症的亦正是這片廣漠和寬闊的空虛之境，還有那鋪了銀砂的海濱浴場。「水之夢」亦即是「空氣之夢」。

大氣的魔術

水與空氣之夢——說到這裡，我們又回到印象派的想像力這個主題上了。水與空氣兩者都算是「氣象」的成份之一，既不持久又容易消失。事實上，就像柯爾本所指出，病患們記錄的療養日記裡面，與氣象有關的篇幅相當多。水自表層滲透內部，就像我們觸探自我深層的時候一樣，人們傾聽自我內部的聲音，因此才能產生過敏的感性。終年陰天的諾曼地氣候極易發生變化，陰

霾的天空及陰影呼應著人們心跳的震動。

憂鬱詩人波特萊爾（Charles Pierre Baudelaire, 1821-1867，法國詩人，被譽為近代詩始祖。著有散文詩《巴黎的憂鬱》）非常喜愛雲彩。他曾對一系列以諾曼地的天空與海洋為題的風景畫做出如下描述：「畫中記錄著日期、時間與風向」，這些圖畫具備「氣象學之美」，充滿了「空氣與水的驚異魔術」以及「液體與大氣的魔術」的魅力。

液體與大氣的魔術——曾對北方海濱浴場詳加描繪的藝術家當中，除了感性的波特萊爾外，普魯斯特也算是其中之一。事實上，《花樣少女的背後》即是一部療養小說。故事的主角是一位患有神經性氣喘的患者，他為了「呼吸到海風」，因此前往海濱巴爾貝柯療養。還有一本論及海濱休閒地典範的作品——《柯布爾（Cabourg）的普魯斯特》，其中提到，普魯斯特企圖追求的是「航海、僧廟及療養所」三者兼備的場所，而他真正希望達到的境界其實並非療養所，而是另一種「沙龍」。儘管《花樣少女的背後》是一部描寫高雅至極的社交界的小說，但另一方面，卻也沒人能夠否認這部作品同時也是一部描寫「病患」的療養小說。譬如說，男主角全家搬到巴黎居住的理由主要是「為了有益於祖母的健康」、「空氣良好」等屬於衛生學的理由。正如一般人都知道的，普魯斯特的父親是一位教授兼名醫，他不但在巴黎大學醫學院教授衛生學，同時也曾在對付霍亂病方面擔任過指導任務，他認為，「欠缺空氣」才是造成神經衰弱的原因。對於療養方面的知識，普魯斯特當然是比不上他的父親的。

事實上，我們如能瞭解空氣的效能，就必然更能感受到「液體與大氣的魔術」。譬如在《追尋逝去的時光》一書當中，凡有機會，普魯斯特都不忘提到氣象學。其中有一段關於春季巴爾貝柯海濱的描寫：「終於，在陽光的照耀下，急雨襲來，雨絲呈現水平狀態沖刷出絲絲條紋，並在蘋果樹梢織成灰色的雨網。然而，樹木卻繼續屹立在驟雨帶來的寒風下，堅毅地保持著鮮豔如薔薇的美麗姿態。這正是一幅春季的午後景象。」除了春季之外，秋季的海濱更能吸引遊人。「夏季總算要結束了，在那淡紫色的天空中，籠罩著霧氣的太陽簡直就像一輪赤紅色的大球……。」大氣的魔術造成無數色彩與形狀的瞬間變化，同時也呼應著人們心底的不確定感。普魯斯特追憶著緊隨時光淡忘的景象，他的靈魂不斷地和氣象彼此呼應。下面就讓我們再翻開書中的〈格爾曼特人〉這一節來看看吧。

這只是一個秋季的星期天，我卻感到自己像是重生了一遍似的。……暖和的天氣持續了好幾天，這天的早上卻籠罩著冰冷的霧氣。直到中午之前，霧氣都沒有退去。這類天氣變化卻具備再造世界和人類的能力。

換句話說，正由於我們對於氣象具備如此敏銳的感性，因此「變換環境」便能發生治療身心

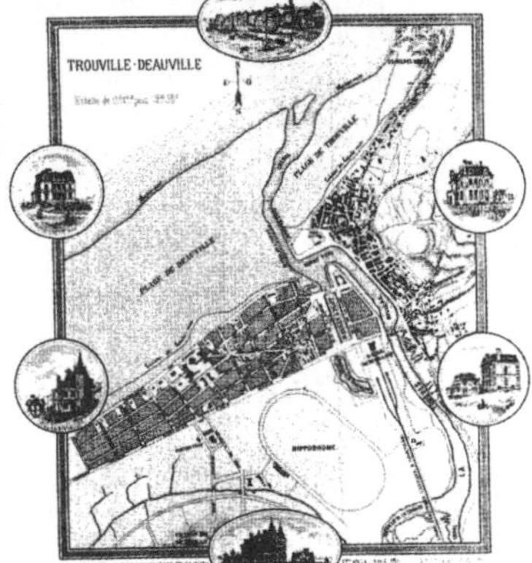

● 上：海濱休閒地的模範——柯布爾的賭場和散步專用的人行道。
● 中右：托爾維爾海濱的別墅林立。
● 下右：托爾維爾與杜維爾的開發計畫（1866）。面對海濱浴場建有賭場，其後是賽馬場。賭場與賽馬場同為某種形式的「沙龍」，都是休閒勝地不可或缺的設備。
● 左：托爾維爾的觀光海報（1900年左右）。

的功能。請大家不要忘記一件事，《花樣少女的背後》的第二部就是一部「變換環境」的小說。這一點，我們從小說的副題就能看出：「土地之名——土地」。小說裡的主角即將前往的地方是一片未知的土地，而在那片土地之上，應該種植著當地特有的未知植物。譬如在海濱的那些花樣少女，也可算是其中之一。班傑明（Walter Benjamin, 1892-1940，德國評論家，深受猶太神祕主義與馬克斯主義影響，做為法蘭克福學派的一員而發展出獨特思想。著有《暴力批判論》）曾經指出，普魯特斯的小說世界是一種植物的世界，他描寫那個世界裡的少女時就好像在描寫植物一般。譬如我們在他的小說裡能夠發現這樣一群少女：「其中的幾個少女像是珊瑚蟲組成的植物，突然出現在大家的眼前。」小說中的主角將少女們比喻成珊瑚蟲的說法，實在是出於博物學的觀點。事實上，正是因爲普魯斯特具備這種獨特的「人類博物學的好奇心」，面對聚集在休閒勝地的人們時，他便以這種獨特觀點觀察他們。譬如一群在餐廳飲茶的少女，她們看來「就像被漁夫捕中之後才覺醒過來的美麗魚兒，不斷閃耀著身上的片片鱗兒」。而在餐廳裡忙著服務的男侍者們則像「在動物園的大鳥籠裡興奮鼓譟著格外鮮豔的雙翅的『剛果鸚鵡』」。

說到這兒，請大家回想一下歌劇院裡的情景。穿戴整齊的貴婦們在劇場的黑暗中，像是「海中花」一樣地隨著波浪起伏漂動，包廂附近則像是晃動著「光鮮閃耀的海女們」的水族館。而同樣的，每到夜晚，巴爾貝柯的高級飯店也會變成奇異的水族館沈浮於夜色之中。除了水族館之外還有動物園，普魯斯特對博物學的好奇心甚至也對密舒雷發生影響。而做爲讀者的我們也因此會對這些在海濱遇到的人們，不論是貴婦或是飯店男侍，油然升起好奇之心。

綻放於海洋

在普魯斯特的小說人物當中，最討人喜歡的「植物」就是那些花樣的少女們。在我眼中看來，那些少女即是始終開放在海濱的花叢。她們「好像薔薇花一般伸長了頸子展開笑靨，特別是在背後襯托著海景時，她們更能發揮最大魅力」。而更使人驚訝的是，這些綻放於海濱的花叢總是不斷給予我們新鮮的印象，每次見面都帶來不同的新氣象。不錯，少女們擁有的無上魅力正是這種源源不斷的變化，以及變化帶來的驚喜。這種變化其實和「液體與大氣的魔術」帶來的變化是一樣的。而事實上，普魯斯特的小說人物奧貝婷每次出場都給人不同的印象。

我眼中看到的奧貝婷從來不曾出現重複的形象，她就好像大海一樣。我們稱呼大海時總是使用單數，這完全是爲了省事，現在，原本爲單數的大海變幻爲眾多姿態的各種大海。而奧貝婷正像是多樣的大海。她像女神般地站在大海面前，就要被浪潮捲起。……

天上的浮雲緊緊依靠著大海，雲層聚集之後又重新開始流動，然後分散各處，逃逸得無影無蹤。這種過程亦像顏色的變化一樣。

普魯斯特筆下的少女們像雲彩與波浪一樣不斷變化形象，與其將她們視爲擁有個性與人格的「面孔」，不如將她們視爲孕育著青春生命的族群，而且這些年輕的生命想必是不會硬化的。從這個觀點來看，這些少女相當於一群柔軟的「肉體薔薇」。無論如何，年輕的「肉體薔薇」所具備的魅力，是其充滿彈性的可塑性，就像所有年輕的生命所具備的可塑性一樣，她們無時無刻不在進行戲劇性的變化。相同的，這種變化和大海的波濤洶湧亦是一樣的。

在普魯特斯的心中，少女、大海和生命都渾然結爲一體，彼此不斷呼應。「少女時期是逐漸趨於完全安定的時期，這也是爲何當我們站在少女身邊時會感覺出那種清純感的原因。人們身處於不安定的對立狀態中，始終能夠感覺出戲劇性的變化，這種變化給人帶來新鮮的感覺，同時也使人想到眺望大海時所體會到的自然元素永恆更迭不已的感覺。」小說的主角雖然身爲病患，然而經由這些海濱少女，他卻能不斷感受到這種「永恆更迭不已」的感覺。而主角在海濱浴場上呼吸著少女們吐出的青春氣息，他就像是「復原中的病患坐在花園或果園裡休養」，而他的生命復活力則掌握在少女們的手中。

密舒雷的小說《海》的第四部名爲〈復活於大海〉。而半世紀之後，「海水療法」終於神奇地成爲具體的事實。這個故事發展出人意料，因爲小說中的男主角被比喻爲蒼白植物，而小說裡的少女們卻都健康活潑，綻放出生命的光輝。躲在這些少女背後的是男主角，而呈現在他眼前的，則是一群健康的肉體如過眼雲煙般地放出耀眼的光芒。

面對著眼前的大海，我放眼所見，映入眼簾的全是如同置於希臘陽光下的雕刻般的人體之美，這些美人不正是高貴恬靜的典型嗎？

從「蒼白的花朵」到「健康的身體」。密舒雷和普魯斯特的作品呈現出半世紀以來的時代流向。少女們的清新健康之美對小說裡的男主角造成了壓倒性的衝擊。對普魯斯特來說，所謂的「治癒」，其實就是這種衝擊。前面提過的班傑明表示：「樹葉、花朵、樹枝、昆蟲，這些生物從不向我們透露牠們生存的祕密，然而，經由每次飛翔、振翅和跳躍過程裡，便會有特殊的生命潛入未知的世界，觀察者便不得不睜開驚異的雙眼。而普魯斯特眞正能夠打動讀者內心的，正是這種不時出現的不經意的驚喜。」

正是這種隨處出現的「不經意的驚喜」才能使生命復甦，只有這種驚喜才能使我們的靈魂像是孩子被魔術打動了似的重新復活起來。大家不要忘記，普魯斯特的小說也稱得上是一種「變換

- 上右：保羅・艾爾（Paul Louis Toussaint Heroult, 1863-1914，法國化學家兼畫家）的「柯亞的賽船」（繪於1900年前後）。小說《追尋逝去的時光》裡所描寫的畫家艾斯提爾即是以艾爾為模特兒之一。
- 上左：P. W. 斯提亞的「海濱的少女」（1886至1888年左右）。
- 下：莫內的「托爾維爾海濱」（部分完成於1870年）。

環境」的小說。當一個人變換環境時，首先跟著變動的便是這個人的「習慣」。「習慣」其實也是一種「惰性」，它不但剝奪了我們的感性，同時也奪去我們的「驚喜」的能力。唯有打破這種習慣，我們才能恢復如孩童般的驚喜能力。

更重要的一點是，普魯斯特的言行表現出來的反博物學態度。博物學是主張將植物從其棲息地截取做爲標本的。而普魯斯特小說當中的「植物」卻絕對不會離開原來的棲息地。正如班傑明所說，普魯斯特小說中的人物全都是「永遠紮根在其棲息地的社會上。……他們隨著格爾曼特與梅格立斯吹來的微風不斷擺動，在命運的密林中，這些小說人物像是失明了似地彼此糾纏不清」。那些綻放在海濱的「肉體薔薇」已經永遠地與其棲息地——北海海濱——結爲一體，普魯斯特從來不曾將她們的根從棲息地上切斷過，即使偶爾會被摘下放入巴黎的室內，但小說中的女主角奧貝婷永遠都和巴爾貝柯海濱聯成一體。

就拿她的藍眼睛來說吧，「她那狹長的藍眼睛，簡直就像要化成液體似的。當她閉上雙眼時，就好像窗簾拉上之後，我們再也看不到大海」。每到清晨，她那打著波浪的卷髮不僅重新使人聯想到大海，也使人想到「被囚禁的女人」裡那個沈睡中的奧貝婷。而那花樣肉體的沈睡模樣，更會惹人想起大海的誘惑。「我側耳傾聽，那沈穩如海風，夢幻如月光，神祕如耳語的——當然是她的沈睡模樣啦。」沈睡的少女像是化身爲一株無語的植物，在那寂靜無聲的巴爾貝柯月夜海

●沈睡在月光下的海濱浴場。A・哈里森的「海」(繪於1893年左右)。

濱風景下，兩者似乎已經合而爲一。

我以爲，大海其實就活在奧貝婷的身體內部，那是一日將盡時的大海，也是沈睡在月夜之下的大海。

這些如花般的肉體不斷綻放於多樣的大海。有時綻放於夜晚的大海，有時綻放於閃耀銀光的海濱。

而更重要的是，這些大海的形象總是給人帶來新鮮與驚喜。大海無止境的變化，使人感受到無限幸福與滿足。能夠再創生命的大海一定是變換無窮的大海，也是在「流體與大氣的魔術」的指揮下不斷流動的大海。動盪不已的海水不僅沖刷著人們的驚喜，同時也滋潤著早被習慣吸乾的生命。是的，大海是具備治癒能力的。事實上，北方的海濱正在不斷給予我們治療。這種療法憑藉的不是太陽，而是具有流動力的水力。

潮起潮落，循環不已的海水將我們的靈魂重新帶回幼年期，海水是令人懷念的源頭所流出的幸福之水，即使這種幸福感只是失樂園裡的夢想而已。

第四章

薔薇的墓地

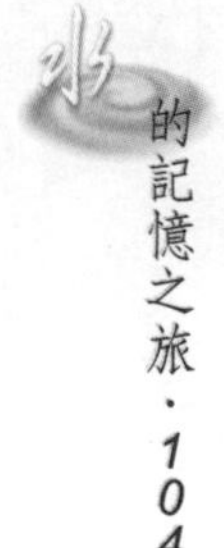

世紀末的蔚藍海岸

普魯特斯筆下「換地療養」類型的小說都是美滿的故事。體弱多病的男主角受到海濱的青春少女們給予的生命氣息，便能獲得「永生的再造」。這些美麗的「肉體薔薇」花兒們呼出令人眩目的健康氣息，治癒了男主角。小說裡的人物都在那北方的海濱浴場過著幸福安逸、宛如夢境的日子。

而另一方面，也有很多人雖然過著同樣安逸如夢的日子，但他們最後卻成爲不歸的旅客。這些人是肺結核的患者。如果把普魯斯特的小說當成療養小說來讀，我們會發現這些小說的背景應該是二十世紀。主要原因，我想可以這麼說吧，因爲小說裡的那些「花樣少女」實在不像是十九世紀的人物。她們像是活潑又充滿生氣的「肉體薔薇」，由波特萊爾（**Charles Pierre Baudelaire, 1821-1867**，法國詩人）首創並席捲十九世紀末的「帶病之花」印象不僅被她們打破，這些「肉體薔薇」帶來的「新鮮感」更給予人們深刻強烈的印象。

眞的，十九世紀後半是「帶病之花」的表象隨處可見的時代。就拿密舒雷的《海》來說吧。這本宣揚海水療養的作品好比一本具有性別的教科書，因爲密舒雷在書中傾訴的對象正是如同

「蒼白花朵」一般的女性。他在書中懇切地介紹水療的細節，並且企圖說服「失去血色的蒼白花朵」們努力恢復健康，因此，這部作品《海》亦可看成是一本有關「血」的教科書。對密舒雷來說，翻滾著鮮紅血潮的海水即是「地球的血液」，女性在承受著海風吹拂的過程中，海中之血將鮮紅重新注入女性體內，早已凋零的花瓣因此而重新綻開笑臉。

失去血色的蒼白花朵，這是曾經支配十九世紀憂鬱女性的表象。這些女性總是被拿來和某種疾病相提並論。那就是肺結核。而使這些體弱多病的女性變成「旅客」的，也正是肺結核。在休閒文化史即將寫下重要一頁的時刻，幾乎所有的休閒勝地都從療養地轉變爲遊樂地。任何休閒勝地都同時擁有保養與社交兩種功能，肺結核則處於兩者之中，另成一種獨特功能。一想到這兒，最先浮上我們心頭的印象就是療養所。結核病患者即是住在這種隔離空間裡的居民，另一方面，他們也是旅客。就像蘇珊・松塔格（Susan Sontag, 1933-，美國作家，評論家）所說，肺結核的出現使旅遊與治療首次合而爲一：

結核病患者是化外之民，也是不斷追求健康場所的流浪者。從十九世紀一開始，結核病就成爲離鄉背井與沿途旅遊的新理由（在此之前，從來沒有人想到過藉著旅遊或療養所來隔離結核病）。而更重要的是，這時一些適於結核病患者療養的特定場所都已經興建起來了。十九世紀初的療養場所大致分布在義大利、地中海或南太平洋的島嶼；進入二十世紀之後，療養場所更是擴展到高山上、沙漠中。而這些風景勝地則分別代表各個時代浪漫化的對象。

當時有能力前往這些風光明媚的風景勝地去療養的患者，當然都是上流階層的富裕人士。隨著松塔格的「高貴靈魂」神話日漸普及，現實生活中，結核病也在富裕階級——譬如普魯斯特就屬於這種階級——之間廣爲流行，而這正好助長了上述那種觀念上的神話的形成。另一方面，結核病患們亦經由療養地來肯定上述神話。而他們根據歷史背景選中一處海濱土地，那就是法國南部的蔚藍海岸（Cote D'azur）。

莫泊桑在他的短篇小說《初雪》裡曾對蔚藍海岸有所描述。那是在一八八三年，一個天氣晴朗的冬天，坎內的克羅瓦賽特大道（BD. DE LA CROISETTE）商店街邊，一名面色蒼白的女性獨自坐在椅子上眺望大海。這塊避寒勝地特別受到陽光的眷顧，柑橘樹和檸檬樹上結滿了金色的果實，樹叢中分散各處的白色別墅靜靜地沈睡在陽光下。

這時，一個年輕女人從一間面對著克羅瓦賽特大道的時髦小洋房裡走出來。……她才走了大約二十步，就累得喘著氣坐了下來。女人的臉色白得像個死人。她一邊咳嗽著，一邊伸出透明色的手指按住嘴唇，像是要把那掏盡全身力氣的咳嗽止住似的。

女人遙望著晴空裡無數海燕迎著陽光飛舞。她凝視著遠處那形狀特別的山頂，然後，又轉眼眺望眼前的那片大海，那是一片碧藍、沈靜又美麗的大海。

女人的臉上浮現出微笑，她輕聲地對自己說：

「啊，我眞是太幸福了。」

然而，她心裡是很清楚的：自己已經不久於人世。甚至可能連明年的春天都看不到了。……自己即將要離開這個世界了。其他的人卻會絲毫不受影響地繼續活下去。對她來說，一切都將結束，從此以後，自己將永遠地消失。想到這兒，女人露出微笑，她拼了命地用那帶病的兩肺吸著庭園裡盛開的花香。

這位看海的女人深知自己即將成爲不歸的旅人。普魯特斯筆下所描寫的旅行都是擁有歸途的「幸福」之旅，而這些患肺病的旅人所進行的換地之旅卻是歸期無望的旅行，也是一場死亡之旅。這個位於法國南部的休閒勝地是個沒有窗子的療養所，也是結核病患者的墓地。莫泊桑的小說非常忠實地反映出十九世紀末結核病患者療養的氣氛。事實上，十九世紀末期在歐洲各地風行一時

十九世紀末的里維拉海岸，從義大利國境可以望見蒙頓(Menton)。

的結核療養地當中，較受歡迎的是瑞士的山岳地帶。而另一方面，從法國至義大利的里維拉海岸因爲屬於溫暖的地中海型氣候，因此成爲上流階級的結核病療養地。就像莫泊桑這篇小說裡所說的，坎內、尼斯這些位於里維拉海岸的都市，一般人對其市內的別墅要比市內的療養所熟悉多了。換句話說，只有那些擁有別墅的富裕階級才有能力在這塊風光明媚的土地進行療養。而時代的腳步不斷前進，休閒勝地大眾化的波濤前仆後繼，直到二十世紀即將來臨的前夕，蔚藍海岸已成爲患病的王公貴族們踏出死亡之旅的起點。

做爲上流階級的保養地，法國南部比北方的海濱浴場——諾曼地——開發得較晚。主要原因之一是由於鐵路開發的順序。我們在前面已經講過，西部鐵道的主要乘客都是銀行家、證券商或自由業者，這些人大多數都住在巴黎第八區或第十六區，每年夏季，他們全都一窩蜂地湧向北方的海灘渡假，托爾維爾甚至因此被稱之爲「巴黎第二十一區」。而法國南方里維拉海岸的開發則跟隨在北方休閒勝地之後，直到一八六〇年代後期，才開始進行鐵路建設。一八五九年首先建成了坎內車站，其後，於一八六四年建立尼斯車站，一八六八年再建成摩洛哥車站。

位於地中海沿岸的蔚藍海岸比諾曼地距離巴黎遠得多。因此，蔚藍海岸之所以能夠成爲另一個「休閒勝地的女王」，除了鐵路之外，還依賴許多其他條件的配合。其中之一就是蔚藍海岸這個名稱本身。這條西起伊葉爾（Hyieres），跨越義大利國界的碧藍海岸的名稱最初是由一名詩人想起來的。這位詩人史提芬・列吉阿德（Stephen Liegeard）唯一有名的創作就是《蔚藍海岸》。他在一八八七年將自己在蔚藍海岸的遊記整理成書，並訂名爲《蔚藍海岸》。從此之後，這個法國南部的海岸帶給人們無限夢想，並因此成爲國際著名的休閒勝地。

說到蔚藍海岸的國際化，雖說巴黎是個大都市，同時隨著時代連動的趨勢影響，巴黎也稱得上是名副其實的「十九世紀的首都」，但蔚藍海岸的國際化最初還是由英國加入助力而成的。首先是英國政府高官布拉漢姆於一九三〇年代在坎內買下土地，並且興建了別墅。其後，由於布拉漢姆的推薦，許多英國人先後都到坎內購置別墅。說到英國人對蔚藍海岸的的名聲所做的貢獻，還有一位英國作家的名字不能不提。遠在一七六〇年代，作家斯莫雷特（Tobias Smollett, 1721-1771，英國作家）曾到尼斯遊訪，之後，便將地中海風光盡收入其著作當中。這些北方的作家感受到充滿陽光的地中海沿岸魅力無限，於是他們成了以別墅爲家的先驅。在斯莫雷特與布拉漢姆之後，陸續有許多英國人到蔚藍海岸作客，當地的「英國人的散步道」（PROMENADE DES ANGLAIS，譯註：全長約三點五公里的散步專用道路）於焉形成，而擁有庭園和草地的英國式別墅也徹底改變了附近凋零的漁村風景。緊接在英國人之後，又有德國人、俄國人、美國人等各國人士陸續地聚集到這裡來。法國南部便因此成爲世界首屈一指的有閒階級所嚮往的避寒勝地。

我們必須提醒大家一個重要的事實：當時地中海沿岸的休閒旺季是在冬季。蔚藍海岸是到第

●上：避寒勝地坎內的休閒風景。畢提拉所繪的「一八七六年的克羅瓦賽特大道」。
●下右：曼通的廣告海報。
●下左：艾格（Egg, Augustus）所繪的「旅遊伴侶」（Travelling Comps）。

二次世界大戰結束之後，才逐漸成爲夏季休閒勝地。從一開始，這塊南方的海濱浴場就是一塊避寒地。病患們爲了追求溫暖的天氣，才到南方的樂土來暫住。而他們選擇的正是這塊法國南部的休閒地。這些病患當中爲數最多的，就是結核病患者。譬如前述的英國作家斯莫雷特到這裡來靜養，也是因爲患了肺結核。

說到這裡，再請大家回想一下那個俄國貴族女孩瑪麗・巴許克則夫（Marie Bashkirtseff）的故事。患了肺病的瑪麗在二十三歲那年就過世了。她受到醫師的指示，數度前往法國南部的尼斯進行療養。瑪麗的全家人最先於一八八二年，在距離「英國人的散步道」十分鐘路程的地點租下一棟豪華別墅住下。這棟擁有「陽台與花園」的別墅在十幾歲的少女瑪麗的心中留下了深刻印象。瑪麗曾經一度回到巴黎，之後又重新返回尼斯，她在日記裡寫道：「冬季一到，社交界的人們全都來到這裡，熱鬧與喧囂也緊跟著他們而來。於是，這兒已經不是尼斯，而是小巴黎了。」在十九世紀末的當時，冬季的里維拉海岸變成了貴族群集的小巴黎，而附近的摩納哥賭場則靠著這些優雅的浪蕩子們逐漸走向繁榮之路。

然而，法國南部的海岸和北部的海濱稍有不同的是，這裡不僅是貴族們的社交場所，同時也是永無歸期的流放之地，更是永眠於此的墓地所在地。就像瑪麗曾在她的日記裡寫道：「我感覺尼斯就像我的流放地。」瑪麗寫下這段日記時，她才十七歲，根本還不知道自己得的是什麼病。

我們只能推測，也許，她早已預見了自己的命運吧。

逝於南方

法國南部的蔚藍海岸種滿了茂密的橄欖樹，檸檬樹與柑橘樹上結滿了果實，天芹菜（heliotrope）發出陣陣誘人的香味，瀰漫在海邊的空氣裡。這兒也是舉世有名的美麗墓地。蔚藍海岸比法國北方海濱起步得晚，爲了強調「南方」風味，人們曾經花費了很多心血來栽培當地的花卉。莫泊桑對於里維拉海岸風景有過如下的描述：「汽車在這片豐沃的土地上飛馳，它穿梭於薔薇花園之間，並從結滿白色花束與金色果實的檸檬樹與柑橘樹的森林裡通過。」「薔薇攀著牆壁爬上屋頂，並在那兒綻放花瓣。花兒們順著樹枝，在茂密的樹葉當中伸出笑臉。到處都是白薔薇、紅薔薇、黃薔薇……。」

在這片百花盛開的避寒勝地——蔚藍海岸之上，最以鮮花著稱的就是蒙頓（Menton）。我們甚至可說，因爲有肺結病核患者才會有這條美麗的花街。請大家翻開史提芬・列吉阿德所寫的《蔚藍海岸》來看，其中一段寫著：「大家在坎內訂婚、在尼斯結婚，而在蒙頓……舉行葬禮！」由這段文字亦可看出，蒙頓的美麗街道雖然能夠眺望地中海風景，但也同時擠滿了各種病患。而

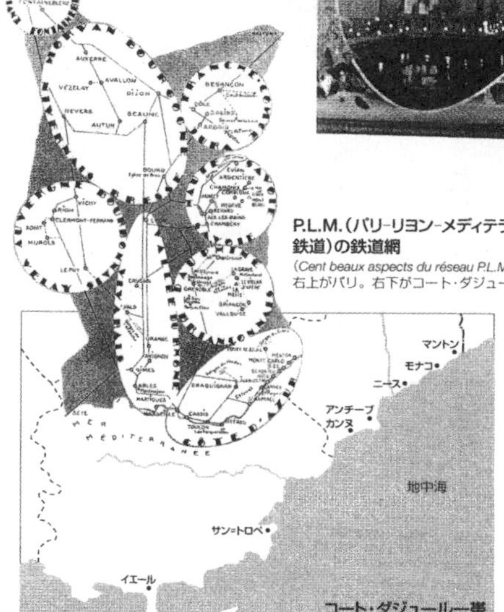

P.L.M.（パリ-リヨン-メディテラネ鉄道）の鉄道網
（*Cent beaux aspects du réseau P.L.M.*より）
右上がパリ。右下がコート・ダジュール。

• 上：法國南部休閒勝地的廣告海報「冬季的尼斯」（1902）。

• 上左：史提分・里葉吉阿爾（Stephen Liegeard）所著的《蔚藍海岸》（1894）一書的封面。「蔚藍海岸」之名由此誕生。

• 中右：尼斯的上流階級的生活情景——「英國人的散步道」（PROMENADE DES ANGLAIS）（史提分・里葉吉阿爾所著的《蔚藍海岸》書中的插圖）。

且，這些病患都是歸途無期的患者。

事實上，蒙頓街邊的小丘之上，有很多能夠瞭望大海的墓地，這裡終年都不缺花朵裝飾。另一方面，蒙頓市內不只是墓地很多，整個城市等於就是一所花園。這裡緊鄰義大利國境，氣候特別溫暖，因此遍地長滿檸檬樹與橄欖樹。請聽導遊向大家介紹這個花園城市：「對於來這裡避寒的旅客來說，蒙頓是難得的療養勝地，對於植物來說，蒙頓更是可貴的溫室。」的確，蒙頓的整條街道等於就是一個「沒有窗子的療養所」，也等於是一間溫室。這裡是「蒼白的花朵」面對死亡的長眠花園。在這間沒有玻璃窗的溫室裡，邁向生命的大門永遠不再打開。

顏色慘澹的病患們無力地咳著，他們將在這所花園裡渡過所剩不多的餘日。我們在前面提到過的《蔚藍海岸》一書裡面也曾提到：「奧菲麗雅（Ophelia，譯註：莎士比亞的悲劇《哈姆雷特》裡的悲劇性人物。奧菲麗雅為哈姆雷特的戀人，但後來被佯裝發瘋的哈姆雷特拋棄，最後跌入小河中溺死）們沿著海濱緩步慢行，她們咳得像要把墓碑都震斷了。……」「蒼白的奧菲麗雅們」因患了肺病而正朝向死亡走去，她們代表十九世紀末曾經席捲一時的某種表象，關於這一點，我們將留待後面再說明。比這更重要的是，十九世紀法國南部的休閒勝地都是「避寒勝地」，而非夏季休閒地，換句話說，也就是肺結核患者中意的地點。

莫泊桑在其紀行文學《水上》裡對世紀末的「蔚藍海岸」的氣氛做過極真實的描述。一八八八年四月，莫泊桑發表的坎內印象記的開頭第一句話是這樣的：「貴族、貴族、到處都是貴族！」這些前往高雅的休閒勝地渡假的貴族當中，最讓人另眼看待的，當然就是那些外國貴族啦。就像普魯斯特在小說裡所描述的巴爾貝柯一樣，這個南方的海濱也有其不成文的社交規範，譬如坎內的上流階級舞台就是在克羅瓦賽特大道。每天一到中午，貴族們便出現在這條散步大道之上。

這裡的女人全都非常年輕，而且身材削瘦——因為「瘦」在當時是一種良好嗜好，她們全都穿著英國式服飾，踩著節拍快步地往前走。每個女人身邊都陪伴著身穿網球球衣的年輕護衛。有時，路上偶爾會碰到一些形容枯槁的女子。她們大都是由母親或兄弟姊妹在旁邊支撐著，一邊拖著搖晃的身體，一邊被架著身子前行。在這暖和的天氣裡，這些令人同情的女子們身上卻圍著披肩，並用那深刻、絕望、蘊含用意的目光注視著過往的行人。

她們正身患重症，即將走向死亡。這塊和暖秀麗的土地也是一所屬於全世界的醫院，另一方面，這裡也是歐洲貴族之花的墓地。

今天我們將這種疾病稱之為結核病。這種恐怖的疾病不論對誰都毫不留情，它不僅使患者容顏憔悴，也破壞患者的健康，同時更腐蝕了成千上萬患者的生命，這些犧牲者們為了給自己找個最後的歸宿，而看中了這片海岸。

英國作家斯莫雷特本身也是肺結核的患者，以他的觀點來看，蔚藍海岸在短短一個世紀之內變成了「世界的醫院」，同時也變成「歐洲貴族之花的墓地」。曾經名噪一時的女星拉雪兒染患結核病之後，就是在坎內去世的。另一位曾經君臨巴黎社交界的蒙特斯丘伯爵則是在蒙頓去世的。在這些「鮮花的墓地」當中，蒙頓又比其他地點更受重視。莫泊桑的《水上》曾對此有所描述：

我想，在這些避寒地點當中，天氣最暖和、最有益於健康的地方就是蒙頓。……這個花園不僅適於生者生存，亦適於死者安眠！薔薇，薔薇，眼底盡是薔薇。鮮紅如血的紅薔薇，蒼白無力的白薔薇，還有那摻入紅色條紋的薔薇。不論是墓地、樹林、還是空地，即使是那明天就會有人埋葬於此的空地，放眼所及，滿地長滿了薔薇……。

這塊避寒地之上密密地排列名為別墅的「死亡之家」，清香美麗的薔薇花等於就是掩蔽死亡荊棘的帷幕。這些「祕密、害羞、隱藏於深閨、教養良好且被帷幕層層包圍」的死亡與死亡之間，「彼此不斷擦身而過，但卻無人會正視對方」。

正像湯瑪士・曼恩（Thomas Mann, 1875-1955，德國小說及散文作家，諾貝爾文學獎得主）

在《逝於威尼斯》裡對威尼斯的描述一樣，里維拉海岸不僅是墓地，同時也是觀光勝地。我們在這裡聽不到人們公開談論死亡。莫泊桑也曾寫道：「人們走在路上，但絕不會遇到棺木出殯的場面，更不會有巧遇喪禮的機會。就連喪鐘的聲音，也不可能聽到。唯一的徵兆就是昨天還在散步的削瘦患者，今天已經不從您的窗下走過了。只有如此而已。若是您眞的關心那位不見蹤影的男士，而去向旅社主人或僕役們打聽他的行蹤，這些人一定會微笑著對您這麼說吧：『那位先生正在康復中。他聽了醫師的勸告，到義大利去了。』而事實上，每家旅社都設有『死亡』專用的樓梯、心腹手下和共犯。」

莫泊桑的文筆充分轉達了當時對於結核病的恐怖感。當時那個時代，結核病的治療法除了變換地點及靜養之外，可說是束手無策，當時一般人除了認爲結核病具有傳染性之外，還有些人甚至認爲結核是一種遺傳病。而更多人也體認到，結核病是一種直接連向死亡的疾病。法國南部的避寒勝地——蔚藍海岸雖是一片充滿陽光的幸福海濱，但這裡同時也是病患的隱匿之家，以及被薔薇掩埋的死者長眠之地。

結核病患者朝向南方的花園邁出死亡之旅。儘管一般人都知道，結核神話曾將獨特的審美觀推廣於世，但世人也不會忘記這種殘酷的疾病距離美麗形象實在相差很遠。小說《貝拉美》（Bel-Ami，譯註：莫泊桑的長篇小說，發表於一八八三年）就對這項事實有所描述。一名染患結核病的男子遠赴坎內療養，他到達好友貝拉美的別墅時，已經瀕臨死亡邊緣。作者在這部小說裡，曾對死亡的荊棘做出眞實的描寫。

迪絡瓦發現窗邊那個面色蒼白得像是遺骸似的男子正在注視自己，在赤色的夕陽下，那名男子坐在一張安樂椅上，身上包裹著毛毯。迪絡瓦完全看不出那人是誰。他僅能依稀猜測這人大概是佛勒斯提耶。

房間裡面瀰漫著熱氣、藥味和消毒藥水的氣味。那是一種肺結核患者所住的房內特有的氣味。這氣味令人難以形容，也令人心頭感到沈重。

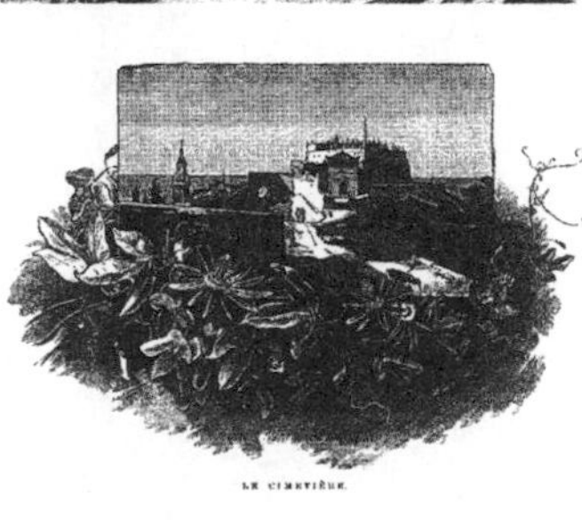

● 上：抱病的花朵。路易・立迪爾的「最後的花朵」(1900)。
● 下：蒙頓的墓地（史提分・里葉吉阿爾所著的《蔚藍海岸》書中的插圖）。

夕陽照耀得天空「像血一樣的」紅。即將降臨的夜色「像那尚未斷氣的屍體身上穿著的壽衣，不斷地在房中伸展」。「快要臨終的男人發出了細微的打嗝聲，兩條細細的血絲從他的嘴角流出，血液緩慢地流到他的襯衣上。男人停止了兩手的蠢動，緊跟著，他的呼吸也停止了。」「無名的恐懼如排山倒海般地從迪絡瓦心底掀起，這種恐怖感迅速且徹底的毀滅了萬物的存在，並將人帶入無可逃脫的無限虛無當中。」

就在男人離開人世的同時，二月底的南國早已散發著暖春的氣息。這裡不但是結核病患者的長眠之地，同時也是萬花覆蓋的墓地。男人臨終所在的別墅四周縈繞著濃郁的花香。「盛開在高處的薔薇不勝負荷地垂到地面，而在薔薇花叢之前還有石竹花壇。強烈又甜美的香味洋溢在清澈的空氣裡面。」

這片休閒勝地的空氣裡混雜著結核病患者的屍臭和花香。不，倒不如說，花香是爲了掩飾「死亡之家」所發出的腐臭味之屛障。至少，在肺結核還是不治之症的十九世紀一直都是這樣的。

奧菲麗雅

肺結核不但和「旅行」有關，肺結核也和「水」有著密不可分的關係。讓我們再來引用松塔克的文字吧。「結核病使身體敗壞、發熱，同時也是一種肉體的軟化。這是一種液體性的疾病——肉體逐漸黏液化，先變成痰，然後變成血。」

按照這種觀點來看，結核病與水之間似乎具有緊密的聯繫。結核病患者身上的血液逐漸失去。和鼠疫或霍亂等急性疾病比起來，結核病的進行速度比較緩慢。患者體內的血液伴隨著若有似無的微熱一點一滴地流失。正由於結核病的病情進展緩慢，醫師們才會想出換地療養的治療法。我們根據《患者的誕生》（*Histoires de la tuberculose: Les fièvres de l'ame*）這本書中的敘述瞭解，自從結核病出現以來，過去的疾病在短期之內造成大量死亡的「集團現象」，現在變成了「個人的」病症，而且這種病症還變成了一種「人生的型態」。

的確，結核病造成了某種獨特的「人生的型態」。譬如換地療養就可算是其型態之一。除此之外，結核病患者的「個性」也被過分地神話化。其中最有名且最浪漫的，就是加諸於男性患者的天才神話。而對於女性患者來說，這種有關患者個性的神話甚至還產生了一種獨特的美學，並將某種特殊的身體形象推廣於眾。這裡所謂身體形象，是因為當時的醫學都是經由表現於「身體表面的變化」來診斷病名。這時也是巴斯德（**Louis Pasteur**，法國化學家與細菌學者）的時代，細菌早已被人發現，顯微鏡也早已發明。對於肉眼看不見的器官機能失調，當時已經採用現代醫學的手段進行研究，但整體來說，醫師診斷病名時，仍然是以病患身體表面可見的變化做為依據。就

拿天花來說，《娜娜》（*Nana*，譯註：左拉的長篇小說，發表於一八八〇年）一書當中就描述過天花在身體表面留下的醜陋抓痕。同樣的，肺結核在身體表面留下的後遺症除了「蒼白的面孔」之外，還有微熱而造成的溼潤雙眼以及無力憔悴的外貌。

不僅如此，肺結核患者那種蒼白憔悴的臉孔甚至在當時被貼上「美麗的」標籤。請大家回想一下我們前面提過的《水上》。作者對於出現在法國南部避寒勝地的歐洲上流社交界的女士所做的描述是：「『瘦』在當時是一種良好的嗜好。」按照十九世紀末的社會準則來看，削瘦蒼白的臉孔被認爲具備美麗的價值。而且，除了外貌之外，就連肺結核病患的「人生型態」也被社會賦予美好的價值。患了肺結核的女人的美感來自：惹人憐愛、柔弱無力、多愁善感、面對死亡而不知所措、任由命運之手將之牽引前進、最終結束其漂泊的一生……。社會給患了結核病的男性製造出天才神話的同時，也給這些患了結核病「漂泊一生」的女子創造了另一種神話。

我們在前面講過，隨著結核病的流行，這種病症本身甚至被予以「個性化」，套用松塔克的話來說，是這種疾病會選病人，患了肺結核的女性甚至被人視爲「美麗之神」。「結核病是生來的犧牲者才會得到的疾病。最重要的是，這種病是那些從不感到熱愛人生的人們，以及天生感情纖細且被動的人們才會得到的疾病（這種特質在前拉斐爾派（Pre-Raphaelite）的畫筆下表現出來的是那種對萬事都毫不經心的氣氛，而要是把這種特質更具體地表現出來，則是像愛德華・蒙克

（Edvard Munch, 1863-1944，挪威畫家，善以人類感情、生、死、愛、孤獨、恐怖等爲題材，爲表現派先驅之一）筆下的削瘦而雙眼溼潤的肺病女孩。」」

松塔克對於繪畫的評論實在是簡潔萬分。而在當時從旁助長這種「肺癆」女性形象散佈於世的，除了繪畫之外還有文學。布拉姆・戴克斯特拉（Bram DIJKSTRA）的《倒錯的偶像》（*Idols of Perversity: Fantasies of Feminine Evil in Fin de Siecle Culture*）曾以流行於十九世紀後半的形象討論當時的女性觀，其中又以〈病弱崇拜〉這一節爲全書的壓軸。

> 綜觀十九世紀後半的繪畫，我們能夠發現，那些雙眼凹陷、瀕臨死亡邊緣的蒼白美女身邊，總有她們的母親、姊妹、女兒或是溫柔的女友帶著不安的神情在照看著她們。……我們甚至還能感覺，生病這件事本身就是纖細與教養良好的標誌。「對大多數人來說，所謂的高雅，即是毫無生氣地慵懶度日。而病患因爲缺少活力與氣力，所以很自然地就表現出這類特質的態度，因此，當時的病患便成爲女性魅力的模範而被眾人熱心模仿。」

戴克斯特拉所指的疾病，當然就是肺結核——而且是在休閒勝地療養的有閒階級的女性所染患的肺結核。這些蒼白美女們數著無聊的時間，等待著被埋進爲花所淹沒的土地裡，她們已經成爲那個時代的美之表徵。戴克斯特拉書中蒐集了極多的原版繪畫，其中尤以前拉斐爾派所畫的

「奧菲麗雅」最堪稱爲「病弱崇拜」之典範。手捧花束隨水漂流的奧菲麗雅，像是沈睡般地逝去，奧菲麗雅在畫中的形象成爲肺結核被神話化的起源。事實上，戴克斯特拉在其著作當中曾多次使用「肺結核的」之類的形容詞，他並企圖從肺結核的神話化過程中找出「宿命的女人」的觀點。

戴克斯特拉在《倒錯的偶像》裡面所說的沒有錯，沈浸在憂鬱幻想裡的肺病女性已成爲擁有「天使性」的表象。結核神話之一即爲肉體的「靈魂化」。肺結核造就了雙重意義的神話，這種疾病不僅凸顯了肉體的官能性，同時也有能力描繪出心靈的「天使性」，並使「肉體性」昇華。在「世紀末」這本著作裡，恩特霍桑也曾強調上述「天使性」。按照恩特霍桑的表現方式來說，前拉斐爾派筆下的女性是「脆弱、無害、看似神聖」，她們是「理想主義對自然主義筆下的宿命女子所做出的回答」，也是期待將「較低層次之愛」提升至「較高層次之愛」的表現。因此，這些女性便成爲聖母型女性偶像的憧憬對象。

恩特霍桑論及前拉斐爾派的文學表現時，曾經引用西班牙作家巴留英克藍（Ramo'n del Valle-Inclan）在《秋的奏鳴曲》（SONATA DE PRIMAVERA）裡的一段文字，書中的女主角正在遠離人煙的小鎮裡瀕臨死亡邊緣，從她的住處能夠望見「遠處墓地裡所種的系杉」。

她的頭放在枕上，濃密的黑髮四處散開，對比之下，她那發青的臉頰就更顯得黯淡無光了。失色的嘴唇、削瘦的雙頰、凹陷的顴骨、還有眼睛周圍的紫色陰影襯托著如同蠟雕似的眼瞼，這一切都使她顯得更美，她像是爲了贖罪而正在絕食的聖人，雖然逐漸凋萎，但卻倍增高貴風貌。她的頸上物像是垂頭的百合，無力地從肩上伸展出來；她那胸部則像裝飾在祭壇上的兩枝白薔薇，散發出盛開的香味，而她那兩條奢華得像要折斷的纖細手腕，則如同古壺把手似的纏繞著自己的頭顱。侯爵靠坐在她枕邊，凝視著她那泛出汗水的憔悴面龐。

我們從這段文字很清楚地能夠看出，女主角正是一名肺結核患者。事實上，大家都知道，從伊麗沙白・西達爾（譯註：即米勒（Jean-Francois Millet）所繪之「奧菲麗雅」的模特兒，可參見：http://www.cosmickitty.com/~ophelia/images/ophelia.jpg。）到前拉斐爾派的繆茲等人全都是結核病的患者。而很顯然地，這是他們有意地美化罹患結核病患者的身體。上面這段文字幾乎把結核病的所有典型特徵都列舉出來了。時值秋季，獨自横躺著的女人雙唇已然失「色」，她的腦袋和胸部分別被比喻爲「百合」與「白薔薇」。這朵抱病仰望天空的花朵應該是純潔的「白色」。而這朵白色的花朵正無言地陷入「沈睡」當中。實際上，奧菲麗雅也是「沈睡的女人」。她化身爲花，如同沈睡般地在水面漂蕩。奧菲麗雅代表「抱病的花朵」與「沈睡的女人」兩種印象合而爲一，

共同表現出天使般的可愛。若是套用戴克斯特拉的文字來表現：在微熱中沈睡的女人不會與命運搏鬥，她是一種認命的無力與順從的表現，也是放棄理性、忘卻存在的表現。女人體內的血液正在不斷流失，但她卻選擇任由命運的河流將她帶往天涯海角。

「沈睡的女人」和「水」之間彼此呼應。「水」本身即是憂鬱物質，同時也是承載「易逝的女人」的夢幻中之墓地。說到這兒，大家可能會聯想到巴序拉爾（Gaston Bachelard, 1884-1962，法國的科學哲學家）所提出的「奧菲麗雅情結」吧。巴序拉爾指出：「即使將奧菲麗雅的屍骨移到地面也毫無用處吧。她就像馬拉美所說的那樣：『因溺斃而長眠的奧菲麗雅……雖是一場災難，卻是一塊無瑕的寶石。』幾世紀以來，奧菲麗雅捧著花束，散著長髮漂浮在小河裡的模樣已在夢想家與詩人的眼前出現過無數回了吧。」

長髮、花朵、沈睡、死亡——前拉斐爾派所表現的形象隨時隨地都和「水」的想像力互相重疊。而結核病這種屬於女性的疾病則和憂鬱的特質結爲一體。來自北方的「水」爲憂鬱之水，我們在前面曾經講過，肺結核是從英吉利傳來的疾病。而肇始於結核病患者的憂鬱文學最後不僅席捲了世紀末的整個歐洲大陸，甚至還對繪畫產生深刻影響，更重要的是，經由繪畫，這種影響甚至廣及一般大眾的形象。事實上，我們從本章開頭介紹過的一篇介紹法國南部的文章裡就能感覺出這種影響力。那是「蔚藍海岸」地名的命名者在他所寫的導覽裡寫過的一句話：「蒼白的奧菲麗雅們沿著海邊緩慢地走向前去。」

月之白

奧菲麗雅如同睡眠般地逝去。她像漂流在水面的花朵，也像「無瑕的寶石」一般隨水漂流——這時照耀在水面上的，自然應該是月光，而不是陽光。屬於北方的想像力充滿憂鬱，它和水一塊兒呼喚著「月」。因爲月兒本身即是漂流在天河裡的蒼白之花。肺結核患者身上的血液不斷流失，月兒則和這些死者一樣放出冰冷的「白色」光芒。說到這裡，請大家回想一下，以馬拉美爲主的表現派的時代也是一個「白色」時代。白色不僅是月兒的顏色，同時也是天使之愛的顏色。

另一方面，白色亦是「處女」的顏色。蒼白的處女——說到這個名詞，大家一定會聯想到莫洛（Gustave Moreau, 1826-1898，法國畫家，以聖經神話爲題材）、于斯曼以及王爾德（Oscar Wilde, 1854-1900，英國劇作家、小說家與詩人，世紀末文學的代表作家）等人曾以沙樂美（Salome，譯註：猶太王赫洛地．安提巴斯的姪女，其續弦赫洛迪雅的女兒。根據新約記載，沙樂美曾爲猶太王跳舞，並要求以耶穌第二十位門徒約翰的首級做爲獎賞）爲題創造佳作，並因此在十九世紀掀起風潮。王爾德創作的戲劇「沙樂美」就是以月亮的形象展開序幕。王妃赫洛迪雅身

邊的女侍對她讚歎道：「看那月亮！多麼神奇的月亮啊！簡直就像從墳墓裡爬出來的女人；一個已經失去生命的女人；一個正在尋找屍體的女人！」很顯然地，這裡出現的月亮正是處女沙樂美的化身。等到面色蒼白的沙樂美「像是銀鏡裡映出的白薔薇」似的出場之後，月兒也和她的分身合而為一。沙樂美說：「賞月是多麼令人愉快啊！月兒就像一枚銀幣；一朵小小的銀色花朵。她那麼冰清玉潔，她一定是一位處女吧！」接下來，隨著沙樂美的舞步，蒼白如銀的月兒逐漸染上「鮮血般的紅色」。這血紅當然代表沙樂美所渴望的約翰之血，而月兒從白轉紅的變化則代表沙樂美的邪惡本性逐漸顯現。血紅則象徵著「層次較低」的愛情。

相對地，奧菲麗雅欣賞的月兒絕對不會被染成血紅。沙樂美生性喜愛殺戮，而奧菲麗雅卻是即將逝去。巴序拉爾說的很對，奧菲麗雅代表「被虐狂的自殺」之形象；也代表「染患肺病的女人」之形象。奧菲麗雅一切聽天由命，不帶任何主動性，就連她的情念也像漂浮在空中的月亮一樣，是被動的「悲情」；萬念之中最為無力的悲傷早已深深染透了奧菲麗雅。白色是月兒的顏色，也是死亡的顏色。銀白的月兒將奧菲麗雅送人沈穩安詳的「睡眠」裡。

馬拉美的散文詩《睡美人》也是以月亮的形象為開頭。「六月裡的深夜，我在神祕的月兒底下。朦朧的霧氣彷彿鴉片。在那逐漸加深的夜露中，金色月兒從天邊升起，靜悄悄地，一滴，又一滴，將那金色滴在寂靜的山頂。月兒催人安眠，它奏起美妙的音樂，漸漸隱向谷底。」夜晚、月亮、露滴、睡眠……與其說這幾項要素和奧菲麗雅有關，倒不如說它們是與「水」有著密切聯繫。我們甚至可說，月兒經由死亡而將肉體的存在註銷，同時引導死亡前進。馬拉美的詩是這樣結束的：「美麗萬物已經沈睡。十字天窗朝空撐起。伊蓮娜橫躺在那兒，伴著她的命運一起。」

憂鬱的世紀末，當時圍繞在馬拉美周圍的作家如：梅特林克（Maurice Maeterlinck, 1862-1949，比利時詩人、劇作家）、雷尼爾（Henri de Regnier, 1864-1936，法國表現派詩人、小說家）等人幾乎都和「北方之水」有關，而他們也不約而同地涉及奧菲麗雅的世界。除了上述這幾人之外，當然也少不了能與月兒互相感應的莫泊桑。譬如《水上》就是莫泊桑航行於坎內至聖托佩茲（Saint-Tropez）之間的地中海沿岸時寫成的。儘管這一段航程是在南方海上，莫泊桑的文中仍然充滿月兒與夜色的悲涼之聲。我們亦由此可見，這位作家受到「水」這種憂鬱物質的影響實在非常深遠。讓我們一塊兒來欣賞其中關於月亮自海面升起的一段吧。這是莫泊桑訪問「薔薇的墓地」──坎內時寫成的，時間是在王爾德的「沙樂美」上演之前五年。那是一個四月的春夜，柔細的月亮緩緩升起。「突然間，我想起自己孤寂的身世。在這溫暖的春天夜裡，我一邊傾聽波浪打在沙灘上的聲音，一邊注視著一彎新月緩緩沈入大洋的地平線裡。我突然感到一陣無法抑制的衝動，想要奮不顧身地去愛上某人。這時，一股悲哀油然而生，簡直令人想要放聲大哭。」

這種悲哀正是月兒的力量。莫泊桑曾在《水上》裡提到這一點：

我一直相信，月亮具備某種神祕力量，能夠影響人類的腦髓。……這是不知在多久以前，一位年輕漂亮的小姐告訴我的。她說，接受月光的照射要比晒太陽危險千萬倍。你要是在美麗的月夜出門散步，很可能就在無意中遭受感染，永無痊癒之日。簡單的說，月光會使你瘋狂。不是那種遭人監禁企圖掙脱的瘋狂，而是那種平穩持久讓你持續一生的瘋狂。你會變得無法像他人一樣思考。你根本無法思考。

「平穩的瘋狂」——這也是奧菲麗雅的特徵之一。睡眠的女人早已「迷失自我」，就像巴序拉爾論詩時所提出的看法：「鄰近『睡眠之水』的地點，絕對無法治癒做夢的毛病。」

夜晚的海面，在那憂鬱的水上，蒼白的月兒像是逝去的女人一樣漂浮在天空。「月兒攪亂了凡夫俗子的心，它究竟擁有怎樣的魅力呢？它從那黃色的臉蛋後面發出悲慘的死者之光，這顆即將老死的遊星是否正在天空徘徊？」

這段文字將月亮比喻成逝去的女人，同時也點出了「顏色褪盡，逐漸逝去的世界之形象」。莫泊桑在《水上》裡也指出，月亮代表「逝去的女人」，同時也代表「處女」，也因爲這樣，月亮使人感到悲傷。這位無瑕的白色處女像是催眠似地將人們帶往理性之外。莫泊桑對於月亮產生的聯想顯然亦是奧菲麗雅的幻想世界。當莫泊桑乘船周遊南方海上時，他對於「水」有感而發的想像

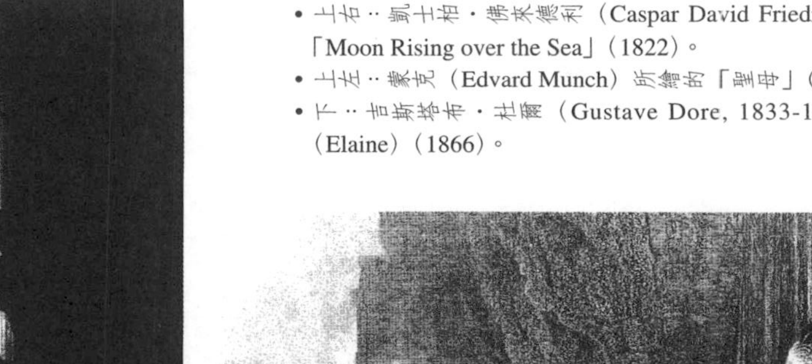

- 上右：凱士柏・佛來德利（Caspar David Friedrich, 1774-1840）所繪的「Moon Rising over the Sea」（1822）。
- 上左：蒙克（Edvard Munch）所繪的「聖母」（Madonna）（1896）。
- 下：吉斯塔布・杜爾（Gustave Dore, 1833-1883）所繪的「伊蓮娜」（Elaine）（1866）。

力卻逐漸傾向北方與死亡。這也是爲什麼我們欣賞《水上》這部紀行文學時會發現，遍地是花的法國南方休閒勝地上會有無數的「死亡之家」，而在社交的繁華熱鬧當中總令人感覺到墓地的陰影存在。

是的，晴空照耀下的蔚藍海岸正是患了肺病的女人們的長眠之地，這裡是他們如睡眠般逝去時用以埋葬的墓地。至少在那肺結核還是「絕症」的世紀末，當時的情況一直都是這樣的。

等到蒼白的花朵們被移植到別處，另一批新鮮的「肉體薔薇」重新出現在海濱時，二十世紀的太陽早已升上歷史的時空。

第五章

衛生共和國

青色恐怖

在那遍地散放薔薇花香的蔚藍海岸，肺結核患者前仆後繼地走向死亡。莫泊桑在他的旅途中寫下了如下的話語：「任何一家旅館都有『死亡』專用的祕密階梯與共犯。」與建在蔚藍海岸的別墅比療養所更繁盛，所謂的「死亡之家」是藏身於名為旅館的空間裡，而非存在於療養場所當中。

事實上，旅館是行旅的空間，也是匿名的空間。旅館同時亦是陌生人臨時藏身之所，以及素昧平生的死者逃避世俗的場所。凱薩琳・曼斯菲爾得（Katherine Mansfield, 1888-1923，英國女作家，著有《遊園會》）本身也是一名結核病患者，她有過不斷更換旅館的經驗，也談到她在法國南部的旅館房間裡聽到的「咳嗽演唱會」。當時，她的隔壁房間裡住了一位同樣身染肺結核的旅客，每當夜晚，一牆之隔的兩名陌生人便像比賽似地拼命咳嗽。

旅館這個匿名的空間既是休閒勝地的快樂天堂，亦是掩蔽死亡的祕密之家，同時還是身體與身體之間傳遞疾病的恐怖場所。而旅館的床鋪則是散佈肉眼看不見的細菌之「感染的溫床」。莫泊桑的作品充分地傳達出害怕遭受感染的恐懼。《龍多利姊妹》是一部里維拉（Riviera）海岸之旅的短篇小說，男主角在人客鼎盛的大旅館裡「對床感到疑神疑鬼」。莫泊桑的描述如下：

> 我每次蓋上旅館床上那塊毛毯時，忍不住就會嫌惡地全身發抖。誰知道是什麼人在前一晚蓋過這塊毛毯呢？就連這塊床墊，也曾有過骯髒得令人噁心的傢伙睡過吧？一想到這兒，我連每天和人碰到手肘都開始感到不能忍耐。……譬如碰到駝背的、皮膚長東西的、兩手污黑的，或是兩腳甚至全身其他部位令人生疑的人。每次和他們擦身而過，總會有刺鼻的大蒜味兒或是體臭撲鼻而來。還有，也有些身體蜷曲不直的患者、身上有流膿、長腫瘤的患者，或是全身流汗的患者，總之，看到這些人使人無法安心，從此害怕看到人類不潔與醜惡的一面。
>
> 一想到這張床上也曾睡過那些人物，而我現在也要睡上這張床，光是一隻腳踏上床，都叫人感到噁心啊。

這是一種對於未知與無形的身體的厭惡感，也是對不潔的他人產生的恐懼感。套用現代的字眼來說，莫泊桑在這裡所謂的「厭惡感」其實就是感染恐怖症。十九世紀末正是巴斯德的時代，由於細菌已被發現，一般人的衛生觀念也隨之改進。疾病的治療法有了長足的進步，更重要的是，對於疾病的重新定義創造了革命的時代。譬如莫泊桑在其小說裡描述對於接觸感染的恐懼心

理，老實說，他眞可稱得上是巴斯德細菌革命的擁護者呢。人們認爲，他人睡過的床即是細菌的溫床，而莫泊桑則以文字將這種恐怖感詳細地描述了出來。

在我們弄清這種感染恐怖症的現代性之前，我們必須先來回顧一下巴斯德革命之前的半個世紀。那是一個細菌還不爲人知的時代，也是「另類恐怖」的時代。

這裡所謂的「另類恐怖」也稱之爲「青色恐怖」。是的，也就是霍亂。因爲霍亂引起的脫水症狀會讓患者全身僵硬，並且呈現青黑色反應，因此而將霍亂稱之爲「青色恐怖」。這種致死率極高的恐怖疾病曾在十九世紀的歐洲大陸造成極大的恐慌。由於從發病到死亡之間經過的時間極短，從某方面來看，霍亂和肺結核同屬「絕症」，不過兩者之間的對照差異卻極大。譬如肺結核採取換地療法，但在短時間內就有可能死亡的霍亂卻根本無法採用這種療法。另一方面，霍亂是一種和貧困緊密相連的疾病。不，更正確的說，肺結核其實也是和貧困相連的疾病。那些無法前往休閒勝地療養的社會下層階級才是肺結核的最大犧牲者。對於這一點，路易・舒瓦利也（Cf. Louis Chevalier）在其著作《勞動階級與危險階級》中已經很明確地闡述過了。然而，即使如此，肺結核做爲一種身體的形象仍然被過分美化，而相反地，霍亂則被強調成使身體變醜的怪病，並使大眾感到萬分恐怖。

霍亂於一八三〇年代開始在歐洲大陸流行。這種恐怖的疾病最先出現在英國，緊接著立刻散

●上：多米也（Honore Daumier）所繪的「霍亂」。
●下：貝庫林的「鼠疫」（1898）。

佈到了巴黎。一八三二年，霍亂一到巴黎，就造成每四名市民就有一人死亡的空前死亡率，整個巴黎陷入了驚恐狀態。很多人還沒來得及被診斷爲霍亂，就一個接著一個地死去，死者數目每天以驚人的速度不斷增加。巴黎市民甚至以每天一百人的速度陸續倒下去。由於死者過多，連埋葬的時間都沒有。成千上萬發黑的屍體令人慘不忍睹地堆在馬車上。在那無聲的夜裡，馬車靜悄悄地穿過巴黎市街，朝著墓地前進。霍亂實在是自鼠疫以來，歐洲首次遇到的最恐怖的傳染病。

據說，一八三二年席捲巴黎的霍亂造成的死亡人數高達七千人。而其中患病率較高的地區就是貧民密集的地區，「譬如古老的市街、小巷，以及偏僻的村里」。當時的巴黎只有十二區（而非目前的二十區），市中心的西特區和莫內區等貧民街密集的地區遭受到霍亂猛烈的襲擊。犧牲慘重的貧民懷疑這是政府爲了撲滅貧民而採取的「政治毒殺」，因此而引發了暴動。這在當時是一件相當有名的事件。

事實上，這場「青色恐怖」的確和差別意識有著密不可分的關係。霍亂可說是一個引爆點，它反映出了貧民的醜惡與不潔，同時也使貧民成爲令人恐怖與受人排斥的對象。霍亂凸顯出貧富之間的差距，它本身也成爲一種政治性極高的疾病。另一方面，霍亂還成爲一種具備雙重意義的疾病，它一方面引發恐懼，使人們排斥貧困階級，一方面也逼迫巴黎市民去直接面對環境衛生的問題。在巴斯德革命之前，人們完全沒有細菌感染之類的科學認知，而霍亂帶來的災禍卻將問題

重心帶到都市衛生的課題之上。從此之後，公共衛生學登上了歷史的舞台。

事到如今，都市衛生化即等於「貧民衛生化」。簡單地說，中產階級為了保護自己的身體健康，不得不開始致力於衛生學了。因為中產階級不像天生按照血統分類的貴族，身體對中產階級來說，即是無可取代的「資本」，為了維護自己所有的「資本」，他們只得開始動腦筋「調教」勞動階級不潔的身體。郝斯曼的巴黎改造計畫除了進行拆除僻巷外，還重新打通了市街大道，當時郝斯曼提出的改造口號即是：「空氣與健康」。拿破崙三世心中所期待的「衛生都市」正是中產階級的理想國。事實上，早在一八二〇年代，《巴黎醫學誌》裡便已描述過當時的衛生行政夢想：

> 所謂的衛生委員會，簡言之，即是推動實行公共衛生的機構。凡是可能損及公眾健康的原因，不論是有損健康，或是對健康無益，或甚至可能造成體衰弱化結果的各種原因，衛生委員會都要進行探究與監視。換句話說，凡有關市民的食、住、空氣及社會習慣都屬衛生委員會的管轄範圍。因此，當富裕市民在其寬裕的家中、勤奮公務員在其工作場所，或是貧民在其陰暗住所的同時，全體市民的生活幸福都掌握在衛生委員會的手裡。

上述的公共衛生學之夢想最終經由巴黎改造計畫付諸實現，而當時巴黎推廣這項衛生化計畫時遇到的重要問題之一，即是「市民呼吸的空氣」。這一點，我們從上述文字亦可看出。在細菌尚未被人發現之前，一般認爲，引起疾病的原因主要是渾濁的空氣，也有人稱之爲「瘴氣」，這是健康的最大敵人。路易·塞伯斯汀·梅爾歇在其*Tableau de Paris*裡面也曾提到空氣感染學說。「空氣若不能承擔其有益於健康的任務，它立即就會對人類生命造成威脅。而我們在這裡強調的健康，則是一般人從未感到憂心的財產。現在城市裡的空氣停滯且惡劣，主要都是由於路街過窄，通風困難，而且建築物過高，擋住一般住宅的空氣流通，另外再加上如屠宰場、牧場、魚市場、下水溝、墓地等建築產生不純粒子，污染大氣，造成沈悶的空氣。」*Tableau de Paris*裡提到好幾處「危險」場所，其中和霍亂一樣曾對巴黎市民造成極大傷害的場所之一，就是下水道。

正因爲如此，改善巴黎的「水的循環」與改善「空氣的循環」成爲同樣重要的當務之急。在霍亂侵襲倫敦之後，泰晤士河的污染問題使得英國著手發展下水道工程，同樣的，巴黎也因塞納河遭受霍亂污染，而由衛生委員會進行研究。在當時那個時代，一般人當然還不瞭解霍亂是一種經口傳染的疾病，但霍亂卻以事實——市民的罹病率——對巴黎的「水」之危險性提出了警告。

危險之水／危險之空氣

談到一八三〇年代「青色恐怖」席捲巴黎的情景，我們不能不向各位提起一種特殊人物。那

就是巴黎「賣水人」。這些人用水桶挑著取自塞納河和吾爾克運河內的水，挨家挨戶地叫賣。在巴黎的自來水設備普及之前，市民除了可從這些賣水人那裡買水之外，還可到各市街分別設置的公共水龍頭取水。有能力從賣水人那裡買水的，當然屬於社會的富裕階級，不過，賣水人所賣之水雖然經過簡單過濾程序處理，但這種水卻絕對算不上衛生。一八五四年，霍亂三度襲擊巴黎之後，飲水所含之「瘴氣」問題開始受到重視，因爲在某些飲用河水的地區，其居民死亡率較其他地區高很多。於是，在郝斯曼的指揮下，水道局長貝魯格藍著手調查河水水源。一八六五年，巴黎自杜伊河（Dubius）引進河水，並在梅尼蒙丹（Menilmontant）建起儲水池，從此巴黎市內終於有清潔的飲水供應市民使用。到了十年之後的一八七五年，政府還突破重重困難，從凡努河引進河水使用。自此之後，巴黎政府繼續不斷地開發水源，以期市內的建築物都有自來水可用。巴黎的自來水供給率在一八七五年爲百分之四十，到了一八八八年已提高到百分之八十，而到了十九世紀末，幾乎市內所有建築物都已經裝設了自來水設備。

然而，只有自來水設施，而沒有下水道設備，巴黎市民仍然無法擺脫來自傳染病的恐懼。塞納河之所以成爲令人恐怖的水源，主要是因爲巴黎市內的污水全部一齊流進了塞納河。而霍亂的流行則逼迫巴黎人不得不提早面對環境問題。事實上，前面提到的貝爾格藍實在稱得上是建設巴黎下水道的英雄人物。一八四〇年代以前巴黎的下水道只用於排放雨水和生活用水，後來，這些下水道在貝爾格藍的主導下，拓寬為規模更大的下水道，它匯集了巴黎市排出的所有污水（其中還包括處理過的水肥），並將污水直接送往污水處理廠處理。

巴黎的下水道經過貝爾格藍的建設之後，一八二〇年代原本只有三十七公里的下水道，到了一八五〇年代延長到一百三十公里，之後，到了一八七〇年代，更延至五百六十公里，這時市內的污水全被引導至阿尼厄爾的污水處理廠處理。若從都市環境的觀點來看巴黎的水之歷史，印象派畫家筆下的水邊休閒勝地阿尼厄爾的水，實在不能算是「清澈」之水。

巴黎的下水道最初開始建設時是以衛生先進國英國的下水道為藍本，之後，其規模逐漸超過英國，同時，由於地上自來水導管及電話纜線等也和下水道一併進行建設，巴黎的都市基礎建設系統最終不僅凌駕於倫敦之上，甚至還成為其他都市效法的典範。儘管巴黎的下水道於十九世紀末就已完成建設，但人們對於廢水會「放出瘴氣」的印象卻持續了相當長的時間。

雨果（Victor Marie Hugo, 1802-1885，法國詩人、小說作家、劇作家，為浪漫派文學指導者）所寫的《悲慘世界》（*Les Miserables*）可說是一部有關下水道的敘事詩，他在其中〈巨獸的內臟〉一節裡曾經不經意地提到巴斯德革命前的衛生觀念。在貝爾格藍之前，以「從前的下水道」為題的著名文章，大多是在講述蔓延在光明都市之下的黑暗世界，而潛伏在這片黑暗的地下世界裡最令人恐怖的物體之一就是「疾病」。雨果在這一節裡寫到：勘查下水道的任務等於是「與鼠疫及窒息進行夜戰」。「瘴氣引起窒息，土石崩塌造成活埋。在出乎意料的崩陷之後，災難還沒有結束，工人們又一個一個地染上了斑疹傷寒。……」帶來瘴氣和疾病的，即是令人恐懼的水。雨果的敘述眞實地表現了出細菌被發現之前的衛生觀念。

……下水道這個題目確實是和公共衛生有關的重要課題。

巴黎處於水與空氣兩大層面之間。屬於水的層面在地下很深的部分。根據調查顯示，這些水分來自白堊紀與侏羅紀石灰岩之間的綠色砂岩層。而巴黎附近大部分河川之水都來自這個部分。換句話說，我們只要從古魯耐爾的水井裡取出一杯水，就等於同時喝到來自塞納河（Seine）、馬魯尼河（Marne）、悠尼河（Yonne）、歐瓦茲河（Oise）、艾尼河（Aisne）、舒爾河（Cher）、畢耶尼河、魯爾河（Loir）等數條河川的河水。上述砂岩層的成份原本十分清潔，但其所含之水分卻是從天空降到地下之後匯集而來。而巴黎的空氣層卻很不衛生，主要原因是來自下水道。從巴黎下水道發出的瘴氣混合了市街的呼吸之後，整個城市充滿了惡臭的氣息。而且根據科學證明，就是在堆肥上採集的空氣也比巴黎上空的空氣清潔。……

我們甚至可說，在十個世紀之間，下水一直是巴黎的沈痾。下水道則是巴黎市區的血液中所

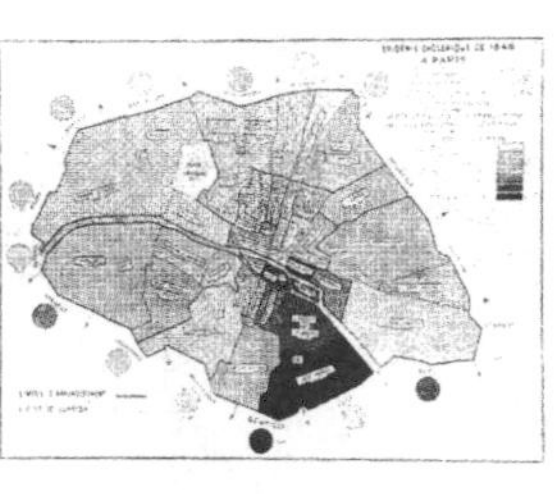

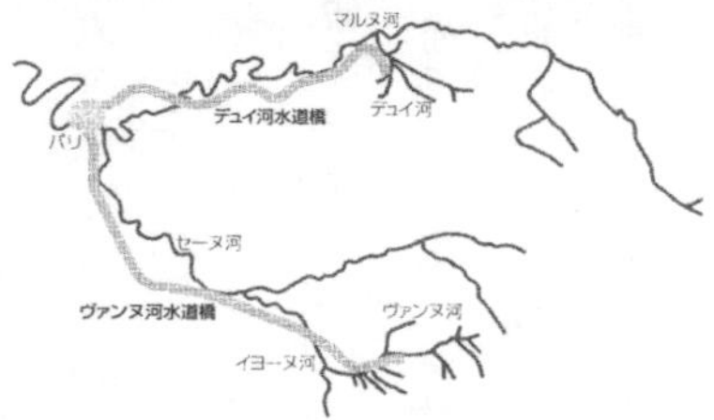

●上右：一八四九年巴黎因霍亂死亡人數的街區分布圖。
●上左：巴黎進行改造計畫前之「舊巴黎」斷面圖。當時的市街幅度狹窄，住宅建築擁擠，道路中央設置的排水溝匯集了巴黎市所有的穢物。
●下右：巴黎的賣水人。
●中左：奧斯門的引水計畫圖。
●下：凡努河水道橋。

含的毒素。

下水道冒出的瘴氣將巴黎的空氣弄得渾濁不堪。不潔的水不僅污染空氣，同時也是疾病的元兇，我們還可由此推論，衛生的基準即是「空氣」。雨果的論述實在就是典型的「空氣感染論」。然而，雨果提出這種「水質分析」觀念的時間卻遠在巴斯德時代之前。

然而，當時的人們雖然已經對「水」心生嫌疑，但這種想法卻沒影響到他們的入浴等其他現代化的衛生習慣。當時所謂的「清潔」，是指「擁有清潔的空氣」，而人們對於會污染空氣之人或物（即不潔之人或物）都避之唯恐不及。另一方面，也因爲對健康有害的人或物通常都會發出惡臭，人們可以趁早避開。所以，在巴斯德之前的時代，「惡臭階級」即等於是「危險階級」。關於這一點，阿倫・柯爾班（**Cf. Alain Corbin**）在其闡述公共衛生學觀念論的著作中，曾以「氣味的歷史」爲題做出解釋。簡單地說，保持清潔即可「脫離貧民階級」。十九世紀也是衛生學的黃金時代，我們甚至可以說，這也是一個以身體的清潔程度來區分階級的時代。

總而言之，判斷清潔程度的重點並不在於科學分析，而是從身體的外觀，以嗅覺等五官感覺來探知外表之危險性。所謂的「衛生」，其實只限於身體表面的範圍，並沒有滲透到身體內部去。事實上，入浴時清洗身體就是一種體諒身體內部的感性行爲。然而，在缺少感性與自來水、瓦斯等都市基礎建設的狀況下，要談現代化的衛生當然不是那麼容易的事情。

快樂之水

十九世紀的塞納河畔興起了各式各樣的水浴場。我們從河岸兩邊除了能看到一些洗衣船以及從河心開往郊外的蒸汽船之外，還能看到不少的水浴船。

所謂水浴船的構造其實相當簡單。只需在船與船之間搭起巨大的布料帳篷，就可立即建起一座水浴場。而以當時幣制來看，這種定價只要四絲（sou，譯註：一絲爲二十分之一法郎）的水浴場極受當時巴黎大眾之喜愛。多米也（Honore Daumier）的版畫和大眾風俗書《巴黎的惡魔》裡的插圖曾經忠實地描寫出當時水浴場的繁盛景象，但事實上，水浴開始流行的主要原因還是因爲水和「健康」有關。如前所述，水雖然是一種危險物質，但也是具有治療效果的物質，因爲「冷水」和「療法」之間有著密切聯繫。不過，當時倒還沒有嚴密檢查水質的觀念，四絲水浴場只因爲「廉價」且是「一種易於接近的健身運動」，因而受到一般人的喜愛。

這種庶民同享的「水之快樂」一直持續到世紀末。後來由於塞納河確定遭受污染，巴黎的下水方式徹底實施法令化管制，水浴活動才被迫中止。就像其他所有的娛樂活動一樣，上述這種風行一時的「水之快樂」也曾按照訪客層次而掀起了差別化的商業競爭。爲了和四絲水浴場的大眾

作風有所區分，許多豪華的水浴場相繼誕生。其中歷史最悠久的，要算十八世紀創立的丘爾康塞納河游泳學校。這所學校也是首創利用塞納河水提供大眾水浴的水浴場，以內部設備豪華著稱。隨著這所水浴場的開設，其後還有許多水浴學校相繼開張。

這些高級水浴場大多以異國情調與優良服務來吸引訪客。其中最有名的，是設在羅瓦爾橋（**Le Pont Royal**）下的維吉耶浴場。由於這裡設有單間浴室，因此甚受花花公子們的喜愛。而丘爾康的杜里尼游泳學校則設在塞納河畔的奧爾賽，內部以豪華的迴廊和拱門爲裝飾，另有一種俱樂部的氣氛。總之，這些水浴場的功能與其說是進行水浴，倒不如說是用以「社交」的空間。譬如十九世紀後半在香榭大道開設的溫水浴場「吉姆那斯・諾提克」，裡面除了閱覽室之外，還設有談話室，顯然已成一種高級的社交空間，同時也是巴黎的上流社會生活的一部分了。另外還有面對香榭大道的凡西諾瓦亦是巴黎有名的高級社交場所之一。

事實上，上述這些有意製造東方異國情趣的社交場所，頂多不過是時代講究衛生與健康的證明，換句話說，當時「休閒」的快樂要素已在塞納河畔具備齊全。而隨後由於交通發展，附近海濱的休閒勝地開始受到大眾歡迎，於是上述這些水浴場便開始逐漸式微。而這段經過也表示，兼具保養與社交功能的休閒勝地開始朝向海濱轉移陣地。而上述這些建在塞納河上的社交場所則成爲巴黎市內的休閒勝地，若是套用今天的字眼來說，它們扮演起市郊休閒勝地的角色。

- 上右：一八五〇年開設在香榭大道的高級水浴場「吉姆那斯・諾提克」。場內充滿異國情趣，真可謂休閒實景。
- 上左：在塞納河畔的「四絲水浴場」裡行浴的庶民。多米也所繪（1858）。
- 中：建於塞納河上的水浴場數目極多，其中的樂善（**La Samaritaine**）水浴場以一株鐵皮椰子樹做為招牌，這家水浴場價格低廉，設備良好，極受大眾歡迎。
- 下：一八三八年開設在聖路易島（**Ile St. Louis**）的蘭貝爾館水浴場。優雅的社交界人士都在此聚會。

對於這些與水有關的娛樂場所，于斯曼在其作品《倒轉》（*A Rebours*）裡面曾有過詳盡的敘述。男主角迪則桑托（Des Esseintes）是一名脫離現實的居家族，「旅行者」這個名詞對他來說是個十分陌生的字眼。迪則桑托後來經由閱讀「旅行記」而嘗到了遊歷虛擬實景的滋味，於是他效法書中人物，出門旅行，只是他並未前往海濱休閒勝地，而是到塞納河畔的水浴場去旅行。迪則桑托的目的地是我們在前面提過的維吉耶水浴場。根據他的描述：「只要到那建於塞納河面的維吉耶浴場，根本不必離開巴黎一步，我就能享受到海水浴的愜意氣氛。」

一進浴場，我先在浴槽裡加一點鹽，再根據藥局的處方，分別加入硫酸鈉、鹽酸鎂和石灰。……然後開始用鼻子去品嚐這些氣味。接下來，我把那張精心拍攝的賭場照片仔細地玩賞了一番，再專心地去研讀《喬安娜觀光指南》，這本書裡對我想去的美麗海岸都有描述。我一邊研讀著，身體隨著浴槽裡的波浪不斷地晃動起伏。這艘平底船也趁著河水的波浪上下前進。最後，我聽到了拱橋之下吹過的風聲，還有頭上傳來共乘馬車駛過羅瓦爾橋的沈重之聲，這時，我終於不得不拋棄心中對海濱的幻影，又重新回到了現實。

這一段記錄使我們感到有趣的是，水浴場裡提供了《喬安娜觀光指南》及風景照片，很顯然地，塞納河畔的高級水浴場是藉由提供訪客「海濱實景」才繁榮起來的。同時，這裡提供的「快樂」功能肯定要比「衛生」功能更吸引人。

當時，官方經營的公共淋浴不失為符合巴黎人對衛生欲求的設施。這時的人們對於清潔的欲求與其說是出於自發，倒不如說是出於教化，是經由行政指導而深入人心。世紀末的一般大眾尚無能力住進裝有自來水和瓦斯的建築物，當時雖有所費不貲的「活動浴室」能夠到府服務，但一般人寧願利用簡便的公共淋浴，同時也經由這種公共設備提供的初步身體衛生教育，來習得「清潔」這種嶄新的價值觀。

無形的清潔

說到這裡，我們必須強調，清潔是一種嶄新的價值觀。至少，在提到「洗滌身體」的清潔工作時，一般是指清洗身體，去除皮膚上的污垢。這種行為的背後隱藏的內部動機遠較我們從外表所感受的更強，而且這是一種欲將身上細菌洗淨的行為。當人們認知細菌是一種看不見的物體時，「清潔」的觀念也必須立即更新。巴斯德發現細菌之前，「清潔」只不過是經由五官獲得的感覺。人們只知道，惡臭是健康之大敵，污染的空氣是更可怕的大敵，而在「外觀」上讓人感到更為不潔的人或物都是清潔的敵人。當時人們對「清潔」的印象是：身上穿著白色內衣，在他人

面前表現出看似清潔的外觀。

這種「清潔」的印象到了巴斯德時代之後，開始牽涉到無形的因素。人們爲了清除無形的細菌侵入身體，所以不得不勤於清洗皮膚。到了這時，「入浴」終於成爲一種與衛生有關的行爲。「入浴」既是一種淨化身體內部看不見的部分之行爲，同時也是一種避開他人耳目而進行的隱密行爲，這兩種雙重意義使得「入浴」成爲一種偏重視覺的行爲。

事實上，衛生學的世紀即是注重隱私的世紀。所謂的「衛生」，最初是始於公共空間的淨化工作，譬如說建設寬廣的道路及下水道等，漸漸地，「衛生」的任務逐漸走向私有空間，譬如淨化個人房間或浴室等，不論從空間上或心理上來看，「衛生」都不斷朝向「內部」進行。正因爲如此，人們甚至對「水質」也開始有所要求，因爲品質良好的水是保持身體衛生所不可或缺的物質。「水」正逐漸成爲保持健康不可或缺的物質。

我們借用維加雷洛（Cf. Georges Vigarello）發表的衛生論裡的字眼，可以將上述保持健康的「水」稱之爲「實力之水」。這種「實力之水」是屬於中產階級的物質。但對凡爾賽的貴族文化而言，「水」是一種用於祭典的物質，同時也是如同裝飾巴洛克庭園的噴水似的「虛飾」之水。這種高雅華麗的「水」與健康或衛生之間可說毫無關連。噴水就像放煙火一樣浪費，屬於貴族文化中「高雅」的部分。而這種高雅之水則給予我們視覺上的快樂。到了十九世紀，由於中產階級抬

頭，貴族的巴洛克文化逐漸式微，這時「水」變成了有助於健康的工具，衛生之水成為中產階級維持其價值（健康）所不可或缺的物質。「衛生」這個名詞因而成為中產階級的字眼。

事實上，中產階級十分重視個人隱私的價值。英國式住宅以市郊的田園都市做為藍本，主要就是為了將個人隱私價值化，而另一方面，上述的英國式住宅同時也是現代講究「清潔與家世」的衛生住宅的先驅。很顯然這種結果並非出於偶然。對十九世紀的法國來說，浴缸代表來自英國的奢侈品，而裝置了浴缸的浴室，那更是最高級的奢侈品。

換句話說，浴室設備最先是在部分富裕階級的住宅裡開始裝設的。之後，才逐步地普及到一般庶民的住宅。而巴黎的每戶公寓都普遍設置浴室，已是二十世紀之後的事情了。十九世紀的當時，唯有某些富裕階級才有能力在住宅內裝設浴室。我們從前面提過的于斯曼所寫的《倒轉》也可以看出，在那人工樂園——水浴場——裡面出現了各種各樣豪華的設施，從溫室、水族館到閱覽室，幾乎應有盡有，但唯有浴室卻不見作者提起。男主角迪則桑托是一名患者，他遵從醫師的囑咐進行水療。他雖然「在自己的化妝室裡設置了水療的器具」，但他建在郊外山丘上的住宅卻缺少足夠的用水。

和于斯曼的小說比起來，普魯斯特在《追尋逝去的時光》裡面描述過的浴室簡直奢侈得讓人以為是發生在二十世紀呢！男主角為了將奧貝婷據為己有，甚至在他的公寓裡造了三間浴室。由

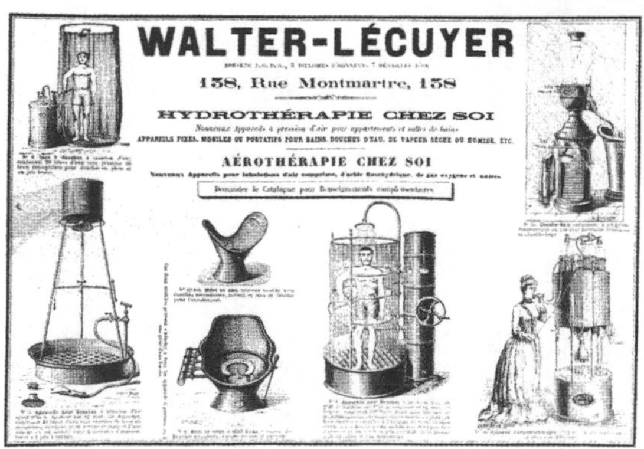

● 上右：入浴清潔劑的廣告海報。
● 上左：化妝用香皂的廣告海報（1899）。
● 中：肥皂廣告。米雷（John Everett Millais, 1829-1896，法國畫家）所繪。
● 下：家庭用水療器具的海報。

於男主角每天早上起床很晚，奧貝婷早起之後，便走進自己的化妝室去進行湯浴。女人洗浴的聲音喚醒了男主角，於是，他也走進自己的浴室，一邊聽著奧貝婷發出像小鳥唱歌般的聲音，同時他也不斷和她閒聊。

我們可以分別在自己的化妝室裡洗浴，還能同時和對方交談。水聲常常會打斷我們的談話，這種親近的感覺，要是在旅館狹窄的房間裡，倒是很容易地感受到，可是在巴黎的住宅裡，卻不是那麼容易得到的。

小說裡的情景確實生動地傳達出日常生活的幸福感，不過像男主角的家裡那樣，除了兩間化妝室之外，還另有一間連結兩室的大型化妝室，顯然這是一棟異常豪華的公寓。也難怪男主角的住宅是在巴黎第十六區的高級住宅區。另一方面，我們從普魯斯特的描述中還能看出，男主角的浴室不僅豪華，同時也具備了現代化浴室必須的清潔感與機能性。在一般住宅接上自來水之前很長一段時間裡，所謂的「化妝室」，只不過是無水可用的化妝空間，與此相對的，附有浴槽的化妝室則是屬於二十世紀的快適空間。而在這部小說裡，一對戀人更將這個「衛生場所」變成了進行祕密戀情的「快樂場所」。

普魯斯特的小說再度提醒我們，在迪則桑托（譯註：于斯曼的《倒轉》一書中的的男主角）

的奢侈住宅裡其實根本談不上享受入浴的快樂，而像水浴場那種十九世紀的人工樂園，則連衛生的條件都不夠資格。讀者若在迪則桑托身上發現了和中產階級追求的衛生與清潔背道而馳的紈褲作風，這也是很自然的結果。因爲各位可能記得，這位沈溺於各種倒錯快樂的男主角，打從心底就對「衛生」這玩意兒表示輕蔑。對十九世紀的中產階級來說，健康的身體即是他們本身的價值，而衛生則是新加入的價值記號。

衛生這種新的價值記號不只是靠行政指導和教育，同時更藉助於媒體的力量普及於大衆。古貝爾在其著作《水的征服》裡面提到兩份當時的報紙，一份是對小中產階級所發行的*L'illustration*，一份是對大衆發行的*La Petit Journal*，作者並在其著作中，選出十九世紀後半至二十世紀之間發行的上述兩報中的廣告，並將之加以對比，結果發現，前者標示的衛生記號爲「溫泉」與「礦泉水」，後者則傾向於標榜「肥皀」。由此可知，前者重視的是更昂貴的物質，以及與淨化身體內部有關的物質，而後者則把重點放在較廉價，且和皮膚表面有關的物質。更深入、更接近內部——這正是衛生共和國的理想所在。而在衛生共和國的領域裡，「流動之水」即是健康的標誌。

事實上，十九世紀末的中產階級已經離開貴族的「虛飾之水」越來越遠，他們追求的是「實力之水」，也就是能使身體強壯、清潔，並洗去危險細菌的水。

無菌理想國

水既能有益於健康，相對地，水亦會對性命構成危險；水變成越來越貴重的物質，同樣地，水也會變成危險的物質。因為能夠洗去細菌的水，同樣也能帶來細菌。而由於這些細菌並非肉眼所能看見，因此我們必須小心不要被水從外觀表現出來的清涼感所欺騙。

在細菌的面前，就連巴斯德的門徒們也感到空前的威脅。因為過去能夠探知氣味或沈澱物的感覺器官已經英雄無用武之地。說到這裡，讓我們再引用一段維加雷洛的文字吧。「清潔的定義改變了。對於這個變化，我們絕對不可忽視。細菌現在是一種負面價值的東西，無菌狀態才是理想的狀態。這種狀態才叫做清潔。……因此我們必須對這些無形之物採取措施。『不潔之人帶著各種病菌隨處散播，而這種人當然對其周圍之人都有害』。」這是一種對無形之物所懷的恐懼，也是對散佈病菌的他人所抱持的厭惡感，亦即是莫泊桑筆下描述的對旅館床鋪的恐怖感，這種感覺顯然是嶄新的衛生觀在世紀末所造成的感性。人們朝著理想的「無菌」狀態前進，而成就這種無菌理想國的物質即是水。

朱爾・凡爾納（Jules Verne, 1828-1905，法國科幻小說作家，最著名的作品為《環遊世界八十

天》）所著的《印度王妃的遺產》（*LES 500 MILLIONS DE LA B'EGUM*）裡面提到了衛生理想國。這本作品出版的時間是在一八七九年。這時正是自來水表開始普及的時期，維爾努在其作品中「像流水似地」用水描寫出衛生都市的夢想。書中敘述的故事舞台是在美國。這時美國已經趕過衛生先進國的英國，成爲衛生國家的表率。維爾努還假設美國已想出一套無菌對策，並在奧勒岡州建起一個衛生都市——法蘭西維爾，他盡其所能地利用已知的高科技知識來支持這個夢想。下面就讓我們來看看維爾努書中所描述的法蘭西維爾的建築標準。

首先，「要讓每家每戶都孤立在種有樹木、草地和鮮花的單位土地之上。每棟房子裡面只住一戶人家」。這種將住家孤立於綠色之中的理想，顯然和英國郊區族的觀念彼此呼應。而誕生於英國郊外的郊區族，最後不但在美國開花結果，而且還成爲維護個人隱私的理想之鄉。這裡的每家每戶都有豐富的水電可隨意使用，而用水的目的則完全是爲了清潔。在法蘭西維爾這個清潔之都興建新建築時，除了能夠用水清洗的材料之外，全都禁止使用。由於「地毯和壁紙」是「疾病的泉源，瘴氣的溫床」，所以這些物質絕對不許使用。清潔之都的建築物都使用「塗了透明漆的磚頭」以取代「隱含無數微量毒素的壁紙」，「而且就像窗戶的玻璃或是地板、天花板一樣，整棟建築物都可用水清洗，因此病菌完全無法侵入」。

另一方面，這種住宅的重點放在寢室與床。寢室特別講究「通風」與「簡樸」，生活理想則從

「豪華」轉向「舒適」，事實上，這也是後來在法國黃金時代所流行的機能主義之住宅，而一般住宅寢室之大敵則是譬如「羽毛枕頭」之類「會招致疾病的聯合大軍」。因此，寢室用具必須採取「能經得起頻繁洗滌」的布料來製作。這個衛生都市的每個家庭都設置了乾燥機與消毒室，而其全市最高理想則是經由「不斷掃除」以達清潔的目的。

掃除吧！不斷地掃除。人群密集之處總是不斷產生病菌，讓我們將這些剛剛誕生的病菌立即消滅吧。這也是中央政府對各位的呼籲。

無菌理想國堅忍不拔地對抗著「不斷產生在人體的病菌」。凡爾納寫成這部衛生都市的作品時正好是巴斯德掀起細菌革命的高潮，而凡爾納的小說則表達出奮鬥到底的殺菌夢想。爲了對付病菌這種無形的敵人，我們只好無止境地對其監視與警戒。而「無菌理想國」的最終方向則不免將帶菌的「人體」趕盡殺絕，換句話說，也就是朝向「無人理想國」的目標前進。凡爾納的理想國小說結束之前曾經提到生物工程的部分，就某種意義來說，這似乎代表他所寫的理想國只是存在於十九世紀而已。

說到描寫透視「無人」世界的科幻小說，莫泊桑所寫的《奧羅拉》（*Le Horla*）比凡爾納的衛生理想國更精彩。這部小說描寫「無形之物」的恐怖，幾乎無出其右者。

在一個偶然的機會下，男主角發現有一個看不見的物體總是緊跟在他身旁，他感到萬分恐懼。這種超越視覺的力量顯然已經超過了人類五官感覺所及。「多麼神祕啊！這個『看不見的東西』。這絕不是我們人類貧乏的五官感覺所能探測的。人類的眼睛對於過小、過大、過近、過遠的東西都無法看見。不論是住在星球世界裡的物體，或是住在一滴水的世界裡的物體，我們都看不見。……」「住在水滴裡」的微生物──莫泊桑筆下的恐怖對象顯然就是病菌。人類的肉眼雖然看不見這些微生物，但牠們一旦侵入人類身體，便會開始繁殖，而且還會「傳染」。譬如在里約熱內盧突然發生的傳染病，要不了多久，就會乘著塞納河上的船隻登陸法國。

莫泊桑筆下描述的這個未知的新生物「奧羅拉」，牠不僅侵入人類肉體，同時還住進人類的心中。這個來自宇宙之外的怪物，最後進駐了人類的靈魂。「我到現在才恍然大悟。總算明白了一切。人類的時代已經結束了。」「因為那些傢伙來了。……到目前為止，這個世界上曾經有無數主人，有時是地之精靈，有時是妖精，或甚至妖怪、怪物。他們會化身為各種形狀，有時甚至化為美麗的形體。」與其說莫泊桑筆下的「奧羅拉」是一種新生物，倒不如說牠是較屬於心靈的物體。

莫泊桑的《奧羅拉》寫成於一八八七年。法國這時正處於黃金時代，而且也正朝向衛生共和國的理想邁進。另一方面，這時也是精神分析即將開花結果的時期。當時薩爾貝托里爾醫院開設的歇斯底里症臨床講座由沙爾克主講，而沙爾克舉辦的「星期二講座」這時不僅吸引了歐洲各地的醫師，甚至連巴黎社交界的有名之士也都競相參加。莫泊桑約在兩年前開始出席這個「星期二講座」。在十九世紀末的當時，催眠術成為十分聳動的字眼，就連「歇斯底里」也是風行一時的新鮮名詞。莫泊桑曾在《吉爾布拉斯》報紙上為文譏諷當時這種流行趨勢。

歇斯底里患者，這個字眼可真是現在最流行的用語。有人知道你正在談戀愛嗎？那你立刻就會被斷定為歇斯底里的患者。你對鄰居的情緒毫不關心？那大家立刻就會說你是歇斯底里患者。……就拿那位沙爾克博士來說吧，他正是歇斯底里症的大主教，也是病房裡那些歇斯底里患者的養成者，而他之所以能在巴黎的模範醫療設施薩爾貝托里爾裡面，傾注全力拯救那一大堆患了精神病的女性，其實也是因為我們全都是歇斯底里的患者。他先讓那些女人發瘋，然後再做法使她們變成魔鬼。

莫泊桑和沙爾克生於同一時代，因此對沙爾克提出的心靈療法極感興趣。他在《奧羅拉》裡面甚至還曾提到催眠術。而事實上，莫泊桑本身會對心靈現象表示關心，與其說是出於好奇心，不如說是因爲他本身的內部正在逐漸走向瘋狂。莫泊桑這時已經身染梅毒，他經常會毫無理由地頭痛與發冷。「奧羅拉」正是他的潛意識所感受到的物體。

在莫泊桑的感覺裡，這個肉眼看不見的魔鬼和「水」之間有所呼應。是的，「奧羅拉」靠著「水與牛乳」維生，但牠同時也要吸食人類的「血液」。「昨夜，我感到有什麼東西爬在我的身上，牠的唇蓋在我的唇上，並從我的兩唇之間吸食著我的生命。」這個確實存在但卻看不見的新生物是一種「流體」的生物。牠雖沒有實體，但卻能在鏡中反射出其姿態。有一天，男主角站在鏡子的前面，他發現鏡子裡面居然沒有自己的身影。恐懼感襲上他的心頭。他發現，「奧羅拉」正像是水一樣「透明」的物體，正處於他和鏡子之間。

多麼恐怖啊！突然間，就在霧色茫茫中，在那鏡底的霧氣中，我看到自己的身影逐漸模糊，就好像透過水面在看自己一樣。漸漸地，我看到鏡中之水自左向右地退去，我的身影終於能夠清晰地看見了。這段過程就像是日蝕結束似的。而那個遮住我身影的物體卻

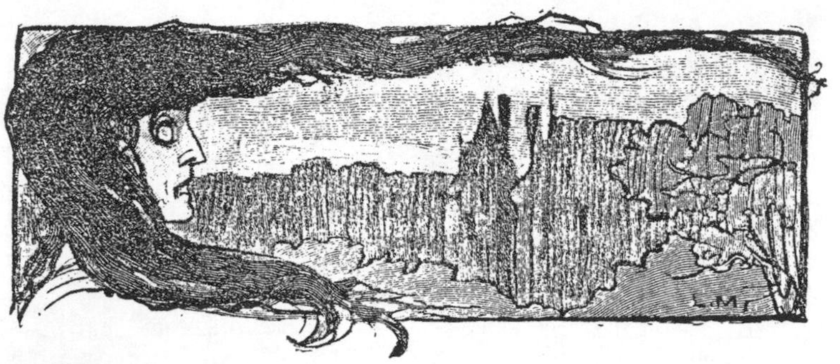

●上：莫泊桑的小說《亡靈》裡的插圖。

●左下：莫泊桑的小說《奧羅拉》的封面。

●右下：Y・蘭波為《靈力》(1889)所繪的插圖。

沒有明顯的輪廓，牠像是一個不透明的透明物體，慢慢地，變得愈來愈沒有份量。

怪不得莫泊桑筆下的這個液體性的怪物最後用火燒也燒不死，而且還活著逃出了熊熊大火。因爲牠是像水一樣，像靈一樣的……。

「水」對凡爾納來說，是一種能夠洗淨「無形」細菌的衛生物質，而在莫泊桑筆下，水反而成了會侵入人類體內，吞噬人類的「無形之物」。這個透明怪物所造成的恐怖早已超過了無菌理想國的程度。

談到這裡，我們關心的問題重心已經不是「衛生」，而是「潛意識」這個黑暗的領域。因爲不論是水或是太陽，都無法淨化潛藏在潛意識裡的黑暗部分。於是，緊接在衛生共和國之後，佛洛伊德的時代終於即將展開序幕。

第六章

電之精靈

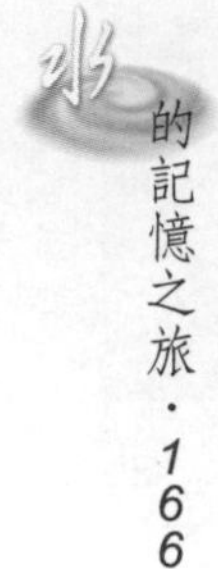

清潔革命

世紀末的法國開始朝向「清潔」邁進，這時，大家發現一項物質和水一樣，能在衛生共和國的發展過程中起到相當作用，這項物質就是「電力」。

電力從一開始就是一種和「衛生」有關的能源。如果說，「黑暗」是不潔之物的溫床，那麼明亮的「光線」則具備了掃盡黑暗的力量。「電力」這種嶄新的能源曾經是巴斯德細菌革命過程中的重要武器。關於十九世紀末興起的衛生革命與電力革命之間的連動關係，柯爾本（Alain Corbin, 1750-1840）做出如下結論：

> 電力協助推動巴斯德的革命，因爲電氣照明設備能將任何角落都照得一清二楚。電器照明設備和巴斯德革命把「無秩序」與「不潔」一掃而空。從此之後，「無秩序」與「不潔」成爲電力和巴斯德革命所要對付的目標，清潔的重要性也開始廣受人們的注意。

正如柯爾本所說，電力的確是一種「清潔」的能源。和瓦斯比起來，電力既不會對空氣造成污染，也不會發出臭味，同時引發火災的可能性也很小。因此，人們很容易地就接受了電力這種

清潔的能源。

有一點我們必須注意的是，當時「清潔」對於人們造成的衝擊遠遠超出生於現代的我們所能想像。不僅「衛生」本身是個嶄新的觀念，人們的身體感覺也隨之有所改變，另一方面，電力從此也和身體衛生之間建立緊密的關係，一般人則認爲，耀眼的照明能夠爲人類帶來健康。西貝爾布許（Wolfgang Schivelbusch）在其討論電氣照明的著作《照耀黑暗之光》裡表示：電力是「清潔、無臭」的能源，它「不僅對健康無害，也不會帶來威脅生命的危險，相反地，電力反而對身體有益，甚至被人視爲像是維他命似的東西。……因此，電力、能源與生命三者原爲同義字」。關於這一點，我們從當時的一項事實——醫療界十分盛行電氣療法——便可得到證明。由此可見，電氣和生命其實就是同義字。

說到這裡，讓我們來看一張當時位於諾曼地的一家休閒旅社的廣告。這家旅館以其擁有的淋浴、浴室等最新水療設施爲吸引旅客的重點，廣告上還特別提到這家旅館值得稱道的電氣照明設備：「若說淋浴有助於獲得健康，那麼賭場裡全場設置的電氣照明設備則能幫助人們維持健康。」很顯然地，當時的人們都認爲電力提供的光亮是「對健康有益」的。否則這張廣告上的宣傳文字就顯得毫無意義。

事實上，這家以「健康的電氣」招攬客人的旅館就是位於柯布爾（Cabourg）的偉麗飯店（Le

Grand Hotel de Cabourg，可參見：http://www.cabourg-web.com/grand-hotel.htm）。一九○七年，這家旅館曾經重新裝潢。是的，這家旅館也是普魯斯特的小說《花樣少女的背後》的故事舞台，普魯斯特自己也曾在這裡住過。在一九○七年當時，這家旅館算是爲數眾多的休閒旅社中設備最新的「時髦」旅館。前面提到的那段宣傳文字節錄於當時發行於休閒勝地社交界內部的報紙《柯布爾之聲》，而同一時期，發行於巴黎的《費加洛報》也刊登過同樣的新聞，文中寫道：「世界上恐怕再也找不出第二家旅館像偉麗飯店那樣懂得時髦生活的意義了。」根據上述這段文字，我們能夠想像這家飯店領先時代的模樣。正像韋伯在《世紀末的法國》裡面所說的，旅館是一種超越一般生活水準，朝向尖端「時髦生活」的方向邁進的空間，在這種空間裡面絕對不可或缺的高科技裝備之一即是電力。而我們亦由上述這段文字得知，法國的休閒勝地旅館甚至要比首都巴黎更早嚐到時髦生活的的滋味。

事實上，相信凡是普魯斯特的讀者們都應該記得很清楚，普魯斯特曾對旅館的電梯做過許多描寫。對當時的人們來說，只靠「一個開關」就能操縱的電梯和電氣照明設備一樣，都算是最新的電氣裝備，也是令人大開眼界的時髦裝備。普魯斯特筆下的男主角對所有「新事物」都像兒童一樣地充滿好奇心，從汽車到電報、電梯、甚至電燈，他都覺得新鮮有趣。譬如下面這段文字就表現出他對餐廳的電燈感到的新奇。

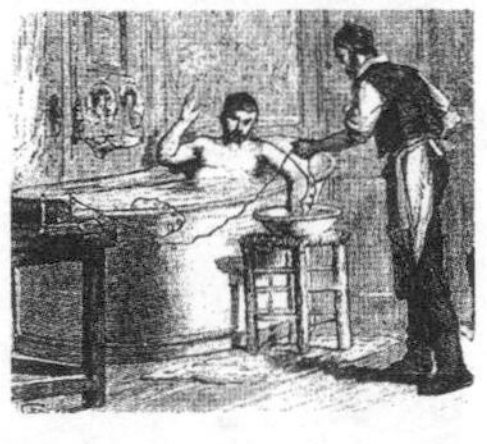

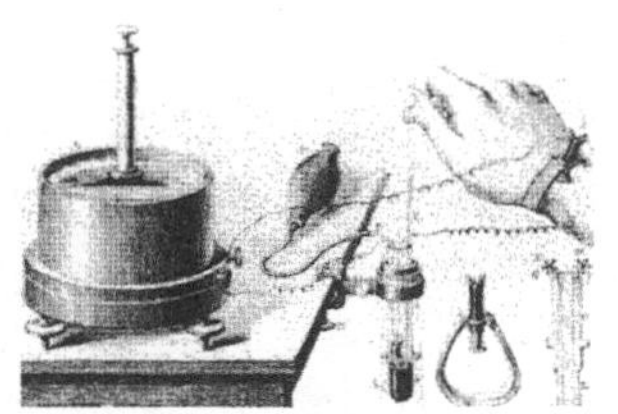

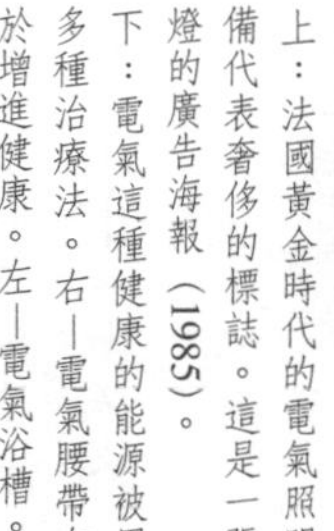

●上：法國黃金時代的電氣照明設備代表奢侈的標誌。這是一張電燈的廣告海報（1985）。
●下：電氣這種健康的能源被用於多種治療法。右—電氣腰帶有助於增進健康。左—電氣浴槽。

電燈發出的光輝像是泉水一般泄入旅館食堂的大廳，整個餐廳好像變成一個神奇的水族館，儘管餐廳裡黑暗的角落無法看清，但住在巴爾貝克的上班族、漁人、小中產階級家庭等隔著餐廳的玻璃櫥窗，卻可窺視旅館內人們所過的奢侈生活。

我們從這一段文字可以明白地看出，電燈等照明設備在當時是極稀奇的流行時尚。事實上，柯布爾的偉麗飯店確實是當時時髦生活的展示場所。

普魯斯特在小說中爲了強調這家旅館的特徵，特別將之稱爲「宮殿式旅館」。當時這家旅館的經營者在法國南部同時擁有好幾間旅館，普魯斯特對他的描寫是：「做爲歐洲一流旅館經營者之一，他在蒙地卡羅與倫敦同樣有名。」在這名經營者的指揮下，他所擁有的各家旅館都隨季節彼此流通人員與物資。而普魯斯特的描寫更讓我們充分瞭解當時旅館業的實際情況。

事實上，一九一〇年代正是法國大舉建設宮殿式旅館的時期。正像「宮殿式」這個名稱來自英國一樣，宮殿式旅館的顧客大多數也是來自英國。根據普魯斯特的描述，這些旅館大都充滿了國際色彩，而且都擁有一項特色：全都設置了淋浴和浴室等衛生設備。今天我們印象裡的「浴室加廁所」的衛生設備可說是當時宮殿式旅館的產物。而爲了加強上述衛生設備的衛生性，清潔又健康的電力自然便成爲人們求之不得的能源了。

豪華即健康

提起宮殿式旅館，任何人都會立即想起宮殿式旅館的創始人麗池吧。相信大家都知道，除了柯布爾的偉麗飯店之外，普魯斯特最喜愛的旅館就是巴黎的麗池大飯店（The Ritz, Paris）。但是很多人都不知道，這家麗池大飯店之所以創業成功的關鍵就是「衛生」。

出生於瑞士的凱薩．麗池（Cesar Ritz）從一八五〇年代起，到各國的旅館學習經營方法，他在巴黎、維也納、里維拉海岸、瑞士、倫敦等地的高級大飯店工作，同時也吸取這些著名旅館的設備與服務經驗。最讓麗池眼界大開的是他於一八七〇年代在尼斯的偉麗飯店工作時的經驗。當時尼斯正好是富裕階級的肺結核患者們療養疾病的場所，麗池在這裡學到：唯有「衛生」才是經營旅館的重要關鍵。緊接著，麗池又在倫敦的薩佛伊大飯店（The Savoy Hotel, http://www.savoy-group.co.uk/main.html）見識到了現代化的高科技設備。一八八四年創立的薩佛伊大飯店當時已經採用了世界科技先端——美國所發明的高科技，這項高科技當然就是電氣。薩佛伊大飯店不僅免費供應電氣照明設備以及電動式升降機，另一方面，飯店房間裡的浴室設備也是一流的水準。麗池在這裡學到了：「清潔」與「健康」方爲旅館之理想。除此之外，麗池大飯店推出的另一項新服務也受到顧客廣泛的歡迎，那就是每年夏季推出的「花園餐廳」。這種提供顧客在陽光、新鮮空氣及綠色當中享受用餐的構想帶來健康的氣氛，深受飯店顧客的喜愛。綜上所述，麗池大飯店可說是第一家將衛生與健康等休閒要素納入都會旅館的先驅者。

位於巴黎凡登廣場（Place Vendome）的麗池大飯店於一八九八年開幕，這時巴黎正為了在兩年之後的一九〇〇年舉辦萬國博覽會而忙碌。麗池大飯店選擇在這個時候開張，可謂時機適當，而麗池最吸引顧客的特色，主要還是「清潔」。除了在客房裡設置完備的浴室外，麗池對每間客房的角落都用盡心機考慮過衛生問題。譬如客房裡的牆壁上不貼壁紙，全部改釘木板。而從前一般客房慣用的五斗櫃也換成了衣架。這一切措施都是為了保護顧客，不使顧客接觸到灰塵。而另一方面，出於同一理由，客房裡的床單和窗簾等也都採用能夠洗滌的布料製成。麗池剛剛開幕不久，倫敦有一家雜誌曾經撰文對其清潔表示讚歎：

> 肺結核是最容易被傳染的疾病，你若是害怕被染上肺結核，那麼，到麗池大飯店去住就不必擔心了。這家旅館全部客房都是朝南建築，而且每個房間都有大型玻璃窗，採光極好。房內的床上沒有任何床罩之類的覆蓋物。窗簾採用白色薄質布料。白色牆壁和精工打理的傢俱上找不出一絲塵埃，連一個小小的微生物也找不到。雖然地毯下面可能會有

一些微生物，不過從庭院裡送來的氧氣，還有每天午後照進房間的陽光，肯定已把所有的微生物都殺得一乾二淨了。

我們從這篇報導能夠充分感到麗池大飯店重視衛生的態度。而巧的是，麗池於一八九八年開幕，國際衛生博覽會也在這一年召開，「清潔」觀念這時已走在時代先端。這也是現代化旅館開始追求「清潔」與「健康」等休閒要素的理由。對於普魯斯特等喜愛宮殿式旅館的顧客來說，「清潔」即是他們這些高級休閒地常客最主要的訴求。

除了上述的「清潔」之外，麗池用以吸引顧客的要素還有「電氣」。凱薩・麗池將他在薩佛伊大飯店見識到的電燈照明引進麗池大飯店的餐廳裡，接著，他更引進薩佛伊的電動呼叫鈴，與衣櫥門上的自動照明開關等先端技術。總而言之，麗池曾經花費極大工夫來研究電氣所能帶來的適意生活。當時的人們將電氣科技與衛生設備兩者並稱為「時髦」，而麗池大飯店則領先時髦，成為全世界現代旅館的典範。與此同時，旅館也超越了個人領域，領先成為「巴斯德革命與電氣革命」所追求的時髦空間。

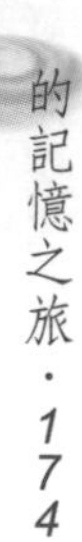

●上右：普魯斯特的小說《花樣少女的背後》以柯布爾（Cabourg）的偉麗飯店（Le Grand Hotel de Cabourg）為假想舞台。電燈照耀著寬敞的旅館餐廳，在夜間看來格外醒目。

●上左：麗池大飯店引以為傲的是其擁有的電氣科技。飯店客房內的桌上設有呼叫鈴，從麗池創立以來就是採用電鈴。

●中左：一八八一年法國舉辦國際電氣博覽會上展出的電話最受參觀者歡迎。當時還提供免費打到歌劇院的服務。

●下右：愛迪生發明電燈泡的同時，各種各樣的電氣用品開始問世。上—最早的電話。下—附有傘罩的電燈泡。

作家普魯斯特一向偏愛柯布爾的偉麗飯店，我們甚至可以做出這樣的結論：他不僅喜好時髦，也愛好所有「新的事物」。不論是電氣照明設備或是電梯，都使這位作家在追尋逝去的時光的巨流中，找回片段幸福的記憶。

當時正是法國的黃金時代，以實際情況來看，與其說法國的電力發展走在流行的前端，倒不如說法國在這方面實在非常落後。麗池大飯店在一八九〇年代開張的時候，法國只有數家民營的電力公司，能夠利用電力的人數非常少，而且價格非常高昂，所以電力也就遲遲無法普及到一般家庭。當時法國一般照明設備的能源主要仰賴瓦斯和石油提供。當全國三分之一的國民都在使用瓦斯的時候，法國的電氣照明率僅佔百分之三。而電氣眞正普及於一般大眾的私人生活範圍，還是在兩次世界大戰之間。

正因爲如此，對當時的人們來說，電氣照明或電氣開關即等於是令人嚮往的時髦生活標誌。當一般庶民看到那些休閒旅館閃耀著五光十色的霓虹燈時，電力是多麼遙遠的科技夢想啊！這一點，我們從普魯斯特的小說人物中亦能看出：

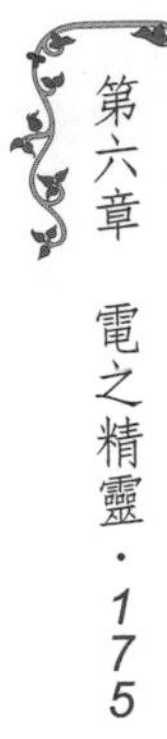

聽說維爾德藍夫人最近購置的府第裡全部照明設備都是採用電力呢。……就連寢室都裝了電燈！據說電燈上面附有傘罩，所以光線顯得非常柔和。這眞是一種「誘人的奢侈」。現代人眞是非要新事物才能滿足，也不管那些新東西的性能怎麼樣，反正只要是新的就好。像我有個朋友的小姑，她已經在家裡裝了電話喲！聽說她坐在客廳裡就能訂購商品呢！

小說裡這位引起轟動的維爾德藍夫人是一位與名門貴族對抗的新興中產階級，電力這種「新的事物」實在非常適合裝置在她家裡。當時有能力在自己家裡裝設電氣照明設備的，只有她這種「喜愛新事物」的有錢人才可能辦得到。更何況她還在家裡裝了電話，在一般庶民眼中看來，這種「誘人的奢侈」簡直就像做夢一般地遙不可及。

的確，對十九世紀末的法國來說，電力的確是一種提供「夢想」的能源兼媒介。這種首次出現在人們眼前的新能源不僅供人使用、消費，同時也供人欣賞，甚至還能用來展示於人。法國在電力發展方面顯然落後其他國家，一提起電力，法國人首先想到的就是「照明」使人狂熱。在用做動力能源之前，電力首先被人們視爲「未知」之「光」。

說到電氣本身具備的展示性，大家不免立刻想起萬國博覽會。而在萬國博覽會舉辦之前，法

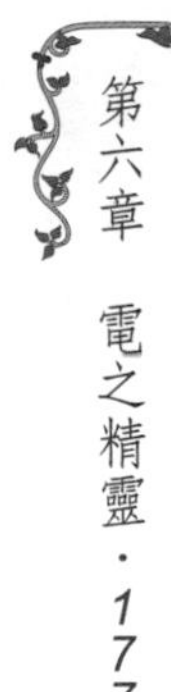

國先在一八八一年舉辦了一次國際電氣博覽會，展覽會場就設在香榭大道產業館。而這次博覽會最吸引人的展示品就是貝爾發明的電話機和愛迪生發明的白熱電燈泡。事實上，電話機早在一八七八年的萬國博覽會上已經展示過，這次博覽會當中則加強了電話的娛樂功能，因此獲得觀眾的好評。所謂的娛樂功能，是由主辦單位嘗試性地利用電話來轉播歌劇院裡演出的歌劇。這項嘗試讓所有參觀者都享受到電話的娛樂功能。而電話做爲一種類似收音機的音響媒體，也在這次博覽會裡受到歡迎。八年後，同樣的電話娛樂又在另一次萬國博覽會上獲致極大成果。但對這種現象，我們可以從另一個角度來看，顯然當時那個時代還無法接受電話做爲個人媒體的觀念吧。

打從電氣剛被發現之初，人們就傾向於接受電氣做爲公共用途（而非個人用途）的媒介。而事實也證明，在這次電氣博覽會裡，愛迪生發明的白熱燈泡比電話更受大眾歡迎。雖然愛迪生是在這次博覽會之前的一八七九年，於門羅公園（Menlo Park）研究所發明了白熱燈泡，但這種燈泡眞正被用以向全世界廣爲介紹，卻是在這次巴黎國際電氣博覽會之中。事實上，巴黎這時正嘗試使用電弧燈（arc lamp）做爲公共照明設備，但由於這種電燈泡的光線過強，只適用於廣場、公園，或施工現場，而愛迪生式燈泡終於將燈泡的光線調整到人們肉眼能夠接受的範圍。

另一方面，電力發出的人造之光實在也深深打動人心。正像西柏爾布許（Wolfgang Schivelbusch）曾經說過，能夠照亮黑暗的光明本身即擁有祭典性。電力原本是不具任何型態的能源，當電力成爲照明媒介的時候，人們的五官感覺才有機會接觸到它，並深深地感受到「誘人的奢侈」。耀眼的燈泡所構成的照明彩飾不僅使人們的雙眼感到震撼，同時也帶來慶典氣氛。而事實上，緊隨在電氣博覽會之後舉辦的一八八九年巴黎博覽會上最受歡迎的節目之一，就是燈泡構成的照明彩飾。

衆所周知，法國於一八八九年舉辦巴黎萬國博覽會主要是爲了慶祝法國革命一百週年，這是一次全國性規模的慶典博覽會。法國爲了向全世界誇耀其「時髦」的科技成果，特別建起了高達三百公尺的艾菲爾鐵塔。爲了表現萬國博覽會對於「啓蒙之光」的重視，這座以「太陽之塔」爲主題而獲選採用的鐵塔負起了光線演出的任務。全場照明燈飾包括煤氣燈、電弧燈等總共使用了一千一百五十個燈泡。艾菲爾鐵塔因而成爲一座照耀夜空的燭台，同時綻放出三種色彩的燈光。而更精彩的是，鐵塔襯托著主辦單位在背後施放大紅的煙火，看起來就像是一顆巨大的紅寶石燦爛地閃耀在夜空。當時的萬博會場每天晚上就在這種熱鬧的慶典氣氛下歡慶到深夜十一時。

巴黎萬國博覽會最值得一提的是爲了強調「光之祭典」主題而設置的「光之噴泉」。位於艾菲爾鐵塔前的噴水池在各色電氣燈飾的照射下，噴出金色與寶藍色的雨絲，演出精彩的「水與光之表演秀」。這場由人工夢幻的光線取代陽光的表演完全懾服了觀衆的雙眼。法國歷史上有太陽王之稱的路易十四曾以凡爾賽的噴泉與煙火來顯示王國的榮耀，而現代的法藍西共和國則將萬國博覽

●上：一八八九年舉行的巴黎萬國博覽會上最吸引人的「光之噴泉」。
●中：一九〇〇年舉行的萬國博覽會上首次出現的「電動人行道」。
●下：一九〇〇年巴黎博覽會的標誌——電氣館。館外正中央聳立著「電之精靈」。電氣照明燈飾像是變魔術一樣地在夜間閃耀。

會裝飾成了近代國家的祭典場所。會場中隨處皆是多采多姿的「光」之表演秀，藉以展現夢幻般的景象。而這情景正像帕斯卡・歐力（Pascal Ory）說過的：「在內莫（Nemo）船長的孩子們眼中，近代人已經發出預告，事實上，人類能夠呼風喚雨、控制天氣的新時代已經來臨。」〔譯註：內莫船長爲凡爾納的科幻小說《海底兩萬哩》（*Twenty Thousand Leagues Under the Sea*）裡的人物，請參見本章「電之氣流」一節〕。」

電之精靈

十一年後的一九〇〇年，巴黎再度舉辦萬國博覽會，這次盛會是一場名符其實以電力爲主角的博覽會。載著「電之精靈」的電氣館建築物上面總共裝飾了五千七百個電燈泡，整棟建築變成一座「光之宮殿」，照明燈飾施起魔法，引得人們興奮而狂熱。這次的巴黎博覽會除了展示出一片令人驚異的照明空間外，巴黎的地下鐵也藉此機會正式通車，會場裡面還設置了電動人行道，艾菲爾鐵塔也首次安裝了電動升降機。這眞是一場以電力爲主角的電力博覽會，前來參觀的觀眾人數超過五千萬人，創下了萬國博覽會參觀人數的空前記錄。人們不得不承認，這是「電之精靈」向世人預告「終日不夜」的生活即將來臨的慶典活動。保羅・莫藍（Paul Morand）曾在其回憶錄

《一九〇〇年》裡對當時人們狂熱的模樣做出生動描寫：

……電之精靈懾服了萬國博覽會。她和眞正的王公貴族一樣來自天生。儘管電氣館裡貼出了「有致命危險」的警告標誌，觀眾們看了卻一笑置之。因爲大眾都以爲，「電氣」能夠治癒一切疾病，即使連現在最流行的「神經症」都能在電氣的治療下豁然痊癒。不論對窮人或富人來說，電氣都是一首「進步之歌」，她點亮了照明燈飾，搖身一變成爲顯著的信號。電氣方才誕生，煤氣燈立刻就被淘汰。她從萬博會場的窗戶向外撒出光亮。女人皆爲電燈之花。電燈之花皆爲女人。

新藝術派（art nouveau，譯註：十九世紀末到二十世紀初風行於歐洲的一種工藝美術式樣，以自然曲線爲特色）的玻璃燈飾將萬國博覽會上裝飾得美侖美奐，電氣點亮了燦爛的照明，那景象的確只能用「精靈」兩字來形容。和煤氣燈比起來，兩者皆爲人造光源，但電燈的光線顯得更柔和、更高雅。電氣提供這場華麗的大型燈光展示表演使得人們爲之瘋狂。保羅・莫藍對這種現象的評論是：「電氣，這是一九〇〇年的一項天災，也是一種宗教。」

莫藍在《一九〇〇年》裡對萬國博覽會的描述充滿了對「產業」與「進步」的狂熱，他的文章帶著像在歡樂街散步的觀光氣氛。而電氣所具備的輕鬆感覺又更加強化了這種觀光氣氛。電氣照明設備則向世人告知消費都市的人工環境即將來臨。

事實上，不只是在萬國博覽會，可以說，整個巴黎的都市空間都充滿了照明燈飾所提供的祭典性。巴黎繁華地區夜間多采的燈光裝飾著夜景，人們在這種氣氛下不禁升起散步的遊興。正像西柏爾布許引用班傑明（請參見第二章）的看法指出，人造的亮光讓人們能在室內體驗室外的感覺，同時也製造出都市特有的繁華景象。事實上，法國的黃金時代亦是夜總會的黃金時代，主要原因還是因爲煤氣燈和電氣照明設備擔負起提供人造亮光的任務。絢麗的照明燈飾雖然照得連星星都失去了光輝，但人們的夜遊興致卻因而提高，都市的歡樂氣氛也隨之增加。

莫泊桑在其短篇小說《夜》裡曾對充滿電氣照明的都市魅力做過鮮明的描寫。這部短篇小說的開頭第一句話即是；「我熱愛夜晚。」光明的夜晚醞釀出各種快樂，莫泊桑寫道：「微薄的空氣裡，不論是行星還是煤氣燈，全都閃耀著光亮。天空和街上照耀著空前的光輝，就連黑暗的角落也被照得一清二楚。光輝燦爛的夜空顯然要比太陽照耀下的白天有趣得多。」而在這些眾多光源當中，令人感到格外神祕的就是電燈泡放出的光芒。

> 我終於到達香榭大道，從這裡望去，夜總會的現場表演像是樹葉深處的火種。路旁的橡樹在黃色燈光照耀下，像是被染過色似的閃耀著燐光。而那些燈泡既像剛從蒼白得令人

眩目的月球或是天上掉下來的「月球之卵」，也像一顆顆巨大的珍珠，燈泡發出豪華且神祕的螺鈿光澤，將那醜陋又骯髒的煤氣燈與彩色玻璃的裝飾照映得毫無光彩。

電燈泡發出「神祕的螺鈿光澤」同時也照亮了人們的心底。都市在電氣照明燈飾的光芒下醞釀出「日日是假日」的氣氛。而巴黎的公共空間也在街燈照射下逐漸朝向二十世紀消費都市的目標邁進。

美國的世紀

終於輪到消費都市上場了。消費都市的先進國當然是美國。若說世紀末的巴黎是以豪華的展示性為其風貌的話，由電氣化生活領導世界之潮流者則非美國莫屬。就拿電話的普及率來說吧，一九〇〇年的法國全國充其量也只有三萬台電話機，但美國光在紐約的四家高級旅館裡面就有兩萬台電話。當時不論是電話還是錄音機，或甚至是電車，差不多所有和電氣有關的發明都是從美國來的。一八八一年國際電氣博覽會開幕的時候，全巴黎擁有電話的人數還不到一千八百人，而這時的芝加哥擁有電話的人數已經高達三萬五千人。如此對比之下，法國顯然在電氣發展方面十

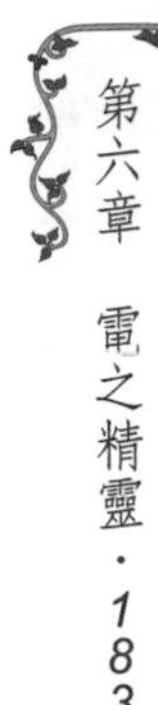

分落後，而美國在這方面的發展則遠遠領先全世界。電氣帶來的消費世界和美國之間有著密不可分的關係。柯爾本（Alain Corbin, 1750-1840）也曾談論到：

> 電氣誘發人們消費與享受的慾望——對於這一點，廣告業者早已看出端倪。在電氣發展方面，美國已經領先各國。我們可以想像，電氣的發展必然具備吸引新世界的重要關鍵。因爲按照目前情勢來看，新世界已經全面朝向電氣化發展。而對一九一三年的法國人來說，賭博、尋歡、廣告、百老匯、高樓大廈、現代化的快速節奏等，這一切都象徵著美國，同時也象徵著電氣。

電之精靈來自美國。構成這種美國衝擊的基礎不只是建立在照明燈飾造成的祭典氣氛。現代都市具備的各種機能逐漸與電力這種新世紀的能源之間形成了依存關係。就像西柏爾布許所說，若是沒有電力助一臂之力，法國黃金時代這段獨特時期的光輝燦爛是無法想像的。「一八八〇年至一九二〇年之間，電氣逐漸開始滲透大都市的現代文明生活。近距離交通系統、電梯、電話、收音機、電影，以及其他隨之而來的家庭用品等，全都是非靠電力，否則不能派上用場的製品。」

譬如路面電車就是在法國黃金時期來自美國的典型文化產物之一。法國舉辦電氣博覽會是在一八八一年，而路面電車也是在同一年出現在巴黎街頭。參觀博覽會的觀眾們從協和廣場（place de la concorde）搭乘電車前往香榭大道的博覽會場。一九九〇年法國再度舉辦萬國博覽會時，路面電車比從前擔負起更重要的運輸任務。而事實上，早在路面電車出現之前，由馬拖拉的路面電車早就開始負責運送郊區線的乘客，而且從一八五〇年代起，這種電車就已經是法國公共交通工具重要的一環。路面電車的英文名詞開始逐漸普及是在一八八〇年代，而最先將這種交通工具引進法國的，是美國人吉門斯，由於美國是發展路面電車的先進國，所以對法國大眾來說，路面電車等於就是美國特產。也因為如此，路面電車在法國的別名就叫做「亞美利堅」。

說到了「亞美利堅」，就不能不提麗池大飯店。事實上，當時對先端電氣科技情有獨鍾的飯店顧客主要都是美國人和英國人。麗池大飯店為了滿足這些從事國際性商務的實業家顧客之需要，在飯店內裝置了最新的通信設備。譬如在以麗池大飯店為舞台的電影「午後戀情」（Love in the Afternoon）裡面，影星加利・古柏（Gary Cooper）扮演的富有實業家幾乎是以麗池大飯店的套房為家，他整天都在和女人談戀愛，只需在約會空檔的時候打一通電話，生意就能源源不斷。古柏扮演的角色確實在觀眾心中留下了深刻印象。在巴黎這個充滿展示性的都市裡，麗池大飯店同時引進了衛生先進國英國的「清潔」和電氣先進國美國的「電氣文化」，而麗池本身也成為華麗的現代生活之典範，並因而吸引了世界各國的顧客。總之，麗池大飯店可說是事先預見二十世紀胎動的時代寵兒。

的確，二十世紀是美國的世紀，也是講究速度與情報的時代。隨著鐵道的普及，人們制定了標準時間，人類生活的步驟從此配合時鐘而前進。電燈取代了星光與陽光，白天與黑夜的差別逐漸模糊，現代工業化的生活環境終於露出雛形——而今天我們全都生活在這種環境裡。

在當時，法國的科幻小說作家阿爾柏特・羅比達（Albert Robida）曾以反理想國的方式描寫這種二十世紀的生活。羅比達不但是作家，同時也是一名諷刺畫家，他對即將來臨的新時代懷抱著極大恐懼。羅比達從不搭乘電梯與地下鐵，他自詡爲懷舊派，曾在一九〇〇年萬國博覽會負責「古老巴黎」展的企劃工作，也因爲如此，他想像描寫現代生活的作品才能流傳至今。

在羅比達的眾多作品當中，有一本名爲《二十世紀》。這本一八八二年出版的科幻小說使人很容易聯想到其靈感來自於前一年舉辦的電氣博覽會。羅比達將故事的時間設定在一九五二年，舞台則在巴黎六十四區。電話在這部小說裡面扮演著相當重要的角色，不過，這裡的電話功能卻比較接近收音機，甚至還能即時轉播世界各地的新聞。譬如男主角不小心按錯了按鈕，結果傳入他耳朵的是廣播喜劇的實況轉播。接下來，男主角聽到了世界各地的新聞：橫濱發生內亂、君士坦丁堡的火災等。羅比達的小說令人驚異地料中了一九三〇年代才出現的收音機，不過大家都知道，當年在電氣博覽會裡受人歡迎的電話其實只具備了收音機的功能，因此我們不如把羅比達的作品解釋爲對當時電話功能的誇張描寫。

●上：羅比達預見二十世紀的空中將會充滿「廣告」（A・羅比達在《二十世紀》裡所繪的插畫）。

●中：電氣魔術師愛迪生。

●下：二十世紀初，電氣製品的廣告開始出現。電氣化生活成為人們夢想的高級生活。

然而有一點值得注意的是，羅比達描繪的電話和電氣博覽會裡展出的音響媒體不同，他筆下的電話已經是現代人們所熟知的個人媒體，而且是會打擾個人生活的「吵鬧的」玩意兒。羅比達小說裡的電話同時還具備電視的功能，男主角不但利用電話與女友談情說愛，還用來上廣播大學的課。換句話說，羅比達正確地預見到未來人們的全部生活將走向多媒體化。他所描繪的都市上空佈滿廣告，而更驚人的是，羅比達還正確地預料到美國式的摩登時代即將來臨，從錄音帶、磁碟、到高架橋道路、快餐店等的興起，全都在羅比達的意料之中。

羅比達緊接著又在《二十世紀》的續集《電氣化生活》裡做出更深入的全面電氣化生活的描寫。《電氣化生活》出版於一八九〇年，正好是一八八九年萬國博覽會的第二年。這時電氣在人們心中的力量更爲龐大，幾乎是人人相信電力「能夠呼風喚雨」的時代。這部小說一開頭是在歐洲西北部地區使用電力除雪的鏡頭：

> 這眞是「電氣」所造成的決定性征服。電氣的確是一種神祕的動力，有了它，人類原本以爲無法達成的變化也成爲可能，它讓萬物從「盤古開天」之時就固定的秩序變得可以經由人類的雙手加以改變。……「電氣」眞是人類「無所不能的奴隸」，它時而化身爲宇宙的呼吸，時而鑽進地球的靜脈，時而交叉橫行於廣大的天空。如此難以捉摸的「電

氣」，現在卻被人類捕捉到手，同時還被加上了枷鎖聽任人類使喚。

《電氣化生活》裡提到人類生活全面受到電化影響，從天氣到教育（廣播大學），以至結婚（電視轉播結婚典禮），羅比達誇張地描寫出人類生活走向多媒體化的實況。當然，羅比達所要表現的，只是人類想要駕馭電氣，結果反而成爲「電氣的奴隸」的反諷文學。小說裡的男主角被設定爲生活在未來社會的綜合式社會名人，他是身兼發明家、科學家、實業家等集數種職業爲一身的能人。這位男主角每天過著忙碌萬分的日子，而他利用具有現代留言機功能的對講機兼錄音機把訪客弄走的鏡頭，眞是既眞實又有趣，另一方面，小說中那種過分忙碌且被過剩情報淹沒的社會，確實使許多人因爲承受過重壓力而變得虛弱不堪。羅比達高人一等之處是他準確地預見到媒體使人類造成「身體性喪失」，他甚至對「人類的腦化」也大膽地提出預言。

《電氣化生活》裡最使人感到有趣的是羅比達提到一種神奇的藥品。該藥品的名稱叫做「國民藥」，是身爲發明家兼科學家的男主角祕密開發出來的新產品。男主角爲了開發此藥，曾經對各種細菌進行研究，最後，他發明了一種能夠殺死所有細菌的疫苗。而法國爲了加強國家繁榮，使規定全體國民都有義務接受這種疫苗注射。讀者讀到這裡發現，人類在獲得呼風喚雨的科技之後，又開始想要控制人類的疾病。羅比達的作品很明顯地反映出當時的電氣革命與巴斯德細菌革命的時代背景，而另一方面，這位懷古派作家的小說也表明了他將科學萬能的摩登年代視爲空前「災難」的看法。

電之氣流

在羅比達的眼中，科學與新大陸就像是「災難」一樣，但對於另一位科幻小說作家朱爾・凡爾納來說，科學與新大陸卻是人類冒險的兩大舞台。

凡爾納於一八九五年完成的作品《史庫留島》是一部描寫「全電氣化國家」的超級高科技生活的科幻小說。小說的舞台「史庫留島」是一個藉著電動渦輪汽船移動的人工島，島上人民過著有電車、有電話，還有電梯的電氣化天堂生活。凡爾納甚至和羅比達一樣，也讓這個島上裝置了以電氣控制晴雨的人工氣象系統。這個位於美國西海岸上的人工樂園裡沒有冬天，更厲害的是，連月亮都是人造的。

除此之外，「史庫留島」不僅是電氣樂園，同時也是個衛生樂園。這裡有經過蒸餾裝置處理過的清潔之水源源不斷地提供居民使用，島上居民因而免除「遭受各種細菌侵害的威脅」。凡爾納在這部小說裡最驚人的描寫，還是關於電氣化栽培人工蔬菜的部分：「無限的電流不斷送出，超出想像的大量蔬菜以驚人的速度快速成長。」對凡爾納來說，電氣亦是延續生物成長的生命源流。他認爲，電氣早已超越動力能源範圍，而成爲「宇宙之魂」了。

說到「宇宙之魂」，事實上，凡爾納筆下的電氣所具備的科學技術性，遠不如其本身所擁有的魔術般的性格。電氣之光釋放出神奇的氣流與太陽一爭長短，電之氣流亦能重造一片嶄新的天空。凡爾納在另一部科幻小說《海底兩萬哩》裡創造了一個新的電氣理想國，這個「一切靠電」發動的「諾提拉斯」號（Nautilus）和「史庫留島」一樣，是個人工創造的小宇宙，在諾提拉斯號裡面，不論是生命或是太陽，全都是藉由電氣來控制。「電氣來自海洋，電氣也是熱與光的原動力，換句話說，電氣等於就是諾提拉斯號的生命。」「電力從來不會中斷，它源源不斷地照耀著人們。這一點，連太陽都無法與之相比。……在這艘船上，沒有白天和晚上，也沒有太陽和月亮，只有直接照耀到海底的人工光源。」

我們從內莫（Nemo）船長的言辭之間能夠聽出他對電氣這種「人工光源」感到無限魅力。當人工光源穿過諾提拉斯號的窗口照向海中時，光源同時也放出格外耀眼的電之氣流。

突然間，船內沙龍兩側的長方形玻璃窗外照得通明。強烈的電氣照明設備將水中景象照射得一清二楚。……

這光線遠達諾提拉斯號周圍一英哩之處，我們因此能夠能清晰地看見附近的海底。這是一副怎樣的景色啊！不論我文筆多好，都沒法形容這景色！

電氣燈光照耀下的海底充滿了夢幻的魅力。對於凡爾納來說，電氣之光不僅屬於「科學」的領域，更代表神祕的「探險」，以及和太陽與月亮所主控的自然宇宙完全不同的另一個夢境。

電氣之光不像陽光那樣發出耀眼的光芒，也不像月光那樣冷淡地反射出青色朦朧之光。它是與眾不同的。電氣之光的光輝左右搖曳，四處擴散，明亮乾燥又潔白；它給人低溫

• 電氣的天空佈滿於地底的海面上（凡爾納（Jules Verne）的小説《地心旅行》（*A Journey to the Centre of the Earth*, 1864）裡的插圖）。

的感覺，而且發出比月光更明亮的光芒，很顯然，這是電氣性的特色。在這含括整片大海的洞穴裡，微弱的極光不斷地悄悄溢出，這整個世界是一種含有持續性的宇宙現象。

我們從上述這段文字能夠看出，凡爾納被電氣所吸引並非由於其科學性，而是因爲電氣能夠製造出人工宇宙的幻想氣氛。凡爾納接著在《海底兩萬哩》的續集《神祕島》（*The Mysterious Island*, 1874-75）裡面繼續描寫電氣的夢幻世界。在《神祕島》裡，諾提拉斯號沈入了地下墳墓——龐大的海底洞窟，洞中充滿的電氣之光製造出一個超現實的幻想世界。「那光線顯然來自電氣的光源，因爲那是一種白光，只要看一眼就能立即識別。這光線將洞穴裡面照耀得光輝燦爛，儼然就是這個洞穴的太陽。……從屋頂到牆壁，以至所有的稜柱與圓柱，或甚至圓錐體，舉目所及，所有物體都像是沈浸在電波裡面似地閃發著耀眼的光輝。」諾提拉斯號始終點著輝煌的電氣照明燈光，直到從神祕的電波之間消失。

不論是諾提拉斯號或是神祕島，凡爾納描寫的世界吸引讀者的理由既非因其科學性，亦非因其技術性。凡爾納的小說之所以令人喜愛，主要原因是那變魔法似的探險世界不時地若隱若現，這光景喚起了人們「另一個宇宙」的幻想。除了電氣之外，凡爾納還偏愛現代生活裡的兩種素材：「鐵」與「玻璃」。玻璃窗相當於一種魔術裝置，它能使環境世界具備展示性，而「鐵」因其

本身能與磁力發生作用，因此使它具備獨特的魔術性。事實上，凡爾納的另一部作品《卡爾帕其亞之城》（*Le Chateau des Carpathes*, 1892），就是描寫卡爾帕其亞古城遭受攻擊時利用電磁力自保的故事。而萬能的電氣不僅使人爲之瘋狂，它所發出的誘惑攻勢則更能發揮魔術般的效果。

科學與魔術的結合

事實上，十九世紀出現的電氣匯集了科學性與魔術性於一身。電氣之光製造了夢幻般的展示空間，這是電氣像「宗教」般被人狂熱追求的最大理由，而另一方面，電氣自始即被視爲是一種能夠「燃燒」生命之火的流體。很多人都知道，電氣受人熱愛的背後隱藏著一段漫長的磁氣催眠術（**Mesmerism**）發展過程。十八世紀曾經席捲歐洲的磁氣催眠術號稱能將隱藏於宇宙之間的電磁流引進人體，當時曾有無數患者因接受磁氣催眠術而痊癒。然而，這種治療法與其說它是一門合理的科學，倒不如說它比較接近魔術，信奉磁氣催眠術的「患者」其實應該稱之爲「信者」。但磁氣催眠術留下的影響卻使電氣和非合理的幻想力緊密地連爲一體。能夠操縱電氣的人物也就連帶地被罩上了魔術師的面具。

譬如愛迪生就曾經擁有「門羅公園的魔術師」之稱號。這當然主要是因爲這位發明大王生性喜愛聳動的宣傳效果，但我們也無法否認，「電氣」這玩意兒的確同時並存於魔術與科學兩個世界之間。電氣在當時不僅被視爲「生命」的同義字，凡爾納更將其稱爲「宇宙之魂」，因爲電氣賦有超自然的氣流（靈力）與魔力。而且電氣和瓦斯不同，它提供人們一片嶄新的幻想空間以及創造生命的夢想。

作家李亞當（Villiers de L, Isle-Adam, 1838-1889）曾在他的作品《未來的夏娃》（*L'Eve future*）當中以愛迪生爲主角來描寫電氣的夢想。這部小說全篇隱含一種侮蔑上帝創造天地的叛逆氛圍。而書中自誇具有「釋放大量神經流體的能力」的魔術師愛迪生，顯然已經掌握了磁氣催眠術繼承人的地位。

愛迪生創造「未來的夏娃」的地點和諾提拉斯號一樣，是在深入地底的密室。而且這地方也和諾提拉斯號一樣，是個「世外桃源式的人工樂園」。愛迪生乘坐電梯降到地底，出現在電梯外面的是一個連凡爾納也要自嘆不如的全電氣化「地下伊甸園」。這裡有如同人工樂園般的庭園，青白色的電氣燈飾像是星光一般閃爍，園裡開滿了來自東方的薔薇、美洲的蔓草、西印度群島的熱帶花卉，而在這片盛開的人造花叢之上，美麗罕見的人造鳥群飛舞在五光十色的空中。運作這個「地下伊甸園」的動力當然是除了電力之外不做他想。而在這裡創造出來的夏娃，當然也是以電氣做動力。

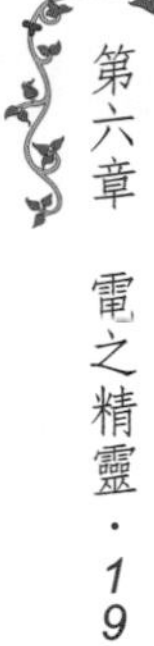

很顯然的，電氣在這部小說裡扮演的角色並非只是動力，它同時具備了使生命起死回生的神祕力量。愛迪生在小說裡指電氣為：「那個名為『電氣』的驚人生命動力因素。」

由此看來，電氣似乎比較接近「魔術」，而不能算是「科學」。不論對李亞當或對凡爾納來說，電氣是普遍存在於天地之間的流體，也就是「宇宙之魂」；或者說，只是一種與心靈現象極為類似的神祕力量。不過，我們若將上述看法歸咎於兩位作家的想像力所具備的特異性，這種結論不免過於草率。因為在十九世紀末，科學的目的並非是要排斥超自然，當時科學扮演的角色甚至可說是和心靈界有所連動的。因此現代生活的目的也就不是摧毀磁氣催眠術之後出現的「科學與魔術相結合」。

電氣是「新事物」，是時髦的玩意兒，是「災難」，也是「宗教」，電氣並未把不合理的事物一掃而盡。我們甚至可說，電氣反而增廣了人們的想像領域。「電之精靈」在產業與科學的祭典——萬國博覽會——上傾倒眾生，它向大眾預告未來即將持續一世紀的科技與媒體之繁榮，它同時也向大眾宣佈包含電氣療法、催眠術以及心靈現象在內的邪說將暗中興起。

第七章

溫泉的黃金時代

溫泉的黃金時代

「欸，醫生，我跟我先生說啊，不論如何，我都想到托爾維爾去。」

「喔，夫人，你是說……？」

「我是說啊，哎，我想說什麼，你知道了吧？」

「大概知道吧。」

「你才不知道呢。我是想要去柯托雷啦。」

「那很好啊。所以呢？」

「所以想要醫生給我開個處方啊。就是由醫生建議我去嘛。最好是一紙嚴重警告。理由我以後再向你報告。」

「喔，喔。你會告訴我理由？眞的嗎？」

「眞的啦，醫生。」

「那我就給你一張處方吧。」

「拜託啦。」

上面這段文字是諷刺作家貝爾塔爾在他的小說《旅途生活》裡的開頭第一段。這一節的標題爲「到溫泉去」。內容是說一對夫婦不知爲了什麼原因，太太想到庇里牛斯山的溫泉療養地柯托雷（Cauterets），而先生卻想去庇里牛斯山區溫泉地的歐邦內去度假。於是，兩個人的目的地只好靠醫師的處方來決定。這段情節實在非常具有貝爾塔爾的風格，而另一方面，我們由這一小段內容也可看出當時的休閒旅遊實況。

這對夫婦擁有自己專用的醫生，顯然他們屬於富裕階級，當時像他們這種階級的富人要去療養度假時，不是前往托爾維爾或杜維爾那樣的海邊，就是到溫泉地區。他們的旅遊季節通常是在夏季。而他們選擇的溫泉地點都是位於法國山岳地帶的溫泉避暑勝地，譬如距離西班牙境內的庇里牛斯山、法國中央山脈及阿爾卑斯山較近的朱拉（Jura）、沃朱（Vosges）等山。表面上看來，海濱與溫泉地區都屬某種型態的「移動沙龍」，兩者總是競相爭取遊客，但從歷史的角度來看，事實上，溫泉地的發展要比海濱早得多。溫泉地最先將治療與社交兩種功能合併成爲休閒勝地特有的文化，而且，海濱休閒地的發展也一直是以溫泉做爲範本。

十九世紀末是一個群眾爭相接近「治癒之水」的時代，這時距離密舒雷提出「水療」的夢想已經過了半世紀。海水起伏波動不已，帶來豐富的生命，也潤澤乾枯的靈魂。而從地底湧出的熱水則能給身體帶來力量，並且賦予生命的活力。請大家回想一下維加雷洛在介紹「水之歷史」時

所說過的「清潔與不潔」（譯註：請參見第五章）。維加雷洛認爲，十八世紀的巴洛克式噴水是一種「虛飾之水」，而到了十九世紀中產階級時代的「水」則成爲「實力之水」。事實上，健康是到十九世紀才逐漸成爲價值的標誌，追求活力的人們對熱水趨之若鶩，以熱溫泉療養療疾病蔚爲一股熱潮，因而形成溫泉的黃金時代。

然而，我們必須附加說明的是，這裡所謂的「活力之水」絕非單指溫水浴。歐洲的溫泉文化可以追溯自羅馬時代的入浴傳統，這種溫泉文化並不是沒有屬於「快樂」的部分，但在巴斯德的時代，由於「身體醫療化」方才露出曙光，當時的「入浴」是專指具有醫師嚴密處方的治療浴。

作家杜得（Alphonse Daudet, 1840-1897）曾在庇里牛斯山溫泉地長期療養，他在記錄自己進行溫泉治療的作品*La Doulou*裡面曾對治療浴有所描述：「從外表看，那兒就像簡陋的家庭浴室。我最常使用的就是這家浴室，但每天都沒有別人，只有我一個人。登上數階樓梯之後，就走進一間寬約四、五平方公尺的單間浴室。」在杜得之後，作家吉德（Andre Gide, 1869-1951）少年時代也曾在此療養，他並在自己的作品《一粒麥子》裡面回憶道：

……爲了讓溫泉裡的二氧化碳充分發揮作用，我們的身體在入浴過程中始終必須保持不動。鐵鏽色的泉水非常混濁，溫度也不高，剛走進去的時候甚至還讓人覺得有點兒冷。

フランスの温泉分布
(*Villes D'eaux en France, Institut Français d'Architecture*, 1985より)

●上右：溫泉地柯托雷（Cauterets）發售的明信片。法國黃金時代的各種療養休閒地區都有路面電車行駛。

●上左：十九世紀後半的法國鐵路網。上—一八六〇年的鐵路網。下—一八九〇年的鐵路網。

慢慢地，在水裡泡上一會兒，就會感覺有無數氣泡附著到身體上來，泉水的冰冷加上氣泡的刺激，令人產生一種奇妙的感覺，據說就是這種感覺能夠醫治中樞神經的毛病。

以日本人對溫泉浴的感覺來說，不論是吉德或是杜得所描述的入浴經驗顯然都和日本人對溫泉的認識相差甚遠。當時他們使用的溫泉水不只是「水溫很低」，而且更重要的是，溫泉浴不是爲了泡著好玩的，當時的溫泉浴完全只是一種醫療行爲。而譬如上面提到的這種類似家庭浴室的溫泉，在當時算是少數，一般的法國溫泉地區大多數都設置著類似旅館內的個人浴室。同時，患者必須按照醫師的處方，每天在規定的時間進行一定次數的治療浴。

說到醫師的處方，其實當時比較重視的倒不是入浴，而是飲用礦泉水。是的，在法國只要提起溫泉，首先大家就會聯想到飲用的泉水，而非入浴的泉水。所謂的溫泉療養是指去「喝礦泉水」，而非去「泡溫泉」。進行溫泉治療則是指去飲用「對身體有益」的泉水。龔固爾（Edmond-Louis-Antoine Goncourt, 1822-1896）在他所寫的《維琪遊記》裡面記載了上述這種溫泉休閒地的典型日常生活：

首先入浴，然後每隔半小時飲用一杯泉水，之後，再從旅館散步到泉水源頭，每天的治療就像這樣準確地按照規定的時刻進行。最近巴黎因爲有了這種溫泉療養生活，因此一

直讓大家感到煩憂的憂鬱症也都消失得毫無蹤影。

綜上所述，當時溫泉休閒地的典型生活方式就是每隔三十分鐘從旅館散步到溫泉源頭去喝一杯礦泉水，如此反覆不停地進行治療。至於患者究竟該去喝哪一種礦泉水？或是該喝多少？則全都由醫師診斷之後決定。而進行溫泉治療的患者之間最關心的話題就是「杯子的容量」：究竟要喝一杯或半杯？每天要喝幾杯？這種現象有點像湯瑪士·曼恩（Thomas Mann, 1875-1955，德國小說及散文作家，諾貝爾文學獎得主）在他的小說《魔山》（*The Magic Mountain*）裡面對療養所生活的描述，因爲療養所內的患者最關心的大事是量體溫，每天測量體溫這件事幾乎成爲療養所裡的一大儀式。

而另一方面，在上述這些飲用泉水爲主的溫泉療養地也孕育出一種特殊的溫泉地風情。這種特殊風情在人們心中留下難以忘懷的印象，簡單的說，也就是指溫泉地的「舀水女郎」。她們的工作主要是負責替遊客舀來礦泉水交到遊客手中。通常，這類職務都是雇用溫泉地的女孩負責。莫泊桑的溫泉小說《蒙特麗歐》（*Mont-Oriol*）裡面便曾對這些「舀水女郎」有所描述：

……小徑的盡頭展示著溫泉源頭引來的泉水，那是一個大型的水泥圓盤，中間以人工方式使泉水不斷湧出。這棟建築的屋頂上面用乾草遮蓋著。坐在那兒值班的是一名面無表情的女子。大家都很熱絡地管她叫「瑪麗」。這個文靜的女人總是戴著雪白的帽子，身上圍著很乾淨的大圍裙，那圍裙簡直大到把她整個身子都遮住了。女人只要看到遊客從小徑上走過來，她就會緩慢地站起身子。

我們從莫泊桑的文字當中依稀能夠看出往日溫泉地的風情。上述的飲水站後來隨著時代進步，逐漸改造成豪華的飲水廳，然而那恬靜溫柔的「舀水女郎瑪麗」的身影，也成爲溫泉地不可或缺的景色之一。

溫泉的黃金時代還有一項和「舀水女郎」同具代表性的特色，那就是每個溫泉區都有的繁華街，一般將之稱爲散步道，通常是位於溫泉水源地和旅館區之間，前往溫泉區療養的患者閒暇時可在這條散步道上隨意閒逛，或和其他患者遊客交談。簡單地說，這種散步道即是溫泉休閒地區不可缺少的「社交」場所。而且，也和諾曼地的海濱休閒地一樣，由於溫泉地的散步道能夠提供休假特有的開放氣氛，因此也成爲戀情開花結果的歡樂場所。

契柯夫（Anton Pavlovich Chekhov, 1860-1904，俄國小說家、劇作家、短篇小說名家）的短篇小說《牽狗的貴婦》便是描述發生在溫泉地的戀愛故事。這個故事發生在一八九九年，舞台是在瀕臨黑海的高級溫泉療養地雅爾達，當時正是溫泉的黃金時代，像這種海濱常客必定光臨的社

●上右：法國黃金時代的溫泉地區的標誌——「舀水女郎」。
●上左：維琪（Vichy）的飲水廳（drink hall）。
●下：溫泉療養地也是社交場所。艾維安（Evian）的飲水廳（1914）。

交場所，那些好逸惡勞的療養客們自然不會放過的。小說的女主角也是其中的一人，有一天，她來到這個海岸，遇到了同是前來療養的男主角……。這對小說裡的戀人相遇的場所是另一種水波蕩漾的「水邊」。「他們毫無目的地信步往前走，一路上談論著海面發出的奇異光輝。這時海面呈現出柔和又溫暖的淺紫色，月光則在海面流出一條金色的彩帶。」

契柯夫的短篇小說裡面完全不曾提到溫泉浴和喝泉水，當然，這很可能是因爲契柯夫只想在他的小說裡面描述美麗的愛情，因此決定絕口不提泉水，但這也可以證明，當時在溫泉療養地的主要活動根本不是入浴。的確，不論是溫泉地或是海濱，這些休閒勝地都以幸福的水聲來吸引遊客，不知從何時起，「快樂之水」取代了代表健康的「實力之水」，休閒勝地也成爲兼具療養與社交功能的特權之地。普魯斯特筆下的銀色海灘上，少女們襯著海水的背景，像是朵朵綻放的海濱薔薇。而這些海灘亦是溫泉的黃金時代僅存的休閒勝地吧。

另類土地物語

休閒的黃金時代，人們在風光明媚的土地上度過安適恬靜的時刻，但從另一個角度來看，這些幸福的「土地」亦是資本追求利潤的大好市場。我們甚至可說，這也是「水」之循環引起的

「貨幣」之循環，兩種循環最後終將合而為一。因此所謂休閒活動的黃金時代，其實也就是休閒產業的黃金時代。

事實上，十九世紀也是法國的「土地開發」時代。當時規模最大的土地開發計畫，當然非郝斯曼的巴黎改造計畫莫屬，而同時與巴黎一起被列入開發對象的，還有各地的休閒勝地。一八八八年，莫泊桑的世紀末紀行文學《水上》就曾對里維拉海岸（即指蔚藍海岸）的開發狀況有所描述。當時的蔚藍海岸還是一片新興開發地區，放眼所及，遍地皆是「土地開發公司」招牌。莫泊桑甚至還特地在作品裡提到「土地開發公司」這個名詞：

土地開發公司！這個字眼在地中海一帶意味著怎樣的危險與希望、收穫與損失？我想這是住在其他地方的人所不能想像的！土地開發公司！這是一個像謎一樣充滿因果，使人迷惑，而且意味深長的字眼。

這位作家說的不錯，土地開發公司的工作是「修路，挖下水道，設瓦斯公司，然後等待顧客來臨」。對於恭敬待客的土地開發公司而言，那些在南國薔薇包圍下靜養度日的貴婦、在微弱海風下談情說愛的情侶、還有像普魯斯特那樣過著安逸恬靜生活的有閒階級，他們都是這些公司求之不得的貴客，也是形成觀光資本的最佳「市場」。

而且，鐵道的發展更加助長了休閒產業的熱潮。十九世紀的法國還處於以「鐵」為主的時代，而「電氣」象徵的現代生活才剛開始露出曙光。在一八七〇年末展開的佛雷西內計畫建設下，連結各地幹線與幹線之間的支線逐漸趨向充實完備。直到一八八〇年代為止，法國在全國鋪設了一萬八千公里的鐵路，因此我們亦可將世紀末視為另一個嶄新的鐵路風潮的時代。而鐵路的急速發展又給旅行業帶來希望。在上述鐵道開通之前，從巴黎前往里昂需要費時一百小時，而兩地之間搭乘火車只需費時十小時而已。

對於鄉間來說，交通速度的突飛猛進當然是件值得慶幸的事情。因為如此一來，鄉間土地便可開發為觀光地並招攬首都的顧客。法國的「觀光產業」便和鐵道同時並進地興起。就當時法國所有的產業來看，不論是溫泉或是海濱的休閒產業都佔了不少比重。大家都知道，一八八〇年到一八九〇年的十年之間是世紀末的景氣低迷時期，但即使在這段時期，休閒產業收入仍然逐年上升，這一點正好是極佳的證明。大家都知道，宮殿式旅館大量興建的熱潮是從第一次世界大戰前才開始的，在此之前的三十年之間可說是「休閒產業」的黃金時代。

而和上述這種土地投機事業關係最為密切的就是鐵路公司。當時對於投資開發地方觀光最努力的，實屬六大鐵路公司當中唯一負責興建地方幹線的中部鐵路公司。而這家公司的領導者則是稱雄於法國近代金融界的佩雷爾兄弟。他們為了配合巴黎改造計畫，率先創立不動產公司投身於土地投機事業。事實上，這對兄弟很早就在維琪從事溫泉休閒地事業，同時也在庇里牛斯山地區掌握了溫泉事業的經營權。事實證明他們的眼光的確很準。一八八〇年代起，法國的休閒產業逐漸興盛起來，連帶地也掀起了溫泉事業投機的風潮。當時甚至盛傳，投資溫泉經營的股東們在那三十年當中賺取到超過一倍的利潤。莫泊桑在地中海的海濱看到土地開發公司的投機作法正是世紀末的法國現象之一。原本是爲了治癒身心的「幸福之水」，在資本家看來卻等於是一獲千金的「白色石油」。

前面介紹過莫泊桑的溫泉小說《蒙特麗歐》，這部小說即是描述投機商人爭奪獵物的故事。身患梅毒的莫泊桑從一八八三年起，前往奧維爾尼（Auvergne）地方的香特吉勇（Chatel-Guyon）接受溫泉療養。這段時期正好是溫泉投機熱潮的最頂峰，這個溫泉地自然也免不了被捲入競爭的漩渦。事實上，這部半寫實的小說幾乎全篇都在描寫上述的土地爭奪實況。讓我們打開這部小說來看看吧。小說的舞台是在沿著峽谷深處迤邐蔓延的溫泉小城「蒙特麗歐」，而整篇故事則從一名醫師動手採掘礦泉的部分展開序幕：

自從邦努非慫博士發現安維爾峽谷谷底的巨大源泉之後，這片美麗的奧維爾尼山谷興起一片建設巨大建築物的風氣。……這種多用途的建築物同時用於治療與娛樂。通常在樓下經營礦泉水、淋浴、溫泉浴的生意，樓上則供應啤酒、飲品和音樂。

一般來說，歐洲的溫泉通常都以飲用爲主，入浴反而不如飲用那麼受重視，而在溫泉地的繁華市街中心，通常都有「溫泉療養設施」，名爲「療養之家」（Kurhaus）。根據莫泊桑的描述，這些建築物所具備的目的有兩種：「治療」與「娛樂」，而興建這些建築物的先決條件則必須先發現礦泉才行。只有挖掘出礦泉這種「魔水」，那些貧寒的山中小村才有希望搖身一變成爲溫泉街。

當時，手握魔法能夠支配「魔水」的，只有那些擁有博士頭銜的醫師。事實上，號稱具有治療浴功能的法國溫泉一向都歸醫學的學術單位加以監督。從地底湧出的熱水規定必須有專門醫師進行成份分析，並認可其所含成份之後才被評定爲礦泉。這種以「水之醫療化」傳統對礦泉水進行認可的形式，直到今天仍然存在。老實說，當時的成份分析標準實在並不準確。主要都是靠醫師隨意判斷。而當時夏特吉勇之所以會受到療養客的青睞，則是因爲一張宣傳海報的功效。這張海報是由一位擁有「溫泉監察醫」頭銜的醫師所寫的。莫泊桑對當時的狀況也有說明：「這處溫泉地和其他所有的溫泉地開發過程都一樣。簡單地說，就是靠著邦努非悠博士寫的那張有關礦泉水的宣傳廣告而一舉成名的。」

那張廣告幾乎將礦泉水的所有傑出的功效都列舉出來了。「本泉水爲混合泉，酸性水，含有重碳酸鹽、蘇打、氧化鋰、鐵等各種成份。換言之，本泉水幾乎能治百病。」類似這種宣傳口吻在當時幾乎是典型的技巧，舉例來說，我手邊現在有一份二十世紀初的維琪溫泉的觀光指南，書中除了謳歌當地風光之外，書後亦列出礦泉的成份、功效，以及具有療效的病名。在這份表格後面，還列出了當地能夠提供診察的醫師姓名與地址。這證明莫泊桑說得很對，幾乎所有的溫泉地都是由醫師開具的一張效能證明而展開的。

然而，休閒勝地光靠醫師的權威當然是無法成立的，更重要的是收購土地所必須的「資本」。莫泊桑在小說《蒙特麗歐》裡面曾經生動地描述資本家爲了搶奪溫泉水源所有權的兇狠模樣。猶太出身的銀行家安得爾曼從巴黎來到蒙特麗歐，他才來到這兒沒多久，就親眼看見當地農民出乎意料地挖出了泉水。

「溫泉！大量的溫泉一下子都湧出來了！」……泥水沸騰著朝向看熱鬧的人們兩腿之間流去，一直朝著河川的方向奔騰地流去。安得爾曼迅速地撥開人群，走到泉水噴出口的地方。……他專心一致地注視著泉水從地面湧起然後往前流去的模樣。

安得爾曼擁有投機份子特有的嗅覺，他立即看出地下湧出的泉水能夠變成金子，於是他決定籌資購買奧維爾尼的土地。當地的農民和來自巴黎的銀行家都對自己的利益異常敏感，整篇小說

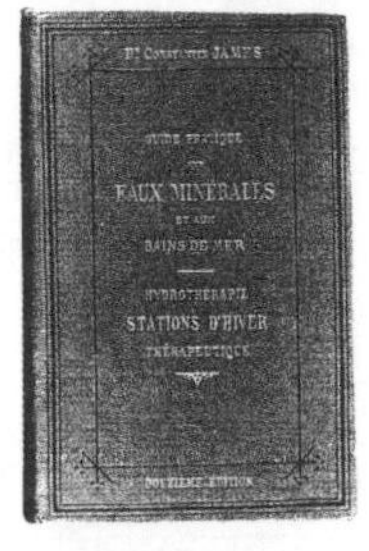

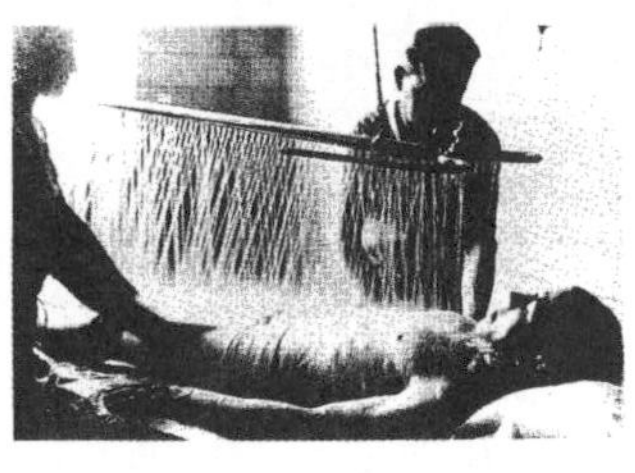

•上右：由醫師所寫的《溫泉指南》受到廣大歡迎，並再版多次。這是一八六七年出版的初版。到一八八三年時已出版十二版。

•中右：法國於一九一三年出版的《礦泉年報》。

精彩之處便在縱橫於兩者之間虛虛實實的鬥爭當中，奧維爾尼的農民內心堅信的是土地（即是泥土），而猶太銀行家只相信貨幣。對安得爾曼來說，這塊土地無法變成金錢，所以一文也不值。他只相信能夠「流通」的東西。他相信，湧出熱水的「土地」只要到了他手上，就會變成「流通」於市場的「金錢」。

的確，對資本家來說，礦泉即是能夠生財的「魔水」。我們在前面已經說過，唯有醫師才具備施用魔法指揮魔水的能力，而事實上，這些醫師都是可以用錢收買的。所以，眞正具備無邊法力，能將「水之循環」變成「金之循環」的，應該是那些資本家。莫泊桑便曾藉著小說裡的安得爾曼的演說將這種實情陳述出來：

> 是的，各位，關鍵就在這裡。究竟是否值得一賭，一切都得靠手腕、才能、機智和度量。要開發溫泉地，首先必須懂得推銷技術。而且，爲了推銷，我們得將巴黎最有力量的醫師團拉來加入我們的陣營。……光有水是不夠的。我們得讓大家喝這水才行。而爲了讓大家肯喝這水，我們就得讓報紙或其他媒體自動替我們宣傳，告訴大家這是天下無雙的溫泉！那些有病需要醫治的大眾，才會飲用礦泉水，他們才是我們的顧客，而只有醫師才會對他們產生影響力，我們必須經由醫師之口嚴格規定他們所喝的礦泉水。

我們從莫泊桑這一段敘述可以深切地感受到，當時法國醫師在溫泉地是多麼有威望，以及資本家是多麼盡力地想收買這些醫師。除了這兩點之外，還有一點注意的，是休閒產業採取的媒體戰略。因爲這些溫泉地的宣傳重點並非著重在水的功效。對觀光產業來說，從風光明媚的「風景」到「氣溫」，凡是和自然有關的一切都是商品。

事實上，蒙特麗歐的觀光開發最初就是因爲一位醫師想對當地的氣候大加宣傳而展開的。不論在溫泉休閒地或是海濱休閒地，「氣候療法」都是一大重點，而休閒地之所以能夠吸引遊客，除了景觀之外，氣候也是一大因素。

> 那就是巴黎各大報所刊載的氣象預告啊！這是絕對不可缺少的東西！一個溫泉地的氣溫絕對要比競爭對手的溫泉地更令人心曠神怡、更穩定、更能保持恆溫才行。而且，我們還得事先預約大報的氣象預告欄。我會在每天黃昏用電報把溫泉地的氣象資料送去。還有過去一年裡的平均氣溫，我們要證明這一帶的平均氣溫比別處更有益身心。要讓各大報的讀者一打開報紙就能看到氣象預報，夏天的話，要讓他們看到維琪、羅瓦爾、蒙道爾（Le Mont-Dore）或夏特吉勇等地的氣溫。冬天的話，則讓他們看到坎內、尼斯、曼通或聖拉斐耶（Saint-Raphael）的氣溫。而且，這些地方一年四季都保持暖和晴朗。怎

麼樣？社長，我們一定要讓巴黎人羨慕得要死，讓他們忍不住罵道：「該死，在那些地方休假的人，眞是叫人妒忌。」

對於休閒產業來說，除了水之外，從氣象到景觀，凡是當地的自然因素都逐漸成爲待銷的商品。上面這段取自小說裡的文字充分表達了當時的廣告戰略能夠左右溫泉開發的實況。就拿維特爾（Vittel）溫泉地來說，根據韋伯（Eugen Weber）在其著作《世紀末的法國》（*Fin de siecle: La France a la fin du XIX siecle*）裡面指出，當時在十九世紀末的景氣低迷氣氛中，維特爾花費在廣告上的經費卻在十年之間增長了十倍。

我們從上述資料可以看出，十九世紀末的媒體力量顯然有力地左右著休閒產業。「資本」不僅買下了如同「白色石油」的礦泉，同時也一併收購了土地與醫師，「資本」更在背後主謀媒體戰略，以便經由出賣「自然」而擴充本身的規模。而美麗的溫泉地不僅是療養遊客尋找戀情的舞台，同時也是資本伺機投入的最佳場所。

溫泉的女王

說到溫泉地的開發，最值得一提的就是維琪（Vichy）了吧。正像托爾維爾有「海濱女王」之稱一樣，維琪在法國第二帝國時期已經遠近馳名，同時並擁有「溫泉女王」的雅號。

最初提出開發維琪構想的是拿破崙三世。他本身是一位靜脈瘤的患者，經常到維琪進行溫泉治療。一八六一年初，這位曾經下令進行「巴黎改造」的領導者到維琪療養時，發出了「改造維琪」的命令。拿破崙三世一向崇拜英國，他要求在阿里爾河（Allier River）附近的廣闊土地上興建英國式庭園。自從維琪建設完成後，幾乎所有法國的溫泉地都附有公園建設，因為所有溫泉地幾乎都是以維琪做為建設範本。大家都知道，巴黎改造計畫提出的標語是「空氣與健康」，而巴黎改造計畫所標榜的藍本——英國式庭園都市，卻是在法國的溫泉地才得以實現。

維琪的開發建設始終都在不斷進行，一九〇〇年，維琪建起了新藝術派式樣（art nouvear style，二十世紀初流行於歐洲各國的一種建築、工藝、美術式樣，特色為強調裝飾性的線條，同時擁有輕快的線條與色彩）的鋼鐵散步道。新藝術派在巴黎綻放出「鋼鐵之花」之後，又將這陣風潮帶到休閒地，並在這裡綻放出「鋼鐵之花」。以雜貨店（kiosk）為首的各種溫泉地建築物大都

採用鋼鐵與玻璃建成，這些建築物明確地表現出了「溫泉的黃金時代」的時代性。還有一點值得重視的是，做爲休閒地重要財源的賭場在這段時期首度出現在維琪。鋼鐵與玻璃建成的賭場建築物不免使人聯想到萬國博覽會的展示場，我們在前面提到過的夏特吉勇的賭場，就是將一八七八年巴黎萬國博覽會使用的過的建築物原封不動地搬到了當地。在當時那個生產本位的時代，這些謳歌「健康」與「現代生活舒適感」的建築技術革新便和首都巴黎一塊兒推動溫泉地朝向消費都市的目標前進。

維琪較其他溫泉地搶先一步地具備了賭場、公園、散步道、溫泉治療設施等各種設備，並因此而成爲溫泉地建設的楷模。法國第二帝國時期的維琪每年有兩萬名遊客前來接受溫泉治療，到了十九世紀末，遊客人數高達四萬人，一九一三年更達到十二萬人。根據資料顯示，一九〇〇年法國全國接受溫泉治療的遊客人數爲三十七萬人，我們由這項數字能夠充分理解維琪的繁榮實況以及獲得「溫泉女王」名聲的理由。而維琪之所以能夠發展得如此繁盛，主要還是沾了大型機械設備的光。所謂的機械設備，是指「淋浴療法」。這是一種利用溫泉淋浴給予身體強烈刺激的療法。這種療法又名爲「維琪淋浴」，是由維琪首度開發出來的，在整個溫泉文化史上佔有相當重要的地位。更有名的是，維琪還引進了「機械療法」做爲治療手段。這種療法因採用瑞典的體操機械來治療靜脈瘤而受到矚目，維琪溫泉地又花費了大筆經費充實機械並因此吸引了大量遊客。十九世紀末是一個追求「實力的身體」並肯定健康價值的時代。於是各種鍛鍊身體的機械裝置陸續誕生。緊接在這股熱潮之後隨之而來的，是騎自行車的風潮，而這種時髦的「身體機械化」觀念最先是從這些高級溫泉地萌芽的。

由於維琪率先引進了現代生活，最後終於發展爲生意繁盛的「溫泉女王」，而在這段過程的背後，自然也有資本家以其揮舞魔法之手在暗中推動。最初投入全力經營維琪的資本家名叫卡魯。作家龔固爾在《維琪遊記》裡對卡魯（Callou）進行過毫不留情的觀察。一八六七年，龔固爾在其作品《日記》裡面對卡魯做出如下的描述：「有一種典型人物，就是卡魯。他是一名現代的經營者，也是今日的探礦師，同時還是當今的郝斯曼。一切都在他的掌握之中。他控制著水、浴室、所有礦泉的開採、賭場、劇場、音樂會、印刷、報紙和勞工。他擁有的勞工從石工到製作裝喉片的紙盒的製紙工，共有男女勞工六千四百人。農民們甚至管他叫拿破崙四世。」龔固爾的確慧眼識英雄，卡魯能夠敏銳地察覺時代的動向，他是一名眞正名符其實的「近代經營者」與投機家。卡魯手握「報紙與印刷」兩大工具，盡其可能地努力打造「維琪」的名牌，他使人們提起礦泉水就立刻聯想到維琪，更使維琪成爲礦泉水的代名詞。卡魯的確是一名熟知如何運用媒體戰略的現代經營者。

在資本家的運作下，「水」的循環變成了「金錢」的循環，幸福之水變成價值千金的「白色石油」。小說《蒙特麗歐》裡的銀行家無暇顧及妻子的外遇，他一心只想到投資土地開發事業。等到銀行家把原有的貧瘠溫泉地變成一等溫泉地時，他的臉上方才露出得意的色彩，這個故事可說是法國黃金時代除了休閒產業現象之外的「另一個土地物語」。小說裡的銀行家最後還站在金色的賭場建築物前發出豪語：

> 眞是令人難以置信啊！溫泉地這種地方，眞是人間僅存的神奇樂園啊！……我想告訴大家，礦泉水這東西不只是含有礦物的水，而是一種魔術之水。礦泉水不論產自何處，效果都是一樣的，不論是來自艾克斯、羅瓦爾，還是維琪，甚至產自海水浴場的礦泉水也是相同的，不論是迪葉普、還是艾托魯塔、托爾維爾、比爾里茲、坎內或尼斯，效果都是完全一樣的啦。

水之流通

對資本家來說，不論是溫泉之水，或是海水，兩者都是能夠治癒人們的療養之水，也就是能夠生財的「魔法之水」。然而，溫泉水卻比海水更勝一籌，它超越了「土地」的限制成爲另一種商

品。說到這兒，相信大家都知道答案了，是的，溫泉水還能製成礦泉水。由於歐洲的溫泉治療對飲用泉水的比重較入浴更受重視，因此甚至還衍生出運送與販賣礦泉水的「水產業」。

法國人從溫泉地把礦泉水搬回家使用的習慣最早始於十七世紀。最初是因為法王路易十四接受過溫泉治療後，命人把泉水搬回宮內使用。這種當時只有王公貴族才能享受的服務，直到十九世紀，礦泉水開始在市場上流通之後，一般大眾，才有機會得以享用。然而到了十九世紀末，霍亂與斑疹傷寒等經口傳染的疾病一度大肆猖獗，人們不免對來自河川甚至水道送來的自來水都感到疑懼。於是，「衛生共和國」的子民開始追求「清潔之水」。由於這種潛在的需求，因此十九世紀也是一個發展瓶裝技術的時代。而最早著手致力於發展瓶裝技術的，是我們在前面提過的維琪溫泉。維琪附近的鎖匙工廠首先邀請醫師共同參與瓶裝技術的研究，一八四〇年，瓶裝作業機械化的計畫終於研究成功。從此之後，緊跟在維琪之後，法國各處的溫泉地都開設了瓶裝工廠。

另一個位於瑞士的溫泉地艾維安（Evian）比維琪起步得晚，但艾維安非常成功地將瑞士風光變成商品推銷給大眾。從法國第二帝國時期起，艾維安便已投入全力開拓礦泉水的銷路。剛開始，艾維安每年銷售到法國全國的礦泉水數量約為六萬公升，一八七八年巴黎萬國博覽會上，艾維安礦泉水獲得金牌之後，連續六年之間的銷售量增加了一倍，而到了世紀末的一八九八年，艾維安的年銷售量更是高達兩百萬公升。我們從這些具體數字也能夠看出，礦泉水在這段時期內急速普及的情形。而另一方面，維琪在十九世紀末的年銷售量也高達八百萬至九百萬瓶。一九一〇年代之後，三家主要礦泉水的年銷售量爲：維琪售出兩千六百萬瓶，艾維安售出一千兩百萬瓶，新加入的維特爾（Vittel）則售出八百萬瓶。

急速增加的礦泉水銷售量充分表現了法國黃金時代的「富裕」。是的，礦泉水在當時還是一種「奢侈品」。直到第二次世界大戰之後，礦泉水才變成每個法國人的餐桌上都會出現的飲料，在此之前，礦泉水必須到藥局去買，而不是像二十世紀之後，可以任意在超級市場裡買到的飲用水。小說《追尋逝去的時光》裡面曾有一段令人留下深刻印象的場景，讀者能夠從這段文字親身感受到法國黃金時代的富裕。男主角將巴爾貝克海邊的少女奧貝婷幽禁在巴黎的公寓裡之後，他每天傾聽著少女如同鳥鳴般的輕聲細語。有一天，少女提起麗池大飯店的冰淇淋，然後又連帶勾起一段聯想：

可是啊，就算沒看到冰淇淋，我看到礦泉水廣告時，才眞正感到口渴呢。從來都沒像那樣想要喝水。住在蒙朱番的凡特悠小姐家附近可沒有冰淇淋店，每天我們在庭園裡騎過自行車之後，都有不同牌子的礦泉蘇打水可喝。那些蘇打水像是維琪的礦泉水似的，倒進杯子之後，會從杯底湧起一陣白雲，要是不趕快喝掉，那些白雲立刻就會消失無蹤。

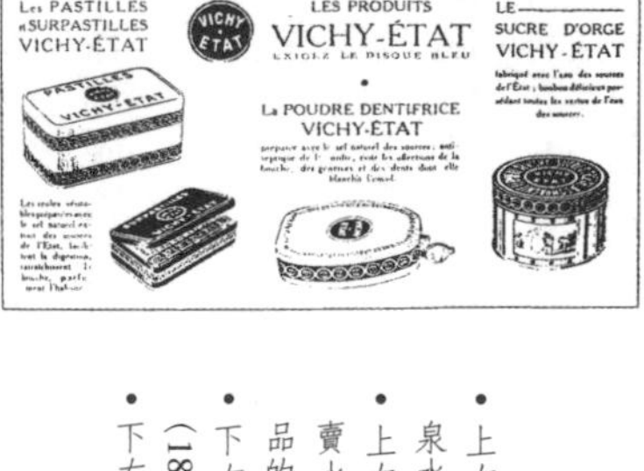

●上右：維琪的入浴專用礦泉水廣告。

●上左：維琪設計商標專門賣水。這是維琪最早的商品的海報。

●下右：維琪水的廣告海報(1889)。

●下左：維琪喉片的廣告。

自行車是法國黃金時代最時髦的東西。而這段文字更使我們瞭解，小說中的少女們都過著站在時代先端的生活。譬如她們「每天都有不同牌子的」礦泉水可喝，這在當時來說算是非常奢侈的習慣。因為維琪礦泉水正是在這段時期才剛開始出現在富裕階級的餐桌上。總而言之，奧貝婷提到艾維安或諾曼地避暑等富裕階級的奢侈生活，不免在讀者心中留下深刻印象。

在此還要向讀者順便介紹一下另一家礦泉水公司，那就是和維琪同樣以製造銷售蘇打水有名的佩里耶（Perrier），根據一九九〇年的統計顯示，佩里耶獨佔世界礦泉水銷售量的百分之六十，已成為世界碳酸飲料的最大製造商。成立於一九〇六年的佩里耶能夠執世界礦泉水業界之牛耳，是因為他們以美國市場做為主要銷售對象。說到這裡我們必須承認，礦泉水今天能夠行銷於全世界的市場，這種「精靈之水」之所以能夠變換為金錢，完全都是十九世紀發明的鐵路的功勞。因為有了鐵路，原本需時一百小時的距離縮短為只需十小時，礦泉水的全國市場才能夠不斷地擴張。

「水」之流通使距離與土地都逐漸消失無形。不論是在法國黃金時代，或是在維琪等地上演過的「土地」故事都已褪色而被人們遺忘。而這些故事則為「水的歷史」增添新的扉頁。

第八章

加速的世紀末

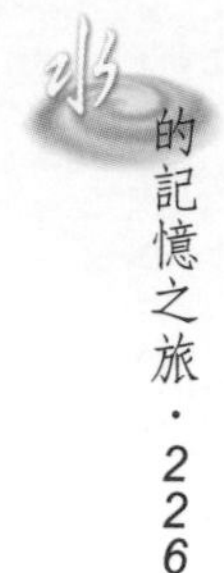

運動的諾曼地

「每天我們在庭園裡騎過自行車之後，都有不同牌子的礦泉蘇打水可喝呢。」《追尋逝去的時光》裡的女主角奧貝婷說的這句話提醒了我們，礦泉水的黃金時代同時也是「運動的黃金時代」。

事實上，出現在諾曼地海邊的花樣少女都是「運動少女」。譬如奧貝婷出現時是「手推著自行車」，而她的其他兩位女友則是「手拿高爾夫球桿」，三名少女同時出現在鮮亮的海灘。她們那種活潑的姿態像是新出現的「未知的人種」，使男主角感到萬分震驚。

這群少女像是閃著光輝的彗星一樣，沿著堤防往前進，她們看來像是根本不在乎周圍群眾是否和自己同類，更不在乎周圍這些人過著怎樣苦難的日子。她們像是車子企圖從人群中穿越過去似的，奮不顧身地勉強他人讓出道路來。……這群少女只要看到了障礙物，立即就會連跑帶跳，或是抬起兩腿猛力地飛躍過去。

這段文字充分傳達出年輕又健康的肉體那種充滿彈力的感覺，另一方面，普魯斯特的作品也提供我們許多有關休閒地與運動的訊息。訊息之一即是這些喜愛運動的少女所代表的「新鮮感」。

●上、中左：法國黃金時代的自行車廣告。

●下左：諾曼地的休閒地艾托魯塔的宣傳海報（西部鐵路公司）。圖中的網球與自行車都是當時流行的運動。

●下右：莫泊桑（左起第二人）在艾托魯塔打網球。

因為男主角過去從沒見過像是少女們這樣的族群，所以這種新鮮感讓他感到應接不暇。當時群聚在相當於「移動沙龍」的休閒地上的全是上流階級的人們，如果說他們屬於「即將逝去」的十九世紀的話，顯然地，這些少女則能做為二十世紀的表率。

另一方面，小說的舞台——諾曼地本身也擁有特別的土地涵義。因為諾曼地位處英國的對岸，對法國來說，這裡比全國任何地方都能更早感受到運動的流行。這片銀色海濱不僅是病患們進行療養的場所，同時也是領先巴黎接受最新流行運動的區域。我們在前面說明療養文化史的時候，曾經對照英國的有關歷史，現在提到運動領域時，我們也必須先介紹一下英國的相關發展。就拿高爾夫球來說吧，這項流行於法國休閒勝地的上流階級運動就是從英國流傳過來的。

大家都知道，許多近代的運動項目都是由英國的有閒階級發明的。這些上流社會人士皆擁有廣大領地，他們在自己的土地上狩獵、騎馬、享受閒暇。而有能力享受閒暇才是英國紳士的證明。騎馬、狩獵一向被稱為「王者的運動」，因此英國紳士所過的鄉間生活便廣為流傳，成為歐洲各國休閒生活的範本，而諾曼地位處多佛海峽的對面，自然容易比其他地區更早接觸到這些紳士的運動。

上述這些有閒階級發明的運動最後終於普及到一般大眾生活的舞台上，同時也逐漸成為近代運動的藍本。譬如曲棍球（cricket）、賽船（regatta）以及足球等運動廣受大眾歡迎，隨著這些運

動的規則統一化，英國各地都能舉辦全國性的比賽。相信大家都知道，十九世紀的「大英帝國」就是在這種情形下逐漸成為「運動帝國」，並因此成為世界近代運動的先驅。由於中產階級視「健康」為寶貴的資本，中產階級的世紀便成為追求身體「強健」的世紀，除了海水療法之外，各種療法都是為了達成「實力的身體」的實踐手段，而「運動」也是積極追求「實力的健康」的手段之一。

綜上所述，這些發源自英國的運動便緊隨著各種療法，遠渡海峽，流傳到法國各處的休閒勝地。除了上述的賽船、高爾夫球之外，最受歡迎的運動還有網球。一八八七年，莫泊桑曾對盛行於艾托魯塔（Etretat）的網球熱潮有所描述：

從前人們到海邊去，是為了戲水或是游泳，可是現在情況完全不同了。人們到海濱來是為了從事那些根本不必在水邊進行的運動。每天從早到晚，海濱村莊的路上、海邊附近的路上、原野上、田園裡，還有森林邊上，凡是舉目所及，全都是男女老少的人們。……男人都穿著法藍絨的西裝，女人則穿著黑色法藍絨的短裙和可愛的制服，人人手上都拿著一隻網球拍。……這些人都患了一種產自英國的「網球病」。

莫泊桑雖然在文字上如此表現，但他自己當時卻在艾托魯塔沈溺於網球運動。事實上，網球在當時雖是一種蔚爲風潮的運動，但這些在休閒地點從事的運動功能只不過是反映休閒地的「高雅」特性，這些運動可說是「有閒階級的運動」。上述運動的重點在於它們具備的社交功能，與其說這些運動能夠健身，倒不如說它們能夠提供「移動沙龍」的成員聚會的機會。就像賽馬雖是一種運動，但同時也是一種匯集流行趨勢的社交活動。十九世紀末，運動先進國——英國——的大眾很早就接觸到上述的運動，而相對地，法國在這方面的發展顯然比英國落後了半世紀，因爲法國的勞工階級有幸接觸到現代運動卻是在第一次世界大戰之後。在此之前，運動在法國就像休閒勝地一樣，是專門屬於上流階級的享受。當時，人們口中的「運動能手」幾乎就和「花花公子」是同義字。

我們從當時的印象派繪畫也能得到印證。莫內的「草地上的野餐」和雷諾瓦的「船上的午餐」都是描繪當時流行的風情。相同地，竇加（Edgar Degas, 1834-1917，法國畫家）和馬奈所繪的賽馬，以及莫內所繪的賽船風景也是爲了表現走在時代先端「充滿動感」的景象。印象派畫家做爲外光派的分支而專門描繪戶外風景，他們對於大氣與陽光下活動的人體之美特別敏感。而對印象派畫家來說，「像閃耀的彗星般」向前進的海濱少女的身體就成了最適合的題材。普魯斯特曾對這些少女健美的身材有所描寫：

……也許是因爲富裕與有閒，也許是因爲民眾已在某種程度上接受了運動這種嶄新的習慣，或者是因爲大家已經具備了與理性訓練相同的肉體訓練的習慣，某些社會環境正像那些彼此調和且多產的雕刻流派一樣，正在不斷產生美麗肉體，甚至已將美麗的肉體納入進化的條件呢。這些肉體的腿部與腰部擁有美麗的線條，臉部顯得健康、溫和且表情敏捷。我在海邊看到的，不就像希臘海岸的陽光下的雕像？那人體之美是多麼高貴恬靜的典型啊。

人體之美所表現的高貴恬靜的典型，這正是體弱多病的對照，也是《追尋逝去的時光》所表現的相反典型，普魯斯特在這裡以極巧妙的文字點出了二十世紀所追求的新式人體之美。然而，普魯斯特在這裡以希臘雕像爲比喻所提示的高貴「人體美」是否帶引我們的想像朝向某個方向前進呢？是的，那就是當時人們崇尚希臘式人體美的另一股潮流。

更快、更高、更強

普魯斯特不時地在文章中提到「希臘」的表象，這使我們想起十九世紀末席捲歐洲的希臘精神（Hellenism）。這股風靡歐洲的希臘精神之熱是因爲舒里曼（Heinrich Schliemann, 1822-1890，德國考古學者，對於幼時所讀之荷馬史詩深信不移，後來獨自發掘出特洛伊城遺跡）發掘出希臘遺跡而掀起的，這股浪潮自然也波及到法國。所以，我們會在普魯斯特的文章裡面看到希臘的表象當然也是十分自然的結果。總之，「希臘精神」這個字眼同時還提醒我們，十九世紀也是庫伯汀男爵（Baron Pierre de Coubertin, 1863-1937，奧林匹克運動會創辦人之一）的時代。十九世紀末是所謂「頽廢」（decadence）的時代，同時也是雅典奧林匹克運動會的時代。

我們在這裡提到庫伯汀男爵，倒不是爲了回顧近代奧林匹克運動會的歷史。比奧林匹克更使我們感到關心的是，庫伯汀這位非比尋常的貴族所企圖追求的理想與當時那個時代氣氛可說十分接近。換句話說，我們是想藉此找出那些「騎自行車的少女們」誕生的軌跡。而在追溯少女來源的過程中，很自然地，我們又會涉及「休閒」這個題目。

廣義地說，庫伯汀期待將「運動」與「休閒」兩者結合爲一的理想就是所謂的「業餘精神」。學過運動史的人都知道，庫伯汀的概念主要是來自英國公立學校所灌輸的運動教育與業餘精神。所謂「業餘精神」，即不計金錢的報酬，只以追求勝利爲目的的榮譽感。業餘精神不只發揮在運動方面，連維多利亞王朝時代的英國紳士都是以業餘精神做爲生活倫理的基礎。這些地主階級的有閒人士在享有富裕經濟條件的保障下，不需從事任何職業，他們標榜的理想是在不受經濟報

●上：馬奈的「隆鄉的賽馬」（Races at Longchamp, 1864）。賽馬是一種「視覺運動」，同時也是上流社會的交際場所。
●中：十九世紀末到二十世紀初足球從英國傳到法國，並逐漸成為大眾的運動。
●下：庫伯汀男爵。

酬的影響下培養完善人格的教養與嗜好。對英國紳士來說，運動即是幫助上述菁英階級培養道德觀，並將之展現於世人的最高境界。換句話說，業餘精神亦即是紳士所擁有的菁英意識。

業餘精神推崇「名譽」的價值高於一切，而這種業餘精神曾在庫伯汀的青年時代做為其貴族意識的支柱。馬卡龍（John J. MacAloon）所寫的庫伯汀個人傳記《奧林匹克與近代》一書中最令人感興趣的部分是，他認爲這位年輕貴族的內心深處受到「功勳」觀念的影響極深。馬卡龍花費了極多的篇幅敘述這一點，下面就是其中的一段：

……出生在貴族之家的青年們爲了維護家族的「盛名」，也爲了保持其本身的「名譽」，他們必須選擇適合自己的天職，並且必須表現出不讓祖先蒙羞的「高尙行爲」。但我們必須注意一點，根據麥克斯・韋伯（Max Weber, 1864-1920，德國社會學家、政治經濟學家）的理論，貴族的「活動場所」不可以是從事「勞動」的場所。貴族有其與生俱來的天職。這不是一種「職業」，當然更不可以是「勞動」。……貴族從事其天職的過程中，若是碰到不得已的情形，必須和嚮往出人頭地的專業人士（即中產階級人士）共事時，貴族必須能極力維持自己的「業餘」地位，因此他們必須持久不斷地努力。……能夠彰顯「德行」，帶來「名譽」的行爲都屬於特別的行動範疇。這種行爲被稱之爲「功勳」。

馬卡龍在其著作中提到，業餘精神不僅和運動有關，更和貴族的道德有著密切關連。對於出生在中產階級的庫伯汀來說，紳士的業餘精神給他無與倫比的理想。庫伯汀本身並非傑出的運動員，但他努力導入運動教育，這顯然不是出於身體的需求，而是出於他對認同的需求。這位青年貴族既無法被中產階級社會同化，又想在這個社會裡獲得某種認可，所以他便以英國式的運動員精神做為其「功勳」精神的具體表現。而對這位「生不逢時」的貴族來說，最幸運的事情大概還是當時的時代趨勢正如火如荼地迎接著近代各種運動吧。在這種情況下，「功勳」這種屬於貴族的價值觀，唯有在運動的分野才能獲得積極表現的機會，而我們甚至可說，這也是庫伯汀成為近代奧林匹克創始人的理由吧。

「更快、更高、更強」——全心全意地追求榮譽。一切努力並非為了求勝，而是為了進行更完美的競爭。韋伯在其《世紀末的法國》裡指出，庫伯汀的理想主義和「于斯曼小說的男主角迪則桑托一樣」，都是時代的產物。庫伯汀的理想主義和迪則桑托的唯美主義都要對抗日漸普及的產業化和社會競爭、專業化與標準化的衝擊，兩者都期待成為尼采（Friedrich Wilhelm Nietzsche, 1844-1900，德國哲學家）所主張的「超人」式的高貴產物，從某種意義來看，庫伯汀提倡的公平競爭精神具備充分價值以對抗「不擇手段地求勝」的社會進化論（Darwinism）。迪則桑托的唯美主義和庫伯汀的業餘精神都主張將人們擁有的能源用於「嶄新價值」，而這正是世紀末有閒青年們

眾望所歸的想法。

除了奧林匹克之外，各處的休閒地掀起運動旋風的主要原因也是來自上述社會背景。對那些有錢有閒享受休閒勝地的有閒階級青年來說，運動是一種嶄新的文化，也是無與倫比的高級享受。譬如《花樣少女的背後》這部小說就是描寫一群領終生俸的青年。其中有「大實業家的紈褲子弟」，患了肺病還每晚穿著華麗的服裝在賭場一擲千金，也有「有錢人家的少爺和喜歡奉承貴族的青年」，每天都帶著女伶吃喝玩樂。就連小說的男主角本身也是一名「終生俸青年」，他身患沈痾，總是在一旁觀察著其他同類，每每看到別人「去騎馬，拿著網球拍朝網球場走去」，他就用那羨慕萬分的目光注視著對方……。

事實上，這些在休閒地度日的有閒青年們所熱衷的活動是一種輕鬆的「力之放蕩」。二十世紀的運動大眾化尚未實現之前，上流階級已讓運動之花在世紀末的海濱休閒勝地綻放花朵。對於這一點，我們可從韋伯的著作得到印證：「消費社會已在西歐露出曙光，而運動則和這種消費社會的目標完全一致。因爲兩者的目標皆是積極浪費，破壞積蓄。從這個角度來看，對那些曾經燦爛一時的十九世紀末法國有閒階級們來說，運動實在是最適合他們的活動不過。」

而諾曼地的海濱正是這些不愁吃穿的有閒階級們開花結果的場所。

怪盜紳士——羅蘋

說到在十九世紀末綻放花朵的法國運動活動，有一位英雄人物是我們不能忽視的。這位英雄人物甚至被比喻為庫伯汀的業餘精神所產出的私生子，他就是「怪盜紳士羅蘋」。

一九〇七年出版並立即成為暢銷作品的《亞森羅蘋》（*Arsene Lupin*）在當時深受大眾歡迎，事實上，亞森羅蘋即是一位真正的運動健將。他不僅擁有超乎常人的體力及運動神經，還懂得日本的柔道。怪盜羅蘋幾乎無時無地不在表演其超人的技能。然而，我們所謂的運動健將，並不是指僅有運動能力的人物，而怪盜「紳士」亞森羅蘋這個人物則符合上述條件，因為他擁有的特質完全能夠符合庫伯汀理想的業餘精神。

舉例來說，這位怪盜「紳士」羅蘋完全不務正業，他根本連個正式的職業都沒有。他所從事的偵探工作也算不上是職業偵探。換句話說，羅蘋不論做什麼都只能算是業餘的。因為業餘工作是紳士唯一被允許從事的職業。若是換成更貼切的說法來表現，我們也可以說，所謂的上流階級即是指有閒階級。譬如在《綠眼睛的少女》這一集裡提到羅蘋時的描述如下：

他踏著輕巧的步伐在香榭大道上閒逛著。在這四月陽光普照的日子裡，他就這樣輕鬆愉快地享受著巴黎閒情和有趣景色，他只是這樣隨意地眺望著，看來像個幸福男人。男人的身材中等，從外表看來，他的體格修長且強壯。兩隻手腕的部分在西裝長袖裡面鼓脹出來，清瘦的全身唯有胸部顯得特別健壯。從他身上所穿的服裝剪裁、配色和質地能夠看出他是個講究穿著的男人。

這裡所描繪的羅蘋眞正就是一副時髦的花花公子模樣，他爲了排遣時光，隨意地在香榭大道上遊蕩，完全就是一幅「法國黃金時代享受著多采生活的終生俸階級」的肖像。勞動對這些有閒階級簡直遙遠得無法想像吧。

另一方面，羅蘋這種花花公子的作風還藉著從事一種遊戲——專偷藝術品的雅賊——來加以實踐。他這種行爲和紳士的運動十分相似，完全不以金錢爲目的，對羅蘋來說，光是冒險本身就能讓人感到愉快。我們甚至可說，他這種行爲其實是爲了爭取英雄式的「功勳」。的確，不論是當偵探還是當雅賊，羅蘋從事的都是一種「力之放蕩」的遊戲，而且藉著從事這種遊戲來顯現他擁有的卓越能力。從這個角度來看，羅蘋所表現的超人式活躍正好就是「運動」。事實上，羅蘋上演的劇集始終遵守著一個規矩。那就是這位怪盜紳士無論如何都不會動手殺人。這即是羅蘋所恪守的運動員精神。而羅蘋被人們視為英雄，正像紳士從事運動的理想是希望成為英雄一樣，兩者的英雄意義是完全相同的。

羅蘋所自傲的部分也就是他的「功勳」。而《怪盜羅蘋》則又給這種功勳觀念加上了大量的娛樂性。譬如羅蘋系列的第一集當中有一篇標題為〈女王的項鍊〉，結尾是這樣寫的：「從前道魯・斯必茲家被偷走的寶石，還有女王的項鍊，現在都被亞森羅蘋給找回來了。羅蘋立刻物歸原主。他像騎士一般的膽大心細，實在值得褒獎。」

我們從羅蘋系列能夠讀出作者莫里斯・盧布朗（Maurice Leblanc）在創造羅蘋這個人物時，曾經多麼有意識地著重這種紳士精神。庫伯汀和盧布朗兩人幾乎都是生在同一時代的人物。他們都對英國十分崇拜。大家都知道，《怪盜羅蘋》和柯南・道爾的《福爾摩斯》（*Sherlock Holmes*）有的許多彼此呼應之處。但我們若是只以推理小說的狹隘功能來看這部作品，則不免忽略了當時那個時代的背景。事實上，柯南・道爾是一名熱心的運動員，而莫里斯・盧布朗本身則是一名自行車迷，他甚至專以自行車為題寫過小說。柯南・道爾與盧布朗兩人都正好生在「崇尚運動的現代」，盧布朗對福爾摩斯十分鍾情，他甚至還讓福爾摩斯出現在自己的作品之中，很顯然地，盧布朗是希望創造不同類型的角色而想出了羅蘋這個人物。

盧布朗筆下的羅蘋不但繼承了法國社交界的紈袴作風，同時也懂得從「力之放蕩」當中獲取

- 上右：雷諾（**Renault**）汽車的廣告。汽車在黃金時代是超高級品，也是屬於貴族的奢侈品。
- 上左：由法國汽車俱樂部舉辦的賽車大賽。汽車飛馳在諾曼地的田園鄉間（1912）。
- 下右：十九世紀末運動報紙接二連三地創刊。皮爾·拉斐特（**Pierrer Lafite**）所創之《户外生活》（***Outdoor Life***）週刊因為提供大量圖片訊息，因此成為當時的暢銷雜誌。
- 中左：也是皮爾·拉斐特所創之娛樂入門雜誌 ***Je sais tout***。《怪盜羅蘋》系列在這本雜誌上開始刊載之後，立即成為暢銷讀物。
- 下左：同一雜誌一九〇八年十一月號。《怪盜羅蘋》系列中的《奇巖城》的插圖被放在這一期的封面。

動章。而這種「力之競技」正好符合運動所需的緊張感。舉例來說，羅蘋每次進行任務之前都習慣於事先提出預告。這個動作不僅能提高公開賽的興奮感，也是行動之預警、偵探角色的註解，以及唯有羅蘋才能提供讀者的緊迫感。譬如在羅蘋系列的《八一三》這一集裡解讀暗號的場景就是最典型的代表。羅蘋在這一集裡為瞭解讀暗號「八一三」始終在意著還剩下幾天、幾分鐘……。另外，在同樣的系列作品集裡還出現了許多羅蘋最拿手的犯罪預告行動。他甚至連犯罪的確切時刻都會預先告訴讀者，還有幾分、幾秒……。這種緊張的感覺實在和運動給予人們的快樂與興奮的感覺完全相同。而羅蘋正是以這種奇特、大膽的特技獲得英雄式的勳章。這就難怪有人認為怪盜紳士羅蘋是庫伯汀男爵無心插柳之下製造的私生子了。

然而，庫伯汀雖然完成了他的奧林匹克夢想，但這個夢想顯然離他期待推廣理想主義的目標相去甚遠，他的晚年最後是在孤寂中渡過，而另一方面，羅蘋卻在二十世紀成為領先時代的偶像。主要原因是因為羅蘋是一個「瘋狂的速度追求者」，同時也是一位熱中於機械構造的業餘專家。

的確，羅蘋不僅身為「運動健將」，同時也是一位罕見的汽車專家。二十世紀初羅蘋系列作品剛問世的時候，汽車不僅是超級奢侈品，更是貴族們身分地位的象徵。原本定價極為昂貴的汽車這時正逐漸走向量產的大眾化路線，因此貴族才能領先享受一般平民所無法接觸的最新流行。而值得一提的是，普魯斯特雇用司機購進汽車，也正好是在這個時期……。

有閒階級的羅蘋在購買汽車之後親自掌握方向盤。當然這主要是因爲羅蘋系列作品裡面設定他必須不斷以速度來表現其追蹤與逃亡的行動，而事實上，羅蘋系列確實以空前手法顯現出汽車這種最新機械的存在，並以活潑生動的親身感覺來描述這種新式機械。譬如在《金髮的女人》這一集的結尾，有一個羅蘋開車載著福爾摩斯在路上奔馳的鏡頭：

> 羅蘋說這是特快車，的確一點也不誇張。從一開始，這車子就以令人暈眩的速度向前飛奔。地平線像是被一股神祕的力量吸引著似的不斷迎面撲來。接著，又像是落入深淵似的消失了蹤影。連兩旁的樹木與房屋都像是接近深淵的激流似的迅速消失得無影無蹤。福爾摩斯和羅蘋兩人不曾交談一語。每隔一段距離，就能聽到白楊樹葉發出很有規則的聲音從他們的頭頂掠過。然後，一連串的小鎮：曼陀、維爾濃、蓋庸都消失在他們的車後。……

羅蘋只花了兩小時就從巴黎開到了諾曼地。這眞是驚人的速度。事實上，羅蘋系列裡面曾經出現過無數次飛車急奔的鏡頭，像是在《神祕的旅行者》裡面，甚至出現過他開車追過特快列車的場景。「『二十三公里十九分鐘……我們一定會先趕到啦！』……我們像是要從地面飛起來似地

向前疾馳。路上的石頭看來像是害羞的小動物，一碰到我們的車子就不見了。突然，街頭的轉角處冒出一陣蒸汽。那是北部線的特快列車。接下來大約在一公里的距離內，我們和這列快車並肩競走。而且結果是顯而易見的。我們到達終點時，領先這列快車約二十部汽車車身的距離」。這個高潮鏡頭很清晰地傳達了追求速度競爭的快樂。汽車在成爲交通工具之前是一種「運動」。而象徵「鋼鐵」時代的鐵路則被代表時髦年代的汽車迎頭趕上……。

我們從刊載羅蘋系列作品的媒體亦可看出羅蘋所代表的現代性。《怪盜羅蘋》當初刊載在月刊*Je sais tout*上。這份雜誌的創刊者是著名的皮爾・拉斐特（Pierrer Lafite）。拉斐特同時也是講究視覺效果的日報《精益求精報》（*Excelsior*）的創刊者。他能夠洞察時代需求，搶先於奧運開幕的一八九六年創立《戶外生活》（*Outdoor Life*）週刊，並使這本雜誌一躍成爲最暢銷期刊之一。當時受到汽車逐漸開始流行的影響，這類體育雜誌相繼創刊，而在所有同類雜誌中，《戶外生活》算是趣味性相當高的刊物。拉斐特的眼光從他創辦的另一份時尚雜誌《女性》（*Femine*）亦可看出。而緊接在《女性》之後，拉斐特最成功的成果還是一九〇五年創辦的雜誌*Je sais tout*。莫里斯・盧布朗便是應拉斐特之請，開始在這本雜誌上連載羅蘋系列小說。*Je sais tout*編輯採用大量圖片與照片，內容主要以提供生活情報及可讀性較高的文章爲重點，譬如在創刊初期，這本雜誌就推出了「電氣化生活」之類的特集，由此可以看出其所具備的摩登感覺。而《怪盜羅蘋》系列更是大量使用電梯、電話等高科技裝備，以及速度競賽的感覺，顯然羅蘋正是最符合這份雜誌主題的偶像。

除此之外，羅蘋系列作品中還有一項跟當時的時代流行緊密呼應的特色，那就是「戶外活動」。雅賊羅蘋經常出沒的地點是在巴黎與諾曼地。兩地都是當時的高級休閒場所。盧布朗甚至和莫內一樣，也是出生在諾曼地。他選擇羅蘋故事系列的舞台時，顯然曾經受到自己對故鄉之感情的影響。譬如在《奇巖城》這一集裡出現了艾托魯塔的風景，而事實上，這個地方早已因莫內的繪畫而名揚四方。盧布朗充分利用艾托魯塔的海岸奇景，再加上往返巴黎之間的火車、汽車、自行車，而將《奇巖城》寫成一部充滿了最新流行的運動加上觀光的休閒風俗小說。如果說怪盜羅蘋是庫伯汀無意中製造的私生子，那麼法國黃金時代的奢侈消費生活則是配合媒體誕生的自然產物。

自行車的黃金時代

羅蘋系列小說在法國成爲暢銷作品，而瘋狂追求速度的羅蘋在法國掀起賽車風潮也成爲理所當然的結果。一八九四年，法國舉辦第一次「巴黎—魯昂」汽車大賽，其後，雷諾（Renault）於一九〇一年獲得「巴黎－布雷斯特」大賽的優勝；緊接著，法國舉行「巴黎－北京」長程車賽，雷諾與標緻（Peugeot）等汽車公司也分頭舉辦汽車大賽並且彼此競爭開發新型汽車。當時，汽車對一般人來說還是極昂貴的奢侈品，汽車大賽也是只有羅蘋那樣的富裕階級才能獨享的休閒運動。而相對地，當時曾在一般大眾當中掀起狂熱的運動是自行車。若說法國的黃金時代即是自行車這個「迷你皇后」的時代亦不為過。

自行車在當時通稱為velo。這種用以代步的機械最初受到大眾熱烈歡迎是在一八九〇年代。而點燃這股熱潮的，正是法國最早創刊的體育日報*Velo*。一八九一年，*Velo*日報因主辦「巴黎－布雷斯特」自行車大賽而銷路大增。而這項大賽更因為有當時的自行車製造商標緻公司提供贊助而轟動一時。自行車的暱稱——「迷你皇后」，也是從這次大賽才開始被人廣為流傳。從此之後，「迷你皇后」成為名副其實的「運動女王」，受到大眾瘋狂的喜愛。一八八九年，登洛普（Dunlop）開發了能夠打氣的輪胎，接著，密舒朗（Michelin）也製成能夠取下更換的輪胎。自行車與汽車等機械出現之後，由於產業與媒體逐漸一體化，法國的運動於是成為「觀賞的」運動，並因此吸引了大量狂熱觀眾的支持。所謂「觀賞的」運動，主要是因為後來舉辦的各種自行車大賽中產生了大量職業選手。這種結果不免使我們感嘆，法國雖然出了庫伯汀這等人物，但法國人卻似乎完全忘卻了庫伯汀的崇高理想，一般人對鍛鍊身體的興趣遠不如對這些「機械新娘」（譯註：請參閱本章「機械新娘」一節）的喜愛。

事實上，二十世紀即將來臨之前的一九一〇年代，由於自行車急速進行量產化，廉價的大眾系列產品「燕子」被開發出來，自行車的銷售數量在這段時期出現飛躍的成長。十九世紀末，法國的自行車銷售量從二、三十萬輛突然增長到三百萬輛。這個數字實在令人驚訝。而另一方面，各地成立的自行車俱樂部會員人數也快速增加。自行車被人們視爲「速度」的同義字，同時也成爲公認的「運動女王」。

在一片熱衷於自行車運動的風潮中，最引人注目的活動大概要算一九〇三年舉辦的**Tour de France**自行車大賽了。這場大賽的主辦單位是*Velo*報的對手*L'Auto*報。賽程從巴黎出發之後經過里昂、馬賽、托魯茲（Toulouse）、波爾多、南特、最後返回巴黎。這場名副其實的環繞法國全國一周的大賽將自行車這項運動帶到了鄉間，同時也讓法國全國各地都爲之瘋狂。參加這項自行車大賽的選手們被喻爲「道路的巨人」，他們不僅得到了數量龐大的獎金，同時也成爲人們心目中的偶像。人們對這項大賽的狂熱也可以從*L'Auto*報的銷售量獲得證明。一九〇九年，*L'Auto*報的銷售量高達十萬份，而在同一時期，大眾報紙*La Figaro*的銷售量不到三萬份，另外一份*Humanity*也只有七萬份，相較之下，便可看出人們對這項大賽是如何的狂熱。隨著自行車逐漸受到人們歡迎，運動也開始走向大眾化之路，「運動即時髦」的觀念也漸漸深入一般大眾的心裡。

• 上：在法國南部休閒地安提布(Antibes)舉行的賽車大賽。

• 中右：La Manufacture自行車廠的商品目錄。這家公司所產的「燕子」系列產品因量產而獲得成功。法國全國的自行車人口並因此大量增長。

• 下右：莫里斯・盧布朗(Maurice Leblanc)寫《怪盜羅蘋》系列之前發表過自行車小說《這正是翅膀！》。內容正像封面一樣使人產生「機械之情慾」的新鮮感。

• 中左：Tour de France自行車大賽。(1934)〔選自《精益求精報》(*Excelsior*)〕。

• 下左：L'Auto報的Tour de France自行車大賽專題報導(1933)。

事實上，在此之前所謂的競賽運動，通常就是專指「賽馬」。而這些在法國專屬上流階級的運動，可說是在有計畫的推展下，首度引發了大眾社會的現象。而另一方面，媒體的加溫與職業選手的陸續登場則像是在預告「運動的現代」之來臨。

保羅・莫藍（Paul Morand）於一九二〇年發表的小說集《夜》裡有一篇〈六日大賽之夜〉，其中提到上述「運動的現代」之情景。「六日大賽」是當時自行車大賽裡的項目，由兩人一組連續六天不停地踏著自行車進行比賽。這項慣例的競賽深受民眾喜愛，每年都在室內賽車場內舉行。儘管自行車比較適於戶外競賽，而且一般觀眾都喜愛觀看路上競賽，而另一方面，室內競技場的比賽也能夠吸引大量觀眾。

> 地下的走廊一直通向圍場。走廊地面上鋪著百貨公司贈送的地毯，從縫隙裡吹來的陣陣微風則把地毯吹得不停鼓動。我們才走到一半，突然從頭頂上傳來如雷的歡呼聲，地上的小塊木板全都被震得咯吱作響。緊接著，木製跑道和玻璃屋頂出現了。……光彩絢麗的頂棚下，電弧燈光閃爍著緊緊跟在飛速前進的選手身後。雷爾突然顛起腳尖說：「就在那兒啊。那個黃色和黑色條紋的上衣……他們是『蜜蜂隊』啦。……是最棒的一隊。現在正在競賽的是房登荷本。」

·EXCELSIOR·

Journal Illustré Quotidien

Informations - Littérature - Sciences - Arts - Sports - Théâtres - Élégances

Deux concurrents du Grand Prix d'Aviation de l'Automobile Club de France

・上：室內自行車競技場（Velodrome）最吸引人的節目——「六日大賽」（選自《精益求精報》）。

・中：皮爾・拉斐特首創以視覺效果為主的《精益求精報》頭版刊載有關飛行大賽的新聞。

・下：一九〇三年建成的室內自行車競技場。

尖銳的汽笛聲劃破空氣。接著，場內響起了四千名觀眾的歡呼聲。

賽程最後一天的第六個夜晚，觀眾幾乎全都徹夜觀戰。工人和上班族都趕在上班之前跑來看熱鬧，也有從鄉下一起趕來的夫婦，孩子們則「躺在粉紅色和藍色的體育報紙上」熟睡著……。根據這段描述，我們能夠充分感受賽車在當時是一項大眾化的運動，而另一方面，《追尋逝去的時光》裡的男主角第一次看到那些「花樣少女」時，基於對自己出身階級的優越感，他不免暗忖：「這些女孩子如此拋頭露面，出入人員複雜的賽車場，可見她們一定是那些不務正業的賽車選手們的情婦。」原來當時的賽車在普魯斯特腦中是這樣的活動。不過，我們想提醒大家的是，後來，海明威也經常到這些室內賽車場去看比賽。這時，自行車已經成爲郊外上班族的通勤交通工具，而羅蘋世界裡的主角所駕駛的交通工具也從自行車變成了汽車。普魯斯特的作品則正好反映出「迷你皇后」的末代歲月。

機械新娘

諾曼地海邊出現的這群少女的確像是「閃耀的彗星」一般，給露出曙光的二十世紀帶來一陣清新氣息。少女們「像是獨自駕車前進似的」姿態給人一種嶄新的速度之感。的確，這是一種完全「嶄新的」速度之感。自行車這種交通工具的特色之一，是其本身所具備的大眾性。在此之前，提起個人交通工具，只有馬車一種。而馬車在當時是富裕階級的代步工具，也是身分地位的象徵。而自行車做爲新式的個人代步工具，取代了馬車原有的優勢。對於自行車帶來的速度感與興奮感，曾經擔任自行車選手的布拉蒙克描述如下：

從一八九五年到一八九六年之間，每到星期天，幾千台自行車都在道路上飛奔。這段時期正是自行車最受歡迎的時期。肌肉強健、肺活量大且擁有堅忍耐力的男人，現在可以憑其個人資質與腳力變成路上的貴族了。金錢的權力最近已被人們對速度的熱愛與其魅力而取代。從今以後，窮人也能痛快地在路上將百萬富翁拋在身後揚長而去。

賈利（Alfred Jarry, 1873-1907，法國劇作家及詩人）曾在他所寫的自行車小說《超級男性》裡面，將這種身爲「路上貴族」的興奮感藉著近乎神話的表現而予以強化。機械的速度所帶來的全能感覺給予人們感官上的興奮感，人們因此對於自行車產生獨特的愛意。而除了賈利之外，率先將這種對於「機械新娘」的愛意訴諸小說化文字的作家，當然要首推盧布朗了。這位《怪盜羅蘋》的作者在創造羅蘋這個角色之前，就已經寫過好幾篇小說，其中之一就是自行車小說《這正是翅膀！》。這篇作品寫於一八九八年，剛好是大眾風靡「迷你皇后」的高潮時期。這個故事的舞台是在諾曼地，小說內容則是敘述戀人們陶醉於賽車的興奮中談情說愛。若從愛情小說的角度來看，這部作品了無新意。但做為一部「自行車小說」來看，這部作品則絕對算得上推陳出新。不僅如此，小說中的自行車甚至還能提供戀人們感官的興奮感。我們光從小說中的副標題就能感受到這種興奮。譬如第一章一開頭就是這樣的標題：〈嶄新的宗教〉——當然這是指人們對自行車及其速度的狂熱。

不錯，機械與身體合而爲一，自行車也變成了身體的一部分。小說裡的女主角一邊愛撫著車身，一邊細語著：「多麼美麗的東西！你看它那伸縮自如像鋼鐵一般的肌肉，靈活自如的手腕，還有那拼命運轉的大腿。它所有的器官都是那麼健壯，那麼高貴啊！你看它那寬闊的胸膛，火熱的呼吸，還有那肉眼可見的嘆息……。」在這一章裡，情慾與機械渾然一體，主角的戀情終於開花結果，這是全書最高潮的一章，題目爲〈張開雙翼〉。而接下來的最後一章的題目則是〈嶄新的空間〉。盧布朗所寫的這部小說全篇都在歌頌「嶄新的雙翼」——自行車。在這部小說之後的羅蘋系列當中，盧布朗也表白出他對汽車速度的鍾情。很顯然地，盧布朗動手撰寫羅蘋系列之前，就已深切感受到自行車這種機械給予人們的解放感和全能感。

事實上，自行車提供的全能感主要來自其速度以及隨之而來的「移動的自由」。自行車不受鐵軌的束縛，爲人們開拓出「嶄新的空間」，無怪乎自行車被稱爲「道路的王者」。而自行車不僅推翻了馬車的貴族性，更將人們從鐵道上解放出來。自行車與其後出現的汽車都取代了鐵道的「大量運送」功能，並使「個人的速度」付諸實現，同時也重頭刷新了人們對空間的感覺。對於這種改變，我們可從下面這段文字得到印證：「由於實際上並沒有所謂的道路交通這種功能存在，因此，正像我們在前面說過的，街道的功能只是一扇關卡而已。這裡所指的關卡，其實就是車站。我們只能從車窗裡面向外看，從一個點到下一個點之間，我們只能看到從縫隙中溜走的風景，除此之外的景色，我們可說毫無所知。而自行車和其後發明的汽車則讓我們看到了其他的部分，換句話說，也就是讓我們看到了一切。」

總而言之，自行車與汽車等個人專用的交通工具改變了土地與人們之間的關係，同時也刷新了人們對空間的想像力。汽車旅行很明確地改變了鐵路旅行時代的空間概念。對於這種變化，唯有具備纖細感性的普魯斯特才比他人更準確、更深刻地感受到了。

普魯斯特小說裡的主角熱愛能將人們「從一個點搬運到下一個點」的鐵路旅行。當他發現汽車這種擁有嶄新速度的工具出現時，一時間不免訝異得說不出話來。「汽車在轉眼之間就向前開動了。僅在這一瞬間，它就前進了相當於優良馬匹跑出二十步的距離。」從此之後，普魯斯特一直以爲相距甚遠的兩點之間的距離也縮短了。

兩個地點就像梅則葛里茲和格爾曼特之間一樣處於完全相反的方向，到目前爲止，這兩個地點像是被嚴密監禁在日期不同的兩個牢房裡，同一個人想要在同一個下午看到這兩個地點是絕對不可能的事情，但是，現在因爲有了這個一步就能夠跨上七哩的巨人，我們終於從距離中解脱了出來。

汽車載著普魯斯特以無法測量的速度向前奔馳。「從柯爾尼西山坡往下滑行時，汽車發出像是磨刀似的聲音一口氣衝了下去，海面映在我們眼簾中一望無際。沿途盡是可愛古老的小屋，葡萄與薔薇的樹叢像是迎面撲向我們的胸前，長滿紅葉的樹木則隨著黃昏的晚風胡亂地飛舞著，像是爲了逃避我們而正四處逃竄。」

普魯斯特曾以其孩童般純真的感性感受「電氣的魔法」，現在他再以相同的感性眞實地描寫出「汽車的樂園」。而另一方面，普魯斯特的感性亦對汽車旅行發出的神祕氣氛有所呼應。車站使人對毫無日常性的遙遠土地產生夢想，車站也使人對於不易接近的未知土地感到魅力，而相對的，汽車卻在轉眼之間將人們拉上了土地的舞台。汽車既與「日常」連動，又能使土地變得「親近」。「汽車甚至能將病患載往想去的目的地。另一方面，汽車也會阻礙我們識別目的地的特性標誌與美之精髓。這一點，是我過去一直深感憂慮的。」

看起來，特快列車時代蘊藏於土地的寶貴神秘感似乎已被汽車抹殺，而相對的，汽車使我們能夠親自發現土地。因爲有了汽車，我們才能感受親手用圓規測量的感覺，也才能親身感受最富愛心的探險者，以最精確的方式進行完美的「土地之度量」。

普魯斯特一邊懷念著日漸消失的鐵路之旅的神祕，一邊卻準確地掌握住汽車帶來的空間感。十九世紀的鐵路正逐漸老去，人們因爲有了汽車這種屬於個人的機械而變成了土地的測定者，而汽車則漸漸地成爲「道路的主人」。面對著逝去的時光，時髦的現代已經即將迎頭趕上。

第九章

追尋逝去的旅程

大英帝國之旅

汽車「使土地變得更親近」，汽車也把未知土地所擁有的神祕氣氛完全抹殺掉了——普魯斯特一邊緬懷鐵路之旅，一邊發出了如上的感言。

事實上，若是沒有鐵路的發明，普魯斯特所指的「逝去的旅程」也不可能出現。和馬車變鐵路這項激烈的交通革命比起來，「機械新娘」——汽車的出現所帶來的驚喜實在是微不足道。正像西柏爾布許（**Wolfgang Schivelbusch**）在其著作《鐵道旅行的歷史》中所說，由於鐵道的發明，人類終於首次經驗到驚人的速度，換句話說，這也表示人類終於離開了自然的世界。只有火車才是徹底顛覆過去式旅行的革命性機械。

十九世紀是鐵路和蒸汽機的時代。鐵路不受自然條件的限制，也不斷地「貫穿自然」，同時還不斷加強固有的空間性。從此之後，世界上的自然距離消失殆盡，整個世界反而像是由超遠距離結合而成。而上述這種「時間與空間的抹殺」，可說是十九世紀體驗到的規模最大的知覺革命。對人類來說，地球很明顯地正在逐漸「縮小」。遠方的遙遠之感已經逐漸消失，即使像連結大陸與大陸之間的海洋，其本身所擁有的龐大氣勢也在逐漸凋零。

藉著蒸汽的力量，浩瀚的大西洋面積被縮減了一半。我們終於親身體驗到這個事實……。我們和印度之間的交通也同樣受惠。印度洋比從前變得小多了。這還不算，連送往印度的郵件也因爲有了蒸汽的力量，現在可以很快地經由紅海送去。地中海則只要一個禮拜就能到達，轉眼之間，地中海變得就像湖泊一般大小。

對於地球日漸縮小的時代感覺描寫最力的，莫過於凡爾納的《環遊世界八十天》。這部小說從一八七二年起在報紙*Le Temps*上開始連載，小說立即受到讀者的歡迎，而且不只是法國讀者，連整個歐洲讀者都爲之瘋狂。主要原因還是因爲《環遊世界八十天》眞實地向讀者傳遞出環球旅行的時代已經到來的現實感。

事實上，在凡爾納創作的眾多小說當中，這部小說算是最充滿現實性的作品。譬如說，一八六九年蘇黎士運河開通。這條運河開通之後，原本從英國至龐貝需要費時一百天的旅程現在大幅度縮減。當時刊載這條新聞的報紙同時還以專文介紹環遊世界大約需時八十天。凡爾納就是在偶然的機會下讀到這條新聞而產生了靈感。

而另一個現實因素則來自湯瑪士．庫克（Thomas Cook, 1808-1892，英國旅行業創始者）的旅遊公司所刊登的一則環遊世界的廣告。庫克也是因爲蘇黎士運河的開通而推出這項環遊世界的企劃。他認爲運河的開通是讓「地中海與紅海握手」的歷史性大事，而親身體驗通過運河的經驗則是「我們旅遊人生中特別值得大書特書的一件大事」。庫克首次完成環遊世界一周的壯舉是在一八七二年，正好是凡爾納發表《環遊世界八十天》的同一年。庫克的旅程於一八七二年秋天搭乘大洋洲號自利物浦港出發，而在這年的五月，他就已經在各處散發宣傳海報。據說，凡爾納是在散步途中偶爾看到這張海報。「由於嶄新交通工具提供的速度與國際線的時刻表能夠彼此配合，今天我們才能以不到三個月的時間完成環繞地球一周的旅行。這個念頭立即佔據了凡爾納的腦袋，他滿腦子都想著庫克所主辦的旅遊中的火車和巴士，接著，他便開始動手描寫連續環遊世界一周的旅行。」

另有一種說法是，庫克在這年五月發出宣傳海報時，凡爾納已經即將完成這本小說。也許《湯瑪士·庫克的故事》裡面的記述沒有錯，正是因爲庫克舉辦了環遊世界一周的旅行，凡爾納的小說才會受到人們瘋狂喜愛。更何況，《環遊世界八十天》的確是當時最能提供眞實的世界旅遊興奮感的作品。小說中的旅遊行程是從倫敦出發，接著穿過蘇黎士運河，到達印度，再從印度前往香港、日本，然後橫渡太平洋，到達舊金山，再搭乘美國橫貫鐵路，到達東岸，然後橫渡大西洋回到英國。這場環繞地球一周的旅行很明顯地昭告世人，機械的力量已經造成「世界的縮小」，而世人也因此爲之瘋狂。

・上：法國兩大輪船公司打出的世界一周旅行廣告。圖左是以擁有「旅遊號」(La Touraine) 而著名的大西洋輪船公司 (Transatlantique)。圖右則是Mesageries Maritimes輪船公司。下方則是橫貫美洲大陸的火車。

・中右：艾則爾 (Heizel) 旅遊公司的「驚異之旅」海報。凡爾納即是因為看到海報而得到靈感寫成他的「驚異之旅」系列。

・中：湯瑪士・庫克的旅行社發行的旅遊雜誌*Excursionist*的封面。

・左中：湯瑪士・庫克旅行社的海報。

・下：觀光世界的時代亦是媒體觀光的時代。于斯曼和普魯斯特一樣都喜愛蒐集旅遊指南。

而凡爾納將《環遊世界八十天》的主角佛格（Fogg）設定為英國人，則顯示出凡爾納對於現實認知的正確。因為英國既是鐵路、輪船的先進國，同時也是觀光旅遊的先進國，就連湯瑪士・庫克成立的旅遊公司都設在英國呢！庫克最早推出計畫旅遊是在一八四一年。就在同一年，英國開始定期發行全國鐵路時刻表，輪船也從這時起展開橫貫大西洋的航線。大英帝國不僅以「海上的王者」身分君臨世界，同時也是推動輪船發展的王者，在「抹殺時間與空間」方面的競爭，法國實在只能自嘆不如。不論在大西洋或是在印度洋，不斷擴張殖民地的英國亦是「輪船的王者」。對於英國來說，以機械力量「縮小世界」也等於就是「膨脹領土」的手段之一。

的確，佛格所企劃的環球旅行是一次完全以機械「征服世界」的冒險。英國紳士佛格依據全國的時間表而策劃了這項壯舉，這眞的是一場「大英帝國的世界之旅」。佛格不畏艱難障礙，他的態度冷靜沈著，而且總是能做出準確判斷。換句話說，他即是「機械之準確」的化身，同時也是「機械中之機械」——「時鐘」的化身。他期待將全世界都置於這個時鐘支配下來控制，他唯一的希望就是揚棄有機的自然時間，而歸屬於機械的時間下接受專制管理。我們甚至還可借用巴特（Roland Barthes, 1915-1980，法國評論家）的表現來說，佛格以其熱情將時間變成了空間。

而更重要的是，當時用來管理世界的「時間」正是英國的時間。十九世紀是鐵路的世紀，各鐵道公司都不約而同地進行調整，希望能制定全國性的標準時間，這種鐵路專用的時間逐漸被整

個社會採用，成爲社會全體共同遵守的時間，而整個工業時代則是由這種特殊且質地均衡的時間來支配社會。一八八〇年，英國的鐵道專用時間成爲一般生活的標準時間。之後，格林威治標準時間逐漸成爲全世界共同沿用的時間。從此之後，大英帝國的時鐘開始支配「近代」的時間，整個地球都被納入大英帝國的時鐘支配之下，而英國紳士佛格的《環遊世界八十天》當然也就等於是「大英帝國之旅」。

而除了時鐘之外，曾經幫助佛格環繞世界一週成功的另一項「萬能之神」則是「貨幣」。佛格曾經挑戰各種交通工具，從船舶到雪橇，甚至大象，他之所以有能力採用這些手段，主要是因爲他的皮箱裡裝滿了英鎊。唯有佛格存在銀行裡的兩萬英鎊才是他的靠山。換句話說，這次旅行也是一部「英鎊征服世界記」，同時也是一部「近代資本主義征服地球記」。

佛格孤注一擲地爲這次旅行投入龐大財力，他是資本主義先進國英國創造的典型利息生活者，同時也是眞正的「紳士」。只有像他這樣眞正的紳士才擁有相當財力，才是將追求「名譽」視爲唯一樂趣的世紀末花花公子。我們甚至可將佛格歸入普魯斯特筆下的小說人物迪則桑托的同類之一。

佛格也和迪則桑托一樣，他決定藉著科學的力量從事世界之旅。讀者在閱讀凡爾納的小說時感到愉快，因爲他以這種方式將世界抓在自己手中。讀者感到「即使是世界最遙遠的地方，也像是被他掌握在手掌心裡」，這是一種有意安排的自在所帶來的愉悅感。

……除了無數的科學手段之外，凡爾納發明了以這種傑出的小說來馴化世界。他不斷地將時間與空間兩種要素連結在一起，並且運用靈活的頭腦，成功地以時間去換取空間。他企圖以故事發展的過程來比喻世界處於一種伸縮自如的狀態，他有意地將故事裡的境界推近拉遠，曼妙地舞弄著宇宙空間。他扮演的角色是在試探人類對付時間與空間的態度。

巴特所寫的這篇討論凡爾納作品的文章完全是針對《海底兩萬哩》這部小說，然而，今天我們來看這篇文章，多麼像是正在狂熱地說明「環遊世界八十天」啊！讀者親眼所見「世界即將伸縮自如」時的興奮，這正是這部旅遊小說的魅力所在。

而另一方面，當時和世界一樣變得能夠「伸縮自如」的，還有世界的「風景」。凡爾納的小說將處於遙遠地帶的景色抓到自己手中，他並將這些片段截取下來的風景送到讀者的眼前。就拿《環遊世界八十天》來說，這部旅遊小說裡面充滿了西柏爾布許所謂的「活動畫景（panorama）的感覺」。世界各地的風景接二連三出現，令讀者目不暇給：民風野蠻的印度、令人好奇的長崎、還有成群野牛橫越鐵路的美洲大陸蠻荒景色。活動畫景曾在十九世紀初期受到巴黎人的熱愛，而現在凡爾納則將這種魅力運用在自己的小說裡面。譬如當初創設「活動畫景館」的公司也開始籌劃鐵道旅行。火車的「玻璃窗」將世界的風景裱褙裝框，而這些裱裝過的風景則連續成為鐵道旅行的魅力。《環遊世界八十天》的旅行已經沒有過去的旅行那麼辛苦，更不再是探險之旅。這部小說裡的旅行已經變成一種純粹欣賞活動畫景之風景的娛樂活動。換句話說，這部小說是在向大眾宣佈，「觀光旅行」的時代已經到來，而讀者也從閱讀過程中充份享受小說提供的時代氣息。

隨著鐵道與蒸汽機的發明，未知的土地變成了「近處」，而「遠方」的神祕力量也逐漸消失。這段時期也是照片和風景明信片的誕生期，同時還是複製技術的搖籃期。複製技術將遠方的「風景」送到人們眼前，另一方面，這種技術顯然也對普及「活動畫景的感覺」做出了相當的貢獻。而大眾這時已經開始用眼睛來消費遠方的異國風景。

奔向東方

十九世紀末所謂的「遠方」，是具有一種方向性的。換句話說，即是指「東方」。蒸汽機發明之後，地球開始急速收縮。這個時期也是歐洲列強急速膨脹其領土的帝國主義時期。就拿法國來說，一八五八年，法國首先征服西貢，隨後又先後征服了越南南部，阿爾及利亞、塞內加爾等

地。以結果來看，法國在第二帝國時期將原有的殖民地面積擴展了三倍左右。這段時期裡，列強正不斷地設法在東方與南方有所斬獲。而就當時擴張領土的政治戰略而言，自然是把重點放在鐵路的陸路和輪船的海路兩方面。在列強眼中看來，蘇黎士運河即是左右亞洲殖民地政策的交通要道。沒過多久，英國便藉著購入運河公司股票而奪得運河的經營權，同時也成功地佔據了運河沿岸地帶。湯瑪士・庫克對他的埃及之旅情有獨鍾，他搭乘豪華客輪漫遊尼羅河，並因此獲得「埃及國王」的稱號，而事實上，庫克是順著「大英帝國」鋪設的軌道進行這場「觀光」之旅的。而那些用眼睛來消費異國風景的大眾，也可稱之爲「視覺的帝國主義者」。

當時的帝國主義者所覬覦的地方只有一個，那就是東方。緊跟著英國採取殖民地政策之後，法國也從第二帝國時期起致力於開闢航路的行動。一八六二年，大西洋輪船公司開設以西印度群島及墨西哥爲目的地的定期航線。之後，由於蘇黎士運河開通，又開設了經由蘇黎士運河駛往新加坡、中國以及南太平洋諸島的定期航線。在世紀末的當時，地球的「東方」與「南方」是列強侵略的目標，尤其是「東方」更充滿了異國情調。

當時的這股「東方熱」與「觀光熱」合而爲一之後出現的產物，就是鼎鼎大名的「東方快車」（Orient-Express）。一八八三年五月，東方快車從巴黎東站出發，預計以九十六小時的時間到達伊士坦堡（Istanbul）。一八七七年，土耳其在俄土戰爭中戰敗之後，郝斯曼的土耳其帝國成爲列強覬覦的新獵物。而「觀光」也緊跟在政治鋪設的鐵軌之後尾隨而來。曾經擔任過外交官的作家保羅・莫藍在回顧東方快車的黃金時代時表示：

鐵道發明之後的最初三十年，鐵道網的鋪設只往水平方向發展，亦即只朝巴黎、羅馬或馬德里等地發展。一八八〇年代起，鐵道網的建設終於開始朝垂直方向進行了。這些鐵路將國際列車導向中歐及地中海等南進方向。這種現象是有其經濟與政治背景的。因爲對列強來說，從歐洲的土耳其帝國滅亡之後，一八七八年又在巴爾幹興起一個新市場必須立即前去征服。

「東方快車」是由比利時的國際華根李公司（La Compagnie Internationale des Wagons-Lits et des Grands Express Europeens）首度經營的豪華國際列車。大部分搭乘東方快車的人士是像佛格一樣的有閒階級，該列車因此成爲「活動的社交界」。有閒階級們搭乘的列車由巴黎出發，之後經過慕尼黑、維也納、布達佩斯、貝爾格來德，最後到達伊士坦堡。沒過多久，這條路線的起點就移往倫敦。一九〇六年，位於義大利與瑞士邊境的辛普龍（Simplon）鐵路隧道開通，東方快車隨後改名爲「辛普龍東方快車」，同時並將巴黎與米蘭、威尼斯連接在一條線上。威尼斯即是在這段時期成爲蜜月旅行的發祥地。總而言之，東方快車掀起了異國風潮，它載著旅客駛向「奢豪的東

●上右：辛普龍東方快車的廣告。

●下右：辛普龍東方快車的路線圖。

●上左：正在行駛的東方快車。

●下左：國際華根李公司發行的國際快車宣傳手冊。內容除了介紹車上的豪華車廂、餐廳、浴室外，還特別強調「移動的社交界」之氣氛。

方」。我們甚至可說，這列豪華國際列車的存在象徵著「東方熱的黃金時代」。東方快車在第一次世界大戰期間暫停營運，直到一九一九年才重新展開營運，路線採取當初辛普龍東方快車的路線，亦即繞過戰敗國德國和奧地利，且比較接近義大利的路線。由此可知，鐵道確實能夠反映各國之間政治力量的關係。而在此之前，東方快車曾對勃斯波拉斯（**Bosporus**）海峽的觀光事業提供極大的貢獻。土耳其的首都伊士坦堡經歷過一段回教氣氛與東方熱彼此爭鳴的時期。

東方快車留給人們回憶的不只是國際列車的沿線風景。車上的乘客也另外形成一幅有趣的風景圖畫。保羅・莫藍的小說《夜》裡有一篇〈土耳其之夜〉就是從描寫辛普龍列車做為開頭：「東方快車每週三次在夜裡載著旅客前進。這些客人永遠都是同類：販賣衣服的法國女人，還有稍微年輕一點的賣帽女人。這些女人都是剛進完貨正要返回伊士坦堡去的。列車一駛過拉羅許，巴黎的香味就逐漸變淡了。薔薇、胡椒、佛手柑（**bergamot**）等屬於東方特有的強烈香氣便開始復甦起來。英國官員的夫人們帶著六個金髮的孩子正在走廊上閒逛著。……」

莫藍也在另外一篇散文裡描寫過車上的男客。乘客裡有「年老的外交官們」，也有「年約七十歲的銀行家兼公司老闆」，還有「在背後批評『兩個世界論』的學會演講者」，以及「有錢卻裝窮的美國人」、「擁有二十個大城和上千村莊的奧地利大貴族」、「英國的百萬富豪」、「萊比錫的貿易商」……等。讀者光從這些乘客所攜帶的行李便可看出其豪華的程度。當時東方快車允許每名乘客攜帶的行李總重量爲一百五十公斤。從衣裳到咖啡壺、珠寶箱，甚至還有伺候主人的僕傭，總之，當時上流階級的旅行是必須帶著所有的奢侈生活品一起出門的。說到這裡，特別值得一提的是，高級皮箱製造商路易・維頓（Louis Vuitton）成爲世界名牌也正好是在當時那個時代。於是，豪華列車載著身分符合維頓形象的上流階級朝向「東方」前進，這條連結歐亞大陸的列車正是將遙遠的東方拉到近處的華麗機械。

夢之浮舟

提起十九世紀末的東方熱，我們特別要向各位介紹羅狄（Pierre Loti, 1850-1923，法國小說家，著有《非洲騎兵》、《冰島漁夫》等），他的作品曾在當時受到人們熱烈喜愛。羅狄十七歲成爲海軍士官，他在自己的作品裡記錄著橫渡世界各大洋時經過的各國港口所見的異國風情。這些作品使得羅狄受歡迎的程度遠遠地超過了凡爾納。

羅狄在一八八〇年發表的《羅狄的婚姻》（*Mariage de Loti*）使他一躍成名。這部小說記述羅狄搭乘軍艦福羅爾號周遊大洋洲的經過，他曾以抒情筆法描寫南國島嶼大溪地的風情，同時很有技巧地寫出當地人物的異國情調。小說中洋溢著炎熱的南國所擁有的怠惰與愉悅、茂密如林的珍奇植物，以及比這些植物綻放得更美麗的熱帶女子……。「在這熱帶地區沈默的中午時分，女人身上散發出無與倫比的魅力。她們幾乎全都是那種閃耀著大溪地之美的美女——煩惱的黑眼珠和吉普賽人一樣的琥珀色皮膚。」

羅狄的作品之所以獲得突發性好評，主要是因爲這些作品滿足了當時整個時代都正傾向於接近異國情調的慾望。一般認爲，畫家高更（Paul Gauguin, 1848-1903，法國印象派後期畫家）晚年前往大溪地就是受到《羅狄的婚姻》的影響。羅狄描繪出人們不曾見識過的熱帶風貌，同時也回應了「視覺的帝國主義者」們的熱烈期望。羅狄憑著他壓倒性的名聲，最後甚至超越左拉，而被學院派文學家們接受。在他死後法國爲他舉行的國葬以事實說明一切——事實證明羅狄確實曾經風靡世紀末，更讓整個法國都爲之狂熱。

這位崇拜異國風情的作家終其一生始終夢想前往的地方就是東方。一八七六年，身爲士官的羅狄被派往列強所覬覦的巴爾幹半島，這時島上的緊張感日益增強，郝斯曼的土耳其帝國正處於重重危機當中，羅狄卻因這次巴爾幹之行而被伊士坦堡吸引，在他的一生當中，前後總共前往伊士坦堡五次。伊士坦堡市內回教寺廟聳立，在羅狄眼中看來，這個橫跨歐亞兩洲，面臨黑海與地中海的水邊城市眞正是「東方女王的城市」。他寫道：「啊，伊士坦堡！在眾多吸引我的名字當中，至今仍然最具魔力的還是伊士坦堡。光是從嘴裡說出伊士坦堡這個名詞，就會有一幅景象立

• 上右：東方快車的宣傳海報(1895)。
• 下右：羅狄的畫像。
• 上左：小說《阿加娣》(Aziyade)的插圖。
• 下左：羅狄位於羅徹福(Rochefort)的故鄉，他將自己在旅途中蒐集的精華彙集一處，佈置成一間充滿東方風味的房間。

刻出現在我眼前。在那高不可攀的空中，最初是一片遙遠模糊的雲彩，接著，這片雲霞中呈現出一個巨大的形體。那是一個獨特且無與倫比的都市輪廓。」

伊士坦堡之所以成為羅狄終生所愛的都市，是因為這裡曾是他的初戀之地。羅狄在這裡愛上了養在商賈深閨的十七歲女兒哈狄佳。在羅狄搭乘軍艦回國前一年裡，他住在能夠俯視金角灣的艾悠布家過著夢境般的愛情與情慾交錯的日子。羅狄在他的處女作《阿加娣》（Aziyade）裡記下了愛情的回憶與伊士坦堡的魅力，這部作品可說是羅狄表現其對東方熱愛的原型。頭戴白色頭蓋的阿加娣很明顯地充滿了回教女奴的魅力。因為羅狄就像薩伊德（Edward Said, 1935-，巴勒斯坦出生的美籍文化評論家）在《東方文化論》裡所說的一樣，他總是以東方藝術的形象來看伊士坦堡的一切。由此看來，羅狄是在與人分享他的「觀光視覺」。

說到羅狄的東方文化論之特色，他的文字本身似乎具備一種奇妙的空無化作用。羅狄雖然以海軍士官的身分看守過法國的殖民地，但他從來不曾在作品裡提及這種政治的眞實性。即使像《阿加娣》這部小說敘述一對戀人因俄土戰爭爆發而生離死別，但羅狄在整部作品中所表現的氣氛卻絕對是和戰爭無關的。

羅狄的小說所表現的是伊士坦堡夏季溫暖安靜的星空之美，以及某些像是紛雜氣息般不可捉摸的物質。羅狄的作品所關心的是現實政治狀況之外的東西，換句話說，他企圖面對的是伊士坦堡城的「過去」。這種「對現在保持沈默」，可說是羅狄所有作品的共同特色，就拿《羅狄的婚姻》來說，小說裡描寫的大溪地，是早期還沒有被「近代化的波濤」襲擊過的大溪地，在羅狄的小說裡，這個島嶼是永遠不斷發出太平洋海潮聲的南國之島。羅狄在一八八八年發表的《摩洛哥》也是一樣。他筆下的摩洛哥是在灼熱陽光下「小麥旱田連綿不絕」的一片廣漠風景，所有外來的「非摩洛哥」要素都被他排除在外，讀者看到的是一個「太古」時代的摩洛哥。而事實上，羅狄當時前往摩洛哥，正是英法兩國搶奪殖民地的時期，法國為了研討對策而派出視察團到摩洛哥去，而羅狄當時則是政府派遣的視察團員之一。凱拉維雷傑（Alain Quella -Villeger）在其著作中曾指出，在像這種「追溯過去的歲月」、「熱中於時間觀念外的某個永恆世界」的行為對一八八九年來說，只不過是「企圖忘卻當時正值殖民地主義不斷擴大的時代」而已。

的確，「忘卻現在」正是構成羅狄的旅途的特色。羅狄所追求的異鄉是一塊能使人忘卻現實的「夢想之地」。從這個角度來看，羅狄的東方論是和近代人印象中的「觀光旅行」背道而馳的。如果說，旅遊是一種將「近代」與「當代」帶往異鄉的動作，那麼羅狄的願望則是重新憶起早已消失無形的古樸土地。「今天的土耳其早已成為過去式，而羅狄奮鬥不懈持續追尋的則是更古老的土耳其。他的慾望不顧一切地朝向極端的古樸傾倒。因為最大的歷史距離才能保證最大的非現實性。」

對於一心追求非現實的夢想之地的羅狄來說，他對「東方快車」心懷侮蔑與厭惡也就成爲理所當然的結果。東方快車開通後經過七年，羅狄在《一八九〇年的伊士坦堡》裡表示：「現在『東方快車』把成群的閒人運到了伊士坦堡來。我對這些遊蕩在大街上的閒人感到厭惡。他們毫不顧慮古老的伊士坦堡要求尊敬與感嘆的期待。我對這些凌辱我所鍾愛的土地的入侵者感到痛恨。」

就某種意義來看，法國海軍士官羅狄是一名反觀光旅行者。因爲他在異鄉並非過客，而是一名長住異鄉的「逗留者」。他在大溪地或伊士坦堡的居住期間使我們無法稱他爲觀光客，而且他每次都是連續地長住，並分別和當地女子歡度充滿愛情的歲月。然而，羅狄本身也很清楚一件事，他並不會永遠居留當地。羅狄充滿異國情調的獨特性便是經由這種既非觀光又非永住的曖昧的「逗留」之旅而形成的，因爲他將異鄉土地變成了忘卻「現在」和「現實」，同時亦能解放慾望的「夢想之地」。巴特（Roland Barthes, 1915-1980，法國評論家）曾對羅狄之旅做出如下評論：

「逗留」擁有某些固有的實體。儘管伊士坦堡是一個濃縮了數大都市特點的空間，而奇妙的是，這塊逗留之地卻成了主體埋身隱藏的場所。換句話說，人們在此逃避、藏身、沈淪、沈醉、失去自我、消失無形或掏空內在。對慾望之外的萬物來說，這裡是一塊死亡的場所。逗留在伊士坦堡的羅狄便埋身於這塊「夢想的場所」，並且忘卻現實隨處漂流。

巴特說的很對，羅狄的旅程總是在水上漂流。巴特接下來的評語也很正確，他認為羅狄心中「想得容易」的東方論即是逃離西歐，是「從現實漂流出去」。

《阿加娣》根本就是一部漂流小說。事實上，供人「漂流」的都市是存在的。這種都市不能太大，也不能太新，它必須擁有過去，同時現在必須仍舊活躍，另一方面，這種都市必須在內部混雜著好幾種城市，而且缺乏向外擴張發展的精神、怠惰且有閒、不夠奢華、有些放縱的都市。對於羅狄來說，伊士坦堡可能就是具備上述條件的都市吧。就這種理論來看，都市好比一種海洋，它不僅讓人們漂流其上，同時也將人們從現實的岸邊帶到遠方。人們處於這種海洋之上，不僅受制於各種競爭而無法動彈，同時更成為被保守秩序流放的犯人。

海洋將人們從現實的岸邊帶往遠方。羅狄的《阿加娣》裡有許多這類充滿了水之愉悅的鏡頭。每到夜晚，阿加娣和羅狄反覆地相會在無人的海上。在深夜的靜謐中，他們在海上的浮舟裡共度愛慾的時刻。「阿加娣的小舟裡面鋪滿了以土耳其的絲綢做成的被褥與靠墊。這裡有的是東洋風味的放縱與精緻。與其說這是一艘小舟，倒不如說它是一台漂浮於水面的眠床。」

載著「東洋風味的精緻」而漂浮在水面的眠床，再也沒有比這艘「夢之浮舟」更能表現羅狄這種漂泊愛欲的夢想。他漂浮在夢之水面，同時也將「世界與人生全都拋至腦後」。從這個角度來看，伊士坦堡確實正是羅狄的「水之都」。身處伊士坦堡，卻委身於流水的怠惰與放浪，這即是東方的魅力。羅狄筆下的土耳其與大溪地都是一片樂園——人們在此能夠忘卻殖民地主義的現實，同時也能滿足夢想的慾望。羅狄的作品煽起了人們對於樂園的夢想，這也是他的作品之所以風靡一世的理由。

少年博物館

「夢想的樂園」所具備之樂園性必須具備兩個條件才能獲得保證：「遙遠」與「古老」。夢想遠方與追溯過去其實都是相同的行爲。而時間的距離亦能引出異國氣氛。針對這類古樸氣息，羅狄在《阿加娣》裡曾以「精錬品」爲例詳細闡述。有一天，驟雨突襲伊士坦堡的街頭，羅狄走進一家土耳其咖啡館，店裡全是滿頭白髮的老人。這些老頭兒們瞇起眼睛打量著羅狄。「我專心凝視著身邊的這些老人。他們的衣裳表現出那種曾經流行過的令人懷念的精緻研究。穿戴在他們身上的所有物品，從大型眼鏡到老人臉孔側面的線條，全都反映出『精錬品』（extract）的色彩。我們心懷尊敬地從口中說出『精錬品』這個字眼，它含有『古老』的意義，而在土耳其，『精錬品』這個字眼不只表示從前的習慣，同時也表示從前的服裝形式與布料。這是因爲土耳其人始終深愛著過去，他們喜好原封不動與停滯。」「精錬品」是過去的精緻文化的表象。巴特提到「精錬品」

時指出，這是一種「欠缺繼承人」的物質所造成的誘惑。巴特獨特超群的理論如下：

> ……所謂「欠缺繼承人」，是指萬物都得以持續存在，但卻不屬於任何人。個別之物分別以其原有的完整型態獲得保存，同時也從所有權帶來的緊張鬥爭關係中解脫出來。緊接而來的則是「喪失」，這不是指財產的喪失，而是繼承關係與繼承人的喪失。羅狄眼中的伊士坦堡即處於這樣的狀態。這個城市像彩色畫一樣散放出各種氣息，甚至表現得生龍活虎，但卻不屬於任何人。土耳其已經瀕臨終結的危機，近代化的波濤不斷湧進，但土耳其卻尚未採取任何防禦措施，這裡只有對陳腐過時的崇拜，崇拜著「過去的精緻」（或者說「精緻的過去」）。因爲「精鍊品」這個字眼所顯現的正是「欠缺繼承人」的事實。

羅狄乘著「夢之浮舟」繼續朝向欠缺繼承人的土地前進。他一邊追懷過去的片段，一邊承受著過去留下的「精鍊品」之誘惑。在羅狄描寫「過去之旅」的諸多創作中，最優秀的傑作應該首推《朝拜吳哥窟》。一九〇一年，羅狄跟隨海軍遠征極東，順道經過了西貢。在這次遠征的回程裡，羅狄前往他從少年時代就十分嚮往的吳哥古蹟（ANGKOR WAT）參觀。羅狄參觀後過了六年，荷蘭政府著手修復古蹟的工程。因此在他前往參觀的當時，吳哥古蹟的確是名副其實地被歷史遺棄的「廢墟」。

蒼鬱的熱帶密林散放出「難以形容的臭味與麝香的氣息」，在那「死亡的太陽」之下，經歷過數世紀風吹雨打的熱帶植物像是鄙視一切似地生長茁壯。

今日盤據在吳哥古蹟的土地上擺出一副征服者嘴臉的，是那些「廢墟裡的無花果樹」。在那被崩壞的魔掌摧殘的宮殿、寺廟遺跡，凡是舉目所及之處，盡是這種樹在那裡耀武揚威，它們伸展著光滑、青白、有著蛇皮斑紋的樹枝，將那大叢的樹葉高高舉向屋頂。

孕育著水氣的天空下，像是空中庭園似的腐朽寺院被埋沒在密林之下。陰沈低垂的黑暗中，拾級而上的聖廟裡「大小神像好像打敗仗似地散亂得滿地都是」，地面到處都堆積著厚厚的灰塵與蝙蝠的糞便。

「欠缺繼承人」的財寶被埋葬在時間的沈默裡，《朝拜吳哥窟》則像是「精鍊品」一般發出不可思議的魅力。羅狄前往吳哥窟那年他正好五十一歲。這時他已經投身海軍生涯三十四年，幾乎已在所有的海洋和陸地上都漂泊過了。《朝拜吳哥窟》可說是羅狄一生最後的旅遊記錄，他爲這本書所寫的自序讓所有讀者都深受感動。六十二歲的羅狄這時已經滿頭白髮，他細細地回顧著給自己帶來漂泊人生的少年夢想：

我很清楚地記得那個有雲的四月黃昏，吳哥窟廢墟的幻象突然出現在我眼前。當時我正在自己那間屬於孩子的「博物館」裡。這個房間就在我家的三樓上，屋內擺滿了貝殼、海島的鳥類、大洋洲人的武器與裝飾品，這些來自遙遠國度的擺設都對我訴說著什麼。而這一切都發生在那個小小的房間裡。

在那個孩子的「博物館」裡，少年羅狄的眼睛被一張「殖民地雜誌」裡的吳哥窟寺廟圖片吸引住了。就是那個充滿異國氣氛的奇異寺廟煽起少年的冒險之心，並使他嚮往漂泊之旅。「那時，我為了讓自己的想像力能飛得更高、更遠，便走到窗邊，那是全家能夠眺望得最遠的窗子。……我看到船隻正從遠處的河面朝著大海的方向前進。在這一瞬間，我的腦海裡突然閃過了旅行和冒險的念頭。多棒啊！簡直就像是做夢一樣。我也可以過著和那個東洋國度裡的王子一樣的日子。那是有苦有樂、如夢似幻的旅行和冒險。」

就憑著一張粗糙的「圖畫」，少年後來被吸引到了船上，過起了以海為家的日子。而那張圖畫只不過是一張平凡得隨處都能看到的異國風景。幾十年之後，那個少年終於朝拜過嚮往已久的吳哥窟寺廟。羅狄回到自己家鄉老家之後，重新變成當初那個整天關在「博物館」裡的少年。他清晰地憶起當初那本雜誌上寫的如同咒語般的字句，同時亦列舉了自己曾經愛讀的《傳道之書》中

●上：吳哥窟。路易·得拉波特（Louis Deraporte, 1842-1925，法國地理學家兼畫家）所繪。

●下：當時擁有眾多讀者的殖民地雜誌《世界一周》的爪哇島特集。

的一節做爲說明。

再次看到這幅粗糙的版畫時，我的心中湧起當初第一次看到這畫時的印象。啊，當時仍是孩子的我在心裡高唱《傳道之書》裡那些誇張的歌詞，都像昨天才發生的事情一樣重新湧現出來了。「我們不曾努力過，我們也不曾嘗試過……在那暹邏王的森林深處，我們只能眺望著的夜空的星星從神祕的吳哥古蹟之上升起……。」

原來影響羅狄投向漂泊人生的，只是那個少年博物館的雜物堆裡的一張粗糙版畫。羅狄的旅行記裡曾特別提到，他在少年時代看到的那本殖民地雜誌，其實是阿謝特出版社所發行的大眾雜誌《世界一周》。事實上，羅狄對「少年博物館」的記憶和凡爾納的世界之間多少有所關連。就某種意義來說，羅狄的少年博物館可算是一種「活動畫景（panorama）館」吧。幻想的風景要比現實的景象更能吸引孩子的心，並將孩子帶往神奇之旅的路上去。

提起羅狄和凡爾納之間的共同點，那就是他們兩人的「家居」與「旅行」之間的距離都近得離譜。凡爾納終其一生不斷創作「驚異之旅」系列小說，但他除了到過美國與北方國家旅行外，幾乎一直是在老家阿米安（Amiens）度過餘生的。而另一方面，羅狄雖然長期在外旅行，但他對自己的故鄉羅徹福（Rochefort）卻始終鍾愛，他甚至還在老家建成博物館以紀念自己的旅程。譬

●上：位於荷蘭海牙（Hague）的「活動畫景館」裡展示的世紀末斯克芬寧（Scheveningen）海岸。
●中：「船」即是「家」。
●下：凡爾納熱愛船上生活。艾則爾公司根據凡爾納的作品製作的宣傳海報。

如羅狄在老家建成的「土耳其室」和「清眞室」都眞實地再現了東方文化，直到今天，仍有無數遊客到此探訪。羅狄把他深愛的異鄉「精鍊品」全都收藏在這裡。

羅狄把他蒐集的珍奇世界的片段滿滿地堆積在「家」裡。這樣的「家」不是正像一艘「船」嗎？這是一個不斷漂泊的「密閉」空間。更因爲這裡裝滿了世界的片段，這個空間本身即像是一個世界。而凡爾納在《海底兩萬哩》一書中描述的諾提拉斯號不正是像這樣介於「博物館」與「家」之間的空間嗎？這種亦「船」亦「家」的空間是凡爾納和羅狄的「夢幻寶盒」，盒裡裝載著他們少年時代的幸福記憶，帶著他們朝向「過去」漂移。漂向人類的幼年時代、失去的樂園，以及令人懷念的「少年博物館」……。從某個角度來看，凡爾納似乎對現代的機械十分喜愛，而羅狄對現代的一切則不屑一顧。然而，承載著他們駛向旅途的「船」卻永遠都會把他們帶回少年時代的樂園。

的確，凡爾納和羅狄的旅行絕不是挑戰未知的冒險，他們的旅行是那種最終一定會「回家」的旅行。「大航海時代」的探險與冒險之旅即將結束時，也就是他們踏上旅途的時刻。從這個角度來看，凡爾納和羅狄的旅行永遠都是「追尋逝去的旅程」。他們的旅行展現在讀者面前的不是活動畫景的畫面，而是充滿異國情趣的風景。凡爾納與羅狄同樣深受讀者壓倒性的喜愛，但這兩位旅行作家是以不同的手法將世界「縮小」，他們不僅將這個縮小的世界置於自己的掌心，同時也滿足了數百萬「視覺的帝國主義者」的慾望。

班傑明（Walter Benjamin, 1892-1940，德國評論家）回憶自己在少年時代參觀「皇帝活動畫景館」時寫道：「這是一個透明且光耀奪目的寶石箱，也是一個遠方與過去並肩漫遊的水族館」，「這個空間已經成爲孩子們接近地球的場所，環繞地球的幾個大圈裡，最美麗、最壯觀的就是子午線（Meriden Line，譯註：子午線爲一無形的線，從北至南繞地球一周，經度爲零度。其他經度線亦以此爲標準），而這條線正好穿過皇帝活動畫景館的地下。」可以說，班傑明從這個展覽館獲得的樂趣，正是凡爾納和羅狄提供給數萬大眾的快樂。「遠方與過去並肩漫遊的」水族館——這正是乘載著兩位旅行作家的「船」。這些「船」載著人們去欣賞遠處的風景。與其說這些「船」將人們「引向未知」，倒不如說它們像是「帶引人們回歸故鄉」似地將人誘往「滿含溫柔的憧憬」。

諸如上述這種既陌生又令人懷念，一心想要回歸少年時代的樂園夢想，這不正是人們對於休閒地所懷抱的夢想嗎？人們在這裡暫時離開「現實的岸邊」，乘著「夢之浮舟」任意漂流……。十九世紀末的殖民地擴張促使世界急速縮小，世紀末因此而成爲未知之旅消失無形的時代。但另一方面，這也是人們對休閒地產生夢想的時代。

第十章

樂園帝國主義

幻想旅行

十九世紀末，凡爾納的「驚異之旅」系列受到讀者的熱烈歡迎，羅狄的遊記也掀起風靡一時的狂熱，這是一個「觀光」的世紀，也是一個「博覽會」的時代。我們已經在前面介紹過，凡爾納與羅狄兩人都深愛的「船」亦即是「家」。事實上，載著作家周遊世界的「船」裡裝滿了來自世界各地的物品，這樣的「船」亦是一個能將「遠方」縮小並將之深藏於船身「內部」的小型帝國。

就拿凡爾納在《海底兩萬哩》裡面提到的諾提拉斯號來說吧，這艘船裡除了收藏著一萬冊以上的圖書，還擁有許多世界名畫與海中動植物標本。這樣一艘堆滿陳列物的船艙實在就是一所「博物館」，同時也像一所移動的「家」，家裡如同諾亞方舟一樣載滿了萬物。

而從另一方面來看，孤獨的博物館——諾提拉斯號似乎又和于斯曼的小說《倒轉》裡的主角迪則桑托的行館有著異曲同工之妙。迪則桑托在巴黎郊區建起一座行館隱居其中。行館的餐廳是仿照「船艙」建造的，房間一邊的窗外和諾提拉斯號一樣設置了水族館。水槽的色彩還能隨著迪則桑托的意思隨時變化，時而翠綠，時而黑灰，或甚至變換成乳白。水中漂浮游移著電動魚類和

人工仿造的海草。換句話說，迪則桑托的行館即是一艘不動的「船」。而且他也在這個私人的「博物館」裡陳列著各式各樣的舶來品。

我們甚至可說迪則桑托的隱居正好和凡爾納成「倒轉」式的對比。因爲和諾提拉斯號這個移動的「家」對照之下，迪則桑托的家就像一艘不動的「船」。的確，迪則桑托雖然身在家中，卻能品嚐旅途的滋味。套句現代用語來說，迪則桑托是個善於「幻想旅行」的名家。他在那間仿造船艙的房間裡放置了船運公司的遊覽地圖和船上用品，只爲了「不動一下，就能享受遠洋航海的瞬間感覺」。除此之外，小說《倒轉》裡面曾對他的幻想旅行做出生動的描寫。

作者在描述過行館室內佈置之後，筆鋒一轉，開始介紹主角想到的「幻想海水浴」。迪則桑托認爲，不需「從巴黎跨出一步」，只要到塞納河畔的維吉耶浴場，就能享受到海水浴的經驗。他解釋，只要在浴場的水裡加入硫酸鈉等「海水成份」，然後再一邊欣賞著「賭場照片」，一邊「瀏覽」描寫海岸風景的《喬安娜觀光指南》，就能達到目的。他的身子隨著塞納河的波濤起伏擺動，即使是身在巴黎，河水也能把他渡到「海邊」。關於這種「虛擬海水浴」，我們在本書第五章「快樂之水」裡面已經提過。現在我們要特別提醒大家的是，一向標榜標新立異的迪則桑托所提出的想法，很可能是受到當時一些媒體的影響。譬如《喬安娜觀光指南》就是一本介紹觀光的手冊，由於當時鐵路旅行蔚爲風氣，這本手冊也就受到大眾普遍歡迎。另一方面，迪則桑托之所以興起仿製海水成份的念頭，是因爲當時的媒體很流行刊載礦泉水和海水療法的簡介。譬如當時媒體在介紹礦泉水的時候，通常都會同時記載產地的溫泉地名稱，以及礦泉水的成份分析或是海水成份分析。這也表示，當時海水浴的治療功能比休閒功能更受人重視。

除了幻想海水浴之外，迪則桑托還提出過英國之旅的幻想旅行，這個構想也是深受大眾媒體的影響。那是在連續雨霧連綿的季節，一天午後，迪則桑托突然一時興起，想要到英國去旅行。他臨上火車前，想起要到書店去買觀光旅遊指南，於是他坐上馬車飛奔而去。迪則桑托一心想去購買的是貝地卡出版社發行的《倫敦旅遊指南》。《貝地卡旅遊指南》和我們前面提到的《喬安娜觀光指南》並稱爲十九世紀最受讀者歡迎的旅遊書。當時窗外下著大雨，迪則桑托坐在馬車裡一直奔向里佛里大道。這時一種錯覺突然襲來，讓他感覺彷彿已經置身於倫敦。迪則桑托這次幻想旅行雖然並未直接受到旅遊書這種媒體之影響，但多少也有些關連（譯註：因爲這次幻想旅行發生在去買書的路上）。後來，他爲了打發時間，走進一家英國人常去的酒店，身邊傳來嘈雜的英語讓他重新陷入置身倫敦的幻覺。但令人惋惜的是，迪則桑托這次的英國之旅最後只是一場幻想而已。

> 身處於架空的倫敦情境裡，迪則桑托感到溫暖幸福之感陣陣襲來。他身處於對面塞納河

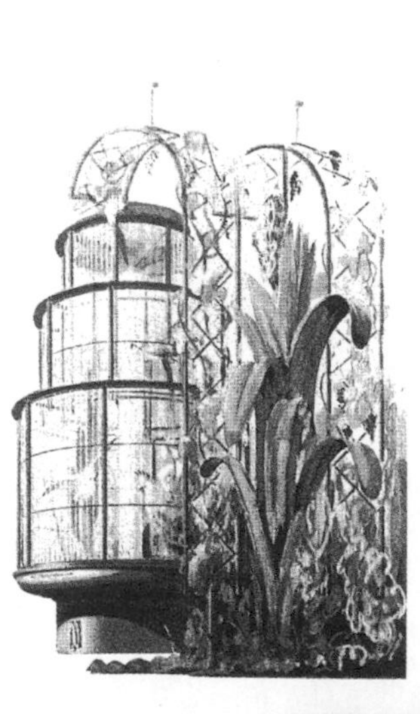

●上右：英國維多利亞王朝建設的皇家植物園（Kew Gardens）裡種植著茂密的椰子樹林，這裡是一處提供市民休憩的人工樂園。
●上左：諾曼地號的溫室設計圖。
●下：諾曼地號上的豪華溫室沙龍。豪華客輪做為移動的「人工樂園」必然會有溫室沙龍的設施。

的丘魯力庭園（Tuilleries），令人毛骨悚然的拖船汽笛聲不時地傳來，使人聽來恍如來自泰晤士河上的汽船。

事實上，迪則桑托這種「不動的旅行」亦即是對「逝去的旅程」進行再確認。當「未知之旅」結束的時候，「未知的場所」變成「已知的場所」。但人們對於旅途目的地的形象則往往先行於旅途的實踐。迪則桑托是個空前絕後的形象消費者。他「沈浸在溫暖幸福的氣氛當中」品嚐漫遊倫敦的滋味，他能毫不費力地將目的地的形象置於掌中。因爲他藉著蒐集當地情報以代替親身出門旅行。這種「不動之船」——對羅狄來說也是一樣——亦即是陳列異國記憶的博物館。迪則桑托位於封特內（Fontenay）的行館是一個「縮小的世界」，這裡蒐集了充滿異國情調的世界珍奇物品，《倒轉》這部作品被稱爲「頹廢主義的聖經」，而毫無疑問地，這本書確實曾對「觀光的世紀末」做出鮮明的寫照。十九世紀末，觀光緊跟在帝國主義開闢出來的路徑勇往直前，而「蒐集」則緊緊地跟在觀光之後，因爲「不動之船」正在將世界縮小，並同時企圖佔有世界。

在迪則桑托擁有的眾多蒐集品當中，最值得一提的是他對花草的蒐集。他最初同時蒐集了很多模仿熱帶植物製造的精緻人造花，緊接著，他開始想要蒐集「模仿人造花而培植的天然花朵」。身爲消費者菁英的迪則桑托只願意蒐集罕見奢侈的花兒。就拿蘭花來說吧，他認爲，「這種異國

之花早已被巴黎追放，它們住在暖房的玻璃宮殿裡，過著遠離塵囂的日子，實在堪稱植物界的女王。和那些街頭植物或中產階級花朵比起來，蘭花簡直沒有一處與它們相似」。迪則桑托開始專注地蒐集諸如蘭花之類「來自遙遠國度的奇花異卉」。他的蒐集品包括從哥倫比亞引進的單子葉植物、印度原產的蘭科植物、西印度群島的食肉植物等。這些充滿異國氣氛的植物讓他狂熱不已。與其說他沈醉於這些植物之美，不如說是植物將他帶離塵世的粗俗。擁有這種與塵世的「差異」使他感到愉快。在他那小型帝國般的方舟裡，迪則桑托快樂地滿足於自己所擁有的奢侈世界之片段。

羅沙林·威廉斯（Rosalind H Williams）在其世紀末消費社會論《夢幻世界》（*Dream Worlds: Mass Consumption in Late Nineteenth Century France*）裡說的很對，迪則桑托的人工樂園反映出了于斯曼的嗜好。小說裡這位花花公子有心想要成為一名消費者菁英，他的嗜好「就像哈哈鏡一般」能夠反映出世俗的品味。從這個角度來看，于斯曼的作品實在很容易在文化史上尋出脈絡並獲得解釋。

舉例來說，于斯曼曾寫到迪則桑托憶起自己在巴黎郊外居住時的情景。在那十一月的寒冷氣候裡，「人們在溫暖火爐包圍下過著人工氣候的日子」，就算是把這個充滿了安息香與天竺葵香水氣味的小城叫做「人工的尼斯」，或是「虛擬的蒙頓」也絲毫不足為奇。簡單地說，這些專程跑到南方避寒勝地去療養肺病的傢伙們實在太欠缺想像力……。而另一方面，我們從迪則桑托對「人工休閒勝地」所發出的戲謔式禮讚中亦能看出，中產階級會在一八九〇年代熱衷於避寒活動，並因此而蔚爲風尚。十九世紀末，廣大群眾所懷抱的樂園幻想逐漸形成了觀光風氣，而上述那些中產階級對人工「樂園」的愛好，則正好從相反的角度對這個現象提出了證明。

庭園裡的世界

就某種意義來說，十九世紀的巴黎也和《倒轉》這部作品一樣，扮演著「哈哈鏡」的角色。根據前面介紹的「夢幻世界」，作者威廉斯就特別提到萬國博覽會。事實上，萬國博覽會既是一個「縮小的世界」，又是一個巨大的博物館。萬博會本身像是一個化身爲庭園的世界，而到此一遊的觀眾除了眺望來自異國的陳列品外，同時也在此消費遙遠國度的形象，充分滿足「視覺觀光」的慾望。

萬國博覽會以這種「世界之庭園」形式盛大地展現在世人面前，是在一八七八年舉辦的第一次巴黎萬國博覽會。會中最有名的展覽館即是特洛卡德羅（Trocadero，譯註：後來於一九三七年改建爲Chaillot Palace），正像這次博覽會的別名——「殖民地萬國博覽會」所顯示的，法國企圖

經由主辦這次盛會而向世人展示其帝國主義的力量，包括阿爾及利亞、圖尼西亞、摩洛哥等法屬殖民地國家都在會場設置了展覽館，而且以其充滿「東方」風味的異國形象來吸引遊客。法國在一八七八年的普法戰爭中被德國擊敗後，爲了和德國對抗，法國開始增強殖民地的勢力。一八七八年的萬國博覽會之後，法國又在一八八九年、一九〇〇年分別舉辦兩次規模更大的殖民地萬國博覽會。這兩次展覽可謂濃縮了全世界「異國情調之庭園」。保羅・莫藍在《一九〇〇年》裡回顧萬國博覽會時曾指出：「法國完全不懂地理。可是地理現在自己跑到法國來了。萬國博覽會是一場無法界定時間與地點的混亂。」

在這個「異國情調之庭園」裡，世界的地點與時間反複遭到混淆。對於這種令人驚異的現象，一八八八年發表的萬國博覽會報告裡曾有詳細描述。說到一八八九年的萬國博覽會，會上最受人矚目的建築物就是艾菲爾鐵塔。本身具備升降梯功能的艾菲爾鐵塔會讓來訪的遊客獲得「眺望」世界的視覺快樂。另一方面，除了艾菲爾鐵塔之外，這次博覽會吸引了大量遊客的另一個理由，是圍繞在艾菲爾鐵塔腳下的許多南美洲國家的展覽館。這些國家包括：阿根廷、墨西哥、智利、委內瑞拉、巴西等。觀眾一踏進展覽館，立即受到幻覺的包圍，以爲自己已經身在南美。而在參觀過這些南美館之後，觀眾如果繼續再向前走，就會發現還有中國、摩洛哥、埃及等國販賣商品的攤位。

●上右：一八八九年巴黎萬國博覽會中央主建築的內部。
●上左：萬國博覽會上的「開羅大道」。
●下：「開羅大道」上的埃及人。

其中最使人驚異並且最受歡迎的，是埃及主辦的「開羅大道」。和其他臨時搭起的展覽館比起來，「開羅大道」不只是把開羅的古老建築原封不動地搬到了巴黎，同時還成功地重現了阿拉伯的歷史氣息。主辦單位特別從開羅雇來了兩百人，在大街上扮演商人與行人的角色。另外，主辦單位爲了讓異國情調的幻影更臻完美，甚至還在大街上安排了開羅的主要交通工具——驢子。當時主辦單位發行了一份小型參觀手冊《青色導遊》，相信當時很多遊客都曾經拿到這份手冊。而手冊裡曾對「開羅大道」加以介紹：

> 關於萬國博覽會，大家都喜歡亂用「奇觀」兩字來形容，但對於這條開羅大道，如果還是用這個字眼來形容，就顯然有些多餘了。……除了埃及的太陽之外，這條開羅大道可說是萬事具備。對那些只想花費一小時輕鬆遊埃及的遊客來說，開羅大道實在是最佳機會，它絕不會讓你失望。

這份參觀手冊說的沒錯，幾乎整個萬博會場都佈滿了「遠方的幻象」，對參觀者來說，這個博覽會場即是一個滿足人們「在家旅行」之幻想的場所。

實際上，這次博覽會和一年之後舉辦的一九〇〇年博覽會都曾大量活用兩項現代技術：一是活動畫景（panorama），另一是生態造景（diorama）。其中尤以大西洋輪船公司（Transatlantique）

在一九八九年博覽會場入口左側設立的活動畫景最引人注意。這家輪船公司成立於法國第二帝國時期，他們不僅擁有法國與北非諸國之間的地中海航線，同時亦致力於開拓通往各殖民地的航線，一八八〇年代，這家輪船公司並擁有法國通往北美的大西洋航線與通往南美的太平洋航線。一八八九年的博覽會期間，塞納河上漂浮著大西洋輪船公司的豪華客輪，主辦單位大量運用生態造景與活動畫景的技術，仿造客船靠近港口時的沿途海景，所有參觀者除了被引導參觀客船內部設施外，還被帶到甲板上親身體驗虛擬的航海感覺。而整個參觀過程中最值得一提的，是體驗豪華客輪「旅遊號」（La Touraine）的虛擬航海經驗。這艘假船的前端和眞實船身大小相同，後半部則以大型圖片代替。坐在駕駛艙中的遊客能夠體會自己駕船駛出魯爾堡港口感覺，這主要是藉著塞納河水流動的特性而造成逼眞的效果。而這項展示則因帶給人們「在家旅行」的經驗而廣受參觀者的歡迎。

由於一八八九年萬國博覽會這項展示獲得好評，法國更在一九〇〇年萬國博覽會上利用先進技術陸續推出類似「活動畫景（panorama）館」的「Cineorama館」與「Mareorama館」。在凡爾納的「驚異之旅」系列造成轟動的十九世紀末，整個巴黎都爲了追求異國情調而瘋狂。這是一個

「視覺觀光」大為流行的時代。從此之後，幻想旅行已不再是于斯曼個人獨享的專利品了。

夢幻世界

關於活動畫景廣受歡迎的現象，我們可從一九○○年萬國博覽會的簡介上窺出端倪。「從很久以前開始，活動畫景（panorama）和生態造景（diorama）就在我國深受大眾喜愛。理由其實很簡單。那就是我們不得不承認，除了少數人之外，所有的法國人都是旅行家。然而，都只是室內的旅行家。法國人都喜愛閱讀遊記，但和出海冒險或是遠征殖民地比起來，我們還是比較喜歡留在這個大好的國家——法國——國內。活動畫景剛好平衡了我們這種矛盾的氣質。因為有了這種技術，我們今天總算能夠處身於國內而又能同時享受美麗的風景。」羅沙林．威廉斯的眼光的確卓越獨到，事實正如他所指出，十九世紀末的法國正朝著帝國主義極盛時期邁進，在這兩次博覽會裡，法國利用光學媒體創造出「遠方的幻象」。這種先進特技不只麻痺了觀眾的感覺，也變化成一種能使人們忘卻現實的「夢幻世界」。

這裡提到的幻想旅行除了前面介紹的輪船經驗外，還有西伯利亞鐵路的虛擬實境展示。由於一八八九年大西洋輪船公司的豪華客輪在萬國博覽會上深獲觀眾喜愛，因此後來才有西伯利亞鐵

路幻想旅行的構想出現。觀衆坐進眞實的火車車廂，一邊享受豪華鐵路之旅，一邊觀賞沿途逼眞的圖片風景。從北京街景到烏克蘭平原，以及俄羅斯的都市景色，觀衆一路享受這趟幻想的鐵路旅行。一九〇〇年的萬國博覽會上推出的「生態造景館」則利用光學效果，將「遠方的幻象」推向更爲神奇的境界。當時年紀十二歲的保羅·莫藍曾以「幻覺的宮殿」爲題回憶這項驚異之旅的盛況。

走進「生態造景館」，轉瞬間，成群沈睡的馴鹿被搬到了烏克蘭。巴黎忽而成爲黑人的疆土，忽而成爲吹奏風笛的布爾塔尼人的天下，忽而又變成食用生魚的黃種人的國度。我們不斷遭受如此令人眼花撩亂的世界幻覺襲擊。愈往裡走，愈被這些奇景吸引。整個宇宙已置於我們的掌心。

說到宇宙的奇景，觀衆要是走進位於艾菲爾鐵塔右手邊那個直徑四十六公尺大的地球儀內部，令人驚異的感覺也會跟著大幅提高。因爲整個建築物內部就是一個天象儀（planetarium），觀衆走到這裡，就像是進行一場宇宙之旅。一九〇〇年的萬國博覽會是以「電氣精靈」爲主題，這次標榜高科技的博覽會充分利用光學設備，引誘人們從事各種幻想之旅。在各項展示中最令人驚異的首推「環遊世界館」。館內以極其怪異的方式混合各種奇景，從吳哥窟到日本的佛教寺院，以

•上：一八八九年萬國博覽會。穿過艾菲爾鐵塔能夠望見「異國氣氛之樂園」——特洛卡德羅。

•下右：一九〇〇年萬國博覽會的「mareorama館」展出自地中海至伊士坦堡的虛擬航海過程。

•中左：一九〇〇年萬博會的「生態造景館」展示大溪地風光。

•下左：一九〇〇年萬博會上由國際華根李公司提供的西伯利亞鐵路之旅的活動畫景。右側的活動畫景為從莫斯科到北京的窗外風景。

至於伊斯蘭的回教寺廟，觀眾只需繞館一周，就像已經體驗過一趟縮小的環球之旅。「遠方的幻象」不只是借用媒體來經營，還有整排的異國展覽館排列在巴黎傷兵院區（Invalides）大道上，遊客放眼所及之處，盡是充滿異國情趣的光景。由於一八八九年萬博會推出的「開羅大道」獲致成效，因此一九〇〇年萬博會主辦單位決定雇用更多異國的當地人到會場展示。可以說，這是一場眞正的殖民地萬國博覽會。所幸的是，這種政治意味在娛樂功能的包裝下，很巧妙地避開了人們的敏感。在萬博會這個巨大的世界觀光庭園裡，主辦單位準備了各種伴隨觀光而來的享受，只爲了讓遊客徹底達到「忘卻現在」的境界。莫藍在他的《幻覺的宮殿》裡記述著：

我們的雙眼變成一雙兒童的眼睛，像是被施了魔法一般，目不轉睛地盯著這些彩色相簿的畫頁。畫頁裡的內容豐富，彷彿是異國人種裝滿財寶的櫥櫃一樣。在那異國氣氛的背後，成堆的商品閃耀著妖精般的光芒。肚皮舞使人忘卻了統計的意義。統計學帶來的大量生產也混雜了如同詩歌一樣的藝術氣息。礦坑裡的勞動現在變成「坐著小火車漫遊」。而從前進行過的無數次破壞性的殖民地遠征，現在只留下回教清眞寺的塔尖。全球人種則在白人壓制下顯得混淆不清。

簡單地說，以上述方式將遙遠的異國形象紛亂混雜地陳列示眾，目的就是讓大眾徹底體驗

「活動畫景的知覺」，也是爲了使大眾都能輕鬆地成爲形象消費者。我們甚至可說，事實上，是因爲有萬國博覽會，才會有「逝去的旅程」。而前面介紹過的威廉斯對這種現象也有所說明：「多虧有了現代科技的協助，今天才有如此的展示。而過去無法實地進行旅行的人們，現在也因這些展示而興起好奇之心。從此以後，這種以往只有少數人才能享受的珍貴娛樂也開始對大眾敞開門戶，並成爲民主化的主要潮流之一。」對於十九世紀末那些沈醉於羅狄的異國文學的大眾來說，一九〇〇年萬國博覽會正好滿足了他們環遊世界的慾望。

在以「幻覺的宮殿」爲題的眾多大型展示區當中，最精彩的展覽首推彙集了歐洲國家殖民地的特洛卡德羅。整個展區是一個廣闊的庭園，設在庭園左半部的展覽館主要由法屬殖民地國家主辦，其中包括：圖尼西亞、蘇丹、塞內加爾等北非國家，以及安南、北越、柬埔寨等東南亞國家，還有一些歷史悠久的殖民地如：阿爾及利亞、馬提尼克群島（Martinique）、瓜德羅普（Guadeloupe）、奎亞那（Guiana）等。而庭園的右半部則聚集了法屬殖民地以外的殖民地國家展覽館。整個特洛卡德羅展區顯然就是一個以娛樂方式展現帝國主義之現實的「樂園」。擔任過外交官的莫藍這時還是一名少年，他曾數度探訪這個特洛卡德羅展示區。我們在前面介紹過，促使羅狄選擇海上漂泊生活的契機，是他在自己的「少年博物館」裡看到的一張粗糙的吳哥窟圖片。相同地，少年莫藍則在特洛卡德羅庭園裡的活動畫景中找到了海外國度的夢想。莫藍對特洛卡德羅庭園的回憶很顯然是和班傑明對「皇帝活動畫景館」的回憶（譯註：請參閱第九章「少年博物館」一節）彼此呼應的。而少年莫藍則在特洛卡德羅庭園裡發現了類似「遠方與過去並肩漫遊的水族館」的奇景。

我夢想中的王國，肯定就是特洛卡德羅。不說別的，光是那個水族館就叫人著迷。就是那個裝滿了從托爾維爾運來的海水的水族館。勒納爾（Jules Renard, 1864-1910，法國小說家）也介紹過那個水族館，說是裡面的「海馬像是領帶夾似的站得筆直」。走進這個水族館，我們能看到所有種類的熱帶魚，讓人弄不清自己究竟身在何處。除了熱帶魚，還有很多其他的魚類繞著水中沾了海砂的繩子游來游去。在這片從艾菲爾鐵塔一直蔓延到帕西附近的田園裡，住著阿拉伯人、黑人和玻利尼西亞人，我在這兒和他們共處了好幾天。非洲和亞洲現在就躲在巴黎的背後，而我夢想中的廣大宇宙也潛藏在這裡。我終於下定決心，將來長大以後要加入海軍。因爲這個特洛卡德羅的任何一個角落都讓我感到親近。譬如在那圖尼西亞館舉辦的商品交易會上，人們一邊吸著水煙，一邊觀賞舞女們的舞蹈，還有那立體畫景（stereorama）、阿拉伯宮殿，以及那倒映在塞納河面上的清眞寺塔尖……。我也像迪則桑托一樣，雖然足不出户，卻能經歷無數的驚異之旅。

●上：一八八九年萬博會的艾菲爾鐵塔展望台。高達三百公尺的鐵塔提供人們展望世界之「視覺的快樂」，以及手握世界之「高度的幻想」。

●下：一九〇〇年萬博會上艾菲爾鐵塔之下直徑四十六公尺的巨型地球儀。地球儀內部為天體儀，展示宇宙之旅。

這個使少年莫藍嚮往海上生涯的水族館完成於一八七八年。水族館本身原本是一個地下洞窟式的建築物，另外又裝置了生態造景的設備。在這次以電氣爲主題的萬國博覽會上，主辦單位以變換地底海水顏色的手法，大大地提高了幻覺效果。一八七八年萬博會的地下水族館使人聯想巴伐利亞（Bavaria）的瘋狂國王盧威格（Mad King Ludwig）所建的岩洞城堡，而一九〇〇年萬博會的水族館則帶給人們熱帶樂園的夢想。而特洛卡德羅則是最適於培育「視覺的帝國主義者」的夢幻世界。

當時的人們究竟對這種夢幻世界如何狂熱，我們可從萬博會空前的入場人數得到證明。事實上，十九世紀末的巴黎萬博會不僅獲得人們瘋狂的熱愛，這段時期也正是巴黎做爲「十九世紀的首都」傲視整個歐洲的時代。莫泊桑在一八八九年發表的作品中也曾提到萬國博覽會深受人們歡迎。是的，艾菲爾鐵塔剛好就爲了這一年的萬博會而興建的。而莫泊桑則是反艾菲爾鐵塔的激烈分子。他爲了表達自己對這個建築物的不滿，不僅是離開了巴黎，甚至還離開法國，前往義大利去旅行。莫泊桑在其遊記的開頭記錄著萬國博覽會的異常嘈雜：

……全世界的人們都跑到巴黎來了，究竟巴黎會變成什麼樣兒？我眞是難以想像。打從那天開始，道路（如果還叫做道路的話）上面擠滿了人們，人行道（如果還叫做人行道的話）上面擠滿了像是洪水一樣的群眾。這些人全都是要到萬國博覽會去的，或是從萬博會回家的，也有的是再度前往萬博會去的。路上停滿了等待載客的馬車，那整條長龍像是漫長的列車。沒有一輛馬車是空的。馬車司機絕不肯去萬博會以外的地方。即使肯去，也是因爲他到了交班時間要回車庫。酒店的廂型馬車一輛也看不到。全都被那些外國來的陌生暴發户坐出去了。

「撲鼻的熱氣、灰塵、臭味、還有興奮得流了滿身大汗的人群」——正是這種空前的熱鬧把莫泊桑嚇得逃出了巴黎。但另一方面，這篇文章實在忠實地傳達出萬國博覽會驚人的繁華。整個萬國博覽會期間，巴黎名副其實地成爲「十九世紀的首都」，它的喧囂將全世界的人們引向一個夢幻世界。

想像的東方

事實上，巴黎這個人工樂園並非只有萬國博覽會而已。萬博會只不過是反映日常生活的「哈哈鏡」，而在萬博會場之外的日常生活裡，還有許多其他的人工樂園。就如威廉斯曾經指出的，百

貨公司就是其中之一。十九世紀末舉辦的兩次萬國博覽會所展示的內容從「生產品」變成「消費品」，又從「消費品」變成「形象」。這種改變的背景顯示出一個事實：中產階級的消費傾向早已轉變為形象消費。

左拉在以百貨公司為主題的小說《淑女樂園》（*Au bonheur des dames*）裡，曾對店員推銷形象的策略進行生動描寫。譬如其中有一段關於推銷地毯的策略。「到了那天，百貨公司的玄關大廳突然變成了極具東方氣息的沙龍」，放眼所及之處，全是「閨房的擺設」。而「土耳其、阿拉伯、波斯和印度」齊聚一堂所營造出來的異國氣氛則使人心醉，到此購物的顧客不由得產生「夢幻庭園」的錯覺。左拉這部小說出版於一八八三年。而羅狄的小說成為暢銷作品是在三年之後，也就是一八八六年。這時東方熱已經成為時代的流行趨勢。百貨公司這種商業空間也開始仿效萬國博覽會，利用玻璃櫥窗將商品形象化，同時還經由陳列方式將櫥窗變成賦予顧客夢想的「夢幻世界」。顧客一旦踏入這個「夢幻世界」，就會發現這裡是個充滿異常氣氛的小型異國。十九世紀末的百貨公司提供顧客邁向中流階級的夢想，換句話說，百貨公司也就是常設的博覽會場。

這部小說最後一章描述百貨公司在新館建成時，舉行了一場「白色祭典」，而百貨公司趨於「博覽會化」的努力也在這時到達頂點。這一天，百貨公司裡面佈置成清一色的雪白，從高級蕾絲窗簾，到床單、內衣等，凡是舉目所及之處，全都是光潔眩目的白色蕾絲與薄紗，整個店內像是正在舉辦一場「白色博覽會」。「無數薄紗和各種花樣的蕾絲從屋頂垂下，在這片白色天空、白色雲彩之上，朝陽的光芒將那些纖細的編織針孔照得宛如朝霞」。顧客們走進這所白色殿堂之後，立刻忘卻了現實，在四周全是「極東的嘈雜之聲」的包圍中，人們感覺自己彷彿被帶到了「並非身在其中」的異國。這是一個「旅行」、「愉悅」和「消費」三者合而爲一的世界，也是一個名副其實的消費者的夢幻世界。

左拉描繪的這個「白色博覽會」同時還顯現出另一項事實，那就是東方熱的曖昧。這裡所指的「曖昧」和地理上的正確性毫無關連，但百貨公司提供的這個由奢豪、安逸及「陌生物品」三者混合而成的形象空間，卻使人感受到「極東的嘈雜之聲」。這裡所謂的東方熱，其實是一種使人忘卻現實的裝置，也是如同羅狄的「夢之浮舟」一般，能夠帶人遠離「現實的岸邊」的消費樂園。我們在前面曾經提到威廉斯的著作《夢幻世界》，這本著作的副題爲「十九世紀的大眾消費」。威廉斯以「消費」的觀點來討論東方熱，實在對問題的癥結看得非常透徹。很顯然地，不論是羅狄製造的東方氣氛深受讀者熱愛，或是百貨公司成功地利用東方熱做爲銷售手段，造成這兩種結果的理由都是相同的。因爲所謂的東方熱其實就是一種「反勞動」形象的同義字，唯有「怠惰與安逸」，才是東方熱產生魅力的源泉。這也是人們始終都把「東方」與「閨房幻想」相提並論的理由。

●上右：百貨公司的地毯特價廣告。
●上左：巴黎的阿拉伯式浴室。
●下：布萊頓的皇家別墅（Royal Pavillion）。內部裝飾成中國風味。屋頂上面繪著椰子樹葉，使人產生獨特的樂園幻想。

事實上，十九世紀末流行的東方式樣（更正確的說法，應該是指各種非歐洲式樣的混合）曾對娛樂設施發生相當的影響，這項事實足可證明上述理論。史坦分・古柏坎（Stefan Koppelkamm）的《想像的東方》（*Exotische Bauten des achtzehnten und neunzehnten Jahrhunderts in Europa*）是一部討論歐洲之異國風味建築物的論著，古柏坎在文中指出：

> 東方已經成爲西歐文明的反論。都市生活的繁忙與生產社會的功利心等使人們幻想完全不同的人生型態。而西洋與東洋的關係則被侷限於勞動與享樂的模式。

大致來說，東方式樣曾對十九世紀的建築物發生極大影響。「在建築方面，東方化式樣幾乎全都表現在『光明的建築物』之上。這表示，東方形象一開始就規定了建築物的目的性。只有『光明的建築物』才適用東方式樣。因此，譬如咖啡館、浴場、賭場、劇場、避暑勝地的建築物、海邊或溫泉地的別墅等全都有意地採用東方式樣。」正如同上述古柏坎所說的，「東方即安逸」的模式完全適用於使人忘卻日常生活的休閒建築。

事實上，維琪的療養設施通常都擁有清眞寺式樣的高聳圓頂，這是很多人都知道的，另外，這些療養設施周圍的別墅也以具有異國風味的建築爲多。譬如加尼爾（Jean Louis Charles Garnier, 1825-1898，法國建築師，巴黎歌劇院的設計者）在維特爾（Vittel）設計的賭場就是採用玻璃與圓頂構成的溫室型態的建築。而諾曼地海濱的休閒地也有很多外觀充滿異國情調的別墅。這股東方熱不只是溫泉地和休閒地的專利，就連巴黎市內的浴場也逐漸以東方氣息做爲宣傳標誌。十九世紀前半曾經盛極一時的社交場所「凡西諾瓦」，就以其內部中國風味的裝潢做爲商標，這家浴場裡面的閱覽室到浴室，全都裝飾得古色古香，甚至連肥皀和化妝品都是從中國直接進口的。而另一家位於馬修藍大道的「哈瑪姆」浴場則以純粹的阿拉伯式裝潢以滿足顧客的東方幻想。除了這些奢華的高級浴場外，當時就連廉價的大眾入浴設施都裝潢得美侖美奐，譬如位於塞納河畔廣受大眾歡迎的樂善（La Samaritaine）水浴場，就是以其富於東方氣息的裝潢深獲好評。最值得一提的是，這間浴場的屋頂上放置著「鐵皮椰子樹」做爲招牌。

樂善水浴場的招牌實在算不上恰到好處的東方裝飾。這個聳立在巴黎街頭的鐵皮椰子樹不免令人想起另一個代表性的休閒建築。那是一座別墅，裡面同樣地也裝飾著鐵皮椰子樹。不過這座別墅和一般大眾的休閒建築相去甚遠，因爲這是英國國王喬治四世建於現代休閒發祥地布萊頓（Brighton）的皇家別墅（Royal Pavillion）。這座不同於一般規模的別墅自十八世紀末開始動工，前後花費了十五年時間不斷進行改裝，最後終於以「混合式樣」之極致的型態呈現在眾人面前。在眾多呼喚東方幻想的建築物當中，這座別墅具備其特殊之紀念價值。布萊頓至今仍是觀光名勝，遊客在此緬懷當年大英帝國佔領亞洲的風光時，同時亦能感受到當時風行一時的東方熱。

參觀皇家別墅的遊客一進門就會被那洋蔥形狀的印度式圓頂所吸引。這種造作的印度式外觀使人立即就能感受到「混合式樣」的氣息，而等到遊客走進建築內部，就不免會被那大膽的混合模樣而感到震驚。因爲這座建築內部全部採取中國風味的裝飾。地面鋪著繪有青竹的薔薇色地毯，室內陳設著竹製桌椅與長凳，還有中國佛像、生鐵仿製的綠竹。除了生鐵的綠竹之外，所有物品都是由東印度公司從中國運來的。用「品味極差」來形容這座別墅的裝潢絕不過份。你瞧那屋頂上畫著的香蕉葉使人的幻想一發不可收拾，而從天花板上垂下來的花朵形狀的大吊燈上面居然裝飾著鐵龍。更驚人的是，在那面積甚大的廚房裡面還擺設著四株生鐵製的椰子樹。

這座皇家別墅將參觀者帶進一處「不存在的亞洲」，而與皇家別墅齊名的皇家植物園（Kew Gardens，譯註：正式名稱爲THE ROYAL BOTANIC GARDENS, KEW，因位於克佑Kew而得名。）則以「幻想的亞洲」庭園而聞名。這兩個觀光名勝可以並稱爲大英帝國東方熱的代表性紀念物。十九世紀末，東方式裝潢在英國各地建起了「不存在」的人工樂園。

優雅的帝國主義

皇家別墅的竹子或椰子樹的裝飾提醒我們，東方熱的時代也正是「博物學」的時代。于斯曼將其筆下的小說人物迪則桑托描寫爲喜愛溫室的青年，這件事正好反映出一個事實：珍貴的南洋植物是編織人工樂園夢想時不可或缺的小道具。十九世紀末，無數的植物探訪者將各殖民地所產之植物帶回英國本土，當時的中產階級之間，非常流行興建溫室。關於這一點，林巴伯（Barber Lynn）在《博物學的黃金時代》（*THE HEYDAY OF NATURAL HISTORY*）裡面曾有詳盡描述，而當時用來建造萬國博覽會場、車站、百貨公司的材料：鐵與玻璃，也正是建造「溫室」所需之材料。大家都知道，倫敦第一次萬國博覽會場裡的水晶宮（Crystal Palace）設計者帕克斯頓（Sir Joseph Paxton, 1801-1865，英國代表性的園藝專家與溫室設計師），本身就是一名溫室設計師。古柏坎在他的溫室論《人工樂園》裡面曾提到，林巴伯是第一位將亞馬遜產的大鬼蓮（Victoria amazonica）帶回英國培植成功的人物，他的另一項著名事蹟則是將英國產的大鬼蓮訂名爲「維多利亞女王」，並將之呈獻給英國女王。當時正是帝國主義的黃金時代，同時也是植物學的黃金時代。從十八世紀起，皇家植物園就把無數的植物探訪家送到全世界各地。可以說，現代休閒先進國的英國亦是溫室的先進國。

博物學最先由英國王室帶頭發展研究。一八四五年，英國取消了玻璃稅，從此之後一般大眾也能隨意使用玻璃。博物學從這時起才逐漸普及到中產階級。大眾除了對溫室情有獨鍾外，對以觀葉植物裝飾建築的室內裝潢也深感興趣。前面提到的林巴伯曾因設計出培養植物用的玻璃盒而

名聲大噪，他最喜愛的觀葉植物爲：蘭、葉蘭，以及有「植物的寶石」之稱極爲珍貴的孢子類植物。在當時那個時代，溫室還是王公貴族的專利品。而一般所謂的異國植物，大致就是指專產柑橘類的地中海沿岸的植物，直到十九世紀末，諸如咖啡、可可和椰子之類的熱帶植物才逐漸受到人們珍視。而在眾多熱帶植物當中，椰子身爲熱帶的標誌且被林內稱之爲「植物界之侯爵」，所以最受大眾喜愛。隨著殖民地主義的擴張，「想像的東方」之範圍也就愈來愈往南方擴展。

在同一時期，英國研究植物學的風潮也越過了多佛海峽，向法國席捲而來。國立植物園（**Jardin des Plantes**，現爲法國國立自然史博物館（National Museum Of Natural History），建於一六二六年，原爲皇家花園）這時不但開放給一般市民做爲大眾休閒的場所，同時也成爲十九世紀觀光巴黎時必遊的名勝之一。當時由於受到英國吹來的溫室之風，巴黎市內也開始興建以娛樂性爲主的溫室建築。其中之一就是一八四七年開幕的冬季花園（Winter Garden）。特克歇（Edmond Texier）在他的著作*Tableau de Paris*裡曾對這個位於塞納河畔的冬季花園進行生動的描述：

在那水晶圓頂之下，來自奧勒岡州或里約熱內盧的各色鮮花在暖氣發出的熱力呵護下持續著生命，不斷地生長。……在那滿身長著尖刺的仙人掌身邊，排列著夢幻之花——蘆薈；而在那伸展著茂密枝葉的石楠花兩邊，則展示著各色爭豔的山茶花。

而在上述這些植物的旁邊，還有身長葉寬的椰子樹和香蕉樹。「集世界之花於一堂」的這個冬季花園，實在是靠「金錢之力量」而建起的「地上樂園」。但這個出現在巴黎市中心的臨時熱帶卻在一八六〇年，隨著巴黎改造計畫的進行而消聲匿跡，取而代之的，則是目前位於布隆尼森林裡的大溫室。巴黎改造計畫原本是要仿效英國進行都市綠化政策，布羅尼森林的這個溫室目前成爲巴黎人所喜愛的遊樂場所之一。

這時正値法國的第二帝國時期，除了公園之外，個人住宅也開始流行興建溫室沙龍。奢侈的溫室設備原本只有王公貴族才能享用，而從這時起，富裕的中產階級也開始將溫室納入室內裝潢的一部分。直到十九世紀末，這種溫室沙龍始終都很流行。左拉在一八七一年發表的小說《瓜分獵物之前》，曾經生動描繪當時富有的中產階級競相興建溫室的情形。土地投機商人沙卡爾因巴黎改造計畫而賺到了大筆資金，他在一夕之間變成了億萬富翁，因此決定在富裕中產階級聚集的巴黎第八區興建豪宅。等到他那背靠蒙索公園的宅邸建成之後，沙卡爾又在旁邊建起一座豪華的溫室。室內終年洋溢著溫暖的空氣，他在那棕櫚樹與椰子樹的龐大樹葉底下，種植著茂密的朱槿、蘭花與孢子植物等富於異國氣息的熱帶植物。溫室內還有蜿蜒曲折的小徑，沿路有蔦蘿纏繞著樹枝做成的拱門，再往溫室深處走去，還能看到熱帶水生植物漂浮在水盤裡。就在這個充滿「燃燒般的熱帶植物」的火熱溫室裡，沙卡爾的續絃露娜和他的兒子馬克西姆在此沈溺於愛慾的祕密之中。這是一個享受「歡愉」特權的場所。因爲東方熱總是和「性之放縱」的夢想連在一起。

莫泊桑的小說《貝拉美》裡也同樣提到了溫室沙龍。這部完成於一八八三年的小說裡充滿了眞實故事。在即將迎來一八九〇年代的當時，法國企圖正式擴張殖民地，因此將國內的金融資本大量投入海外公債投機事業。而另一方面，法國也在一八八三年連續佔領了北非的唐吉爾（Tangier，譯註：位於摩洛哥北端，面臨直布羅陀海峽的海港城市，具有出入地中海的戰略地位）及其他地中海沿岸地區，法國上述的海外投資並因而獲得保障。當時以甘貝達（Leon Gambetta, 1838-1882，法國政治家）爲首的政治家與銀行家互相勾結圖利的醜聞轟動了法國朝野。而這部以描寫當時政界、財閥與新聞界之黑暗面爲主題的《貝拉美》，則將上述醜聞做爲故事背景，同時還加上了消息靈通的新聞記者投資公債與殖民地土地，而一躍成爲百萬富翁的插曲。小說裡的暴發戶富豪們花錢買進貴族的豪邸之後，便錦上添花地在旁邊建起傲視群雄的溫室沙龍。

那個冬季花園裡種滿了巨大的熱帶植物。它們大得幾乎碰到屋頂，而在它們的陰影下，躲藏著許多珍貴罕見的花朵。陽光像是銀色雨絲一般傾注下來。而在那墨綠的陰暗之處，迎面撲鼻而來的，則是溼潤土壤發出的溫暖氣息以及強烈的鮮花香氣。

在那巨葉覆蓋得有如棕櫚樹傘的溫室裡，還有「寬敞得能在裡面游泳的白色大理石水池」。「池底鋪著金粉，鮮紅色的大魚在水中游來游去。這些眼睛突出，鱗上具有青色條紋的變種魚類是來自中國的特產。看牠們優游在水中的模樣，彷彿是在水中漫步的中國大官，而待牠們駐留在金色沙底時，則又令人想起奇妙的中國刺繡。」莫泊桑的小說將當時由東方熱與熱帶樂園合成的溫室沙龍模樣生動地展現在讀者面前。另外值得一提的是，莫泊桑位於巴黎的書房也是由溫室改造的。而不論是于斯曼或莫泊桑的作品，都能讓我們一窺十九世紀末盛行一時的溫室風潮。

像溫室這種最初只限於富裕階級之間流行的人工樂園，最後終於發展成萬國博覽會這種萬人同樂的形式。一八七八年舉辦的巴黎萬國博覽會主題會場戰神廣場（Champ de Mars），即是以英國式庭園加上溫室的熱帶形象，另外再配上「園藝」爲展示內容。由於這次的園藝展覽深獲大眾好評，法國又在一八八九年萬國博覽會上開闢了面積更大的庭園特洛卡德羅，而在一九〇〇年的萬博會上，主辦單位甚至還在塞納河畔興建了兩座大型溫室。另一方面，在這些充滿異國氣氛的動植物的點綴下，萬國博覽會場也變成了「巴黎市內的熱帶」。

當時有很多人深愛這種「巴黎市內的熱帶」而經常在那兒流連忘返，其中最有名的就是畫家盧梭（Henri Rousseau, 1844-1910，法國畫家）。業餘畫家盧梭從來沒到國外去過，他僅憑著參觀國立植物園（Jardin des Plantes）與萬國博覽會場的「人工樂園」，持續不斷地畫出奇妙又眞實的

熱帶風景。盧梭本身是以描寫異國風味著稱的作家羅狄的忠實讀者，他對羅狄崇拜的程度可從他親自爲羅狄畫肖像看出。我們由盧梭的作品得到的結論是，印象派畫家以塞納河畔的水邊野餐風景做爲主題，畫出「巴黎人的星期天」的現代風貌，而到了十九世紀末，藝術家們所關心的主題已經轉向「眼前」並不存在的異國風物。遠在天邊的南國樂園幻影（simulacre）征服了盧梭的靈魂，也征服了高更的靈魂。隨著法國殖民地範圍不斷擴大，幻想中的南方樂園先被引進都市內部，接著又以室內裝潢的方式被引進私人宅邸，最後甚至佔據了人們的心靈。總而言之，十九世紀末的歐洲正企圖將炎熱的「南方」據爲己有。

事實上，就在列強競相爭奪地球的「東方」與「南方」的同時，顯然上流社會正在優裕的「北方」優雅地消費「南方」。舉例來說，當時的豪華客輪的內部裝潢即是典型的例子。大家都知道，第一次世界大戰前的黃金時代即是「豪華客輪的黃金時代」，船艙做爲「移動的社交界」必不可少的設備就是具有伊斯蘭風味的吸菸室和溫室沙龍。而南國植物則是象徵有閒階級享受「安逸」的舞台佈景。

關於上述的現象，我們也可從法國畫家提索（James Tissot, 1836-1902）的作品中獲得證明。提索專門以英國上流社會生活爲主題。他的兩幅作品「溫室裡」（In the Conservatory）和「里拉的花束」同樣都是描繪溫室沙龍內的景象。這兩幅充滿優雅風情的畫中佈置著葉闊枝大的熱帶植

•上：流行於世紀末巴黎的溫室沙龍。

•下右：「北方」的歐洲消費「南方」之土地。卡爾・布勒臣（Carl Blechen, 1789-1840，德國畫家）所繪的「棕櫚之家」(Palm House)。

•下左：提索的「溫室裡」(1875-1878)。

物，還有枝葉茂盛的棕櫚。畫中的溫室裡擺著一個大型花瓶，極可能是來自印度或中國的特產。還有一個看來像是中國製的豪華鳥籠，毫不掩飾地反映出這間溫室沙龍的奢華。幾名正在聊天的少女坐在這間以溫室爲背景的沙龍裡，她們身穿最新流行的優雅服飾，一邊在鋪著中國式桌巾的茶几上分置「紅茶」。一邊享受著愉快的午茶時間。而這幅景象所表現的，正是優雅的帝國主義已將「南國的富裕」變成了室內裝潢。

當「逝去的旅程」消失得無影無蹤時，遙遠的異國反而變得越來越近，因爲這時「異國」重新以「室內裝飾」的型態出現，並且化身爲「視覺的帝國主義者」們社交專用的巧意匠心。

第十一章

海與寶石

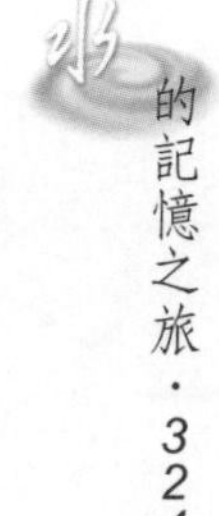

「裝飾」的世紀末

萬國博覽會蒐集了數量繁多的異國形象，提供人們進行「視覺的觀光」，另一方面，萬國博覽會也是一個充滿異國情趣的樂園。帝國主義的時代正好也是博覽會的時代，整個世界都被進行分類，同時也被陳列於法國的「庭園」之中。事實上，分類與陳列這類適於「帝國」從事的任務這時也有人在私下反覆爲之。譬如我們在前面介紹過的小說人物迪則桑托，他從世界各地蒐集了各種各樣的珍奇物品藏在宅邸裡面。迪則桑托的住宅可以說就是一座私人博物館。相同地，博覽會時代亦是日趨繁盛的「室內裝飾」時代，而于斯曼的《倒轉》則稱得上是世紀末室內裝飾的聖經。因爲主角迪則桑托是一名「美的生活」的忠實崇拜者，他對室內裝飾講究至極。正像威廉斯在其著作中所指出的，萬博會場是「展示形象的場所」，也是「裝飾錯亂」的地點，特洛卡德羅的確已經蔓延到萬博會場外了。

我們已經在前面提到很多次，十九世紀末是「旅行」與「室內」合而爲一的時代。請大家回想一下那位善於描寫異國氣氛的作家羅狄，他從遙遠的東方蒐集了爲數衆多的「精鍊品」帶回家鄉，並在那兒建起自己的私人博物館。羅狄不僅興建了「土耳其室」、「清眞室」，他更深愛在充滿異國情趣的室內裝飾中生活。這位終生都在旅行的作家也是一位始終愛「家」的室內裝潢師。另外還有一對兄弟作家龔固爾（Edmond-Louis-Antoine Goncourt, Jules-Alfred Huot De Goncourt），他們則以精於收藏富有日本風味的裝飾品而聞名。總之，十九世紀末是帝國主義的時代，也是「裝飾」的時代。

就拿作家左拉來說，當時這股時代風潮當然也對他發生相當的影響。我們在前面曾經介紹過左拉的梅塘宅邸，這位自然主義作家在他的「私人帝國」裡放滿了古董，而他引以自豪的撞球室則表現出當時流行的室內裝飾潮流。除了撞球室，當時所流行的室內裝飾還包括從一九八〇年代起就受人歡迎的「吸菸室」。左拉在小說《瓜分獵物之前》曾對「吸菸室」做出生動描寫。這部大眾小說的內容包羅萬象，從溫室沙龍到豪華化妝室，還有當時流行的室內裝潢，當然也就少不了「吸菸室」的描寫：「寬敞的沙龍內部有好幾間圓形的房間，吸菸室就在其中之一。牆上裝飾著有窗台的窗戶、阿爾及利亞式的緞帳、仿西班牙皮革花紋的壁紙，整個房間看來既奢華又簡樸。地毯上還鋪著波斯紋的腳墊。」那些上流社會的紳士們便在這放滿大型躺椅的吸菸室裡互換心得、享受悠閒。

在十九世紀末的當時，許多藝術家都超越黨派齊心關注著「裝飾」。譬如象徵派詩人馬拉美就是其中的一人。這位著名詩人對裝飾懷著非比尋常的熱情，他甚至夢想創辦一本有關「裝飾藝術」

的雜誌。一八七四年，馬拉美嘗試將夢想付諸實現，他開始動手編纂時尚雜誌《最新流行》，並在雜誌裡發表意見：「『裝飾』！這個名詞代表了一切。」事實上，這本雜誌雖以介紹時尚為主，但從婦女隨身裝飾品到服裝附屬品都在介紹範圍之內。除此之外，馬拉美的興趣範圍甚至還涉足室內裝飾。

馬拉美憑著詩人的想像力而在「空間的裝飾」這個題目上大做文章。他認為，在裝飾空間方面最叫人傷腦筋的問題是「屋頂」。「屋頂就像一張沒有寫詩的白紙……宅邸裡的主人彎身坐在靠背椅上，他抬頭望去，視線所及之處盡是這樣的『空間』跳進眼簾。這時，法國式的屋頂畫，或具有田園風味的美麗鑲嵌格子屋頂就不會令人覺得礙眼。」一片空白的空間被詩人比喻為「像一張沒有寫詩的白紙」，因此必須利用洛可可（rococo，譯註：十八世紀流行於法國的裝飾式樣——以貝殼和小石子稍加變化，用來裝飾室內）式的屋頂畫，或是美麗的鑲嵌格子來裝飾。其實，我們也許應該說，馬拉美所提出的屋頂裝飾構想早已超出室內裝飾的範圍，他的比喻表現出企圖裝飾「空間」的意志。空無的「空間」非得靠「美」來裝飾。因為眞的是「非裝飾不可」。馬拉美推出的雜誌《最新流行》每一期都詳細記載著當時流行的時尚，甚至連時尚的色彩與形象都鉅細靡遺地描繪得一清二楚。舉例來說：「早晨的裝飾品是繫了薔薇、青色或灰色繩扭的黑絹扇，而到了慶典時則換成彩繪的白絹扇。」遇到晚宴或晚會時，則「配戴光耀奪目的黃金或紅寶石手鐲，另外還可配上切工完美的鑽石，或是幾個瑪瑙浮雕的戒指。」——馬拉美的筆下充滿了這樣如夢似幻的「夢幻之裝飾」。很顯然馬拉美也和左拉或于斯曼一樣，都是一個典型的「世紀末人類」。

馬拉美在他介紹巴黎的文章中，把他所擁有的時代感覺更鮮明地表達了出來。他在《最新流行》執筆撰寫文章是在一八七四年。這一年正是第一次印象派大展在巴黎舉辦的時期。就像印象派畫家描繪的「光之都」一樣，巴黎這時因為郝斯曼的都市改造計畫大功告成，而以嶄新光鮮的面貌重新展現在大眾面前。整個巴黎市為了迎接加尼爾設計的巴黎歌劇院（Paris Opera House）即將在第二年竣工，而顯得充滿了祭典氣氛。馬拉美曾對煥然一新的巴黎做出描述：「大家做夢都想不到的新歌劇院，籠罩著像是明天就要開幕的氣氛。暮靄宣告著夏季即將結束，秋季將要來臨；金色的阿波羅神像則高高地聳立在歌劇院門前。」以這篇盛讚新歌劇院的流行報導來看，唯有巴黎才稱得上是「十九世紀的首都」，巴黎同時也是領先全世界最新流行的時尚都市；而只有巴黎這塊特權的空間才能綻放出「裝飾之美」的花朵。

馬拉美在《最新流行》第一期的開頭曾以寶石比喻巴黎。「讓我們來尋找『寶石』。找一個獨一無二的寶石。在哪兒能找到呢？我跟你說，隨處皆是。因為這樣的寶石在全世界雖然『數量有限』，可是在巴黎卻『不勝枚舉』。巴黎帶給我們一個寶石的世界。」事實上，巴黎這個都市本身即是一個「寶石世界」，和這顆光輝燦爛的寶石比起來，其他的都市只不過是褪了色的石頭而已。

DEUXIEME LIVRAISON DIMANCHE 20 SEPTEMBRE 1874

LA DERNIÈRE MODE

FAMILLE

PARIS
Un an . . . . 24 f.
Six mois 13

DIRECTEUR :
MARASQUIN
9, Rue de Chateaudun, 9

FRANCE
Un an . . . . 26 f.
Six mois . . . 14

PARAIT

LE 1er ET LE 3e DIMANCHE DU MOIS

AVEC LE CONCOURS

DES GRANDES FAISEUSES, DE TAPISSIERS-DÉCORATEURS, DE MAITRES QUEUX
DE JARDINIERS, D'AMATEURS DE BIBELOTS ET DU SPORT

NOUVELLES & VERS

DE THÉODORE DE BANVILLE, LÉON CLADEL, FRANÇOIS COPPÉE, ALPHONSE DAUDET, LÉON DIERX, ERNEST D'HERVILLY, ALBERT GLATIGNY, STÉPHANE MALLARMÉ, CATULLE MENDÈS, SULLY PRUDHOMME, LÉON VALADE, AUGUSTE VILLIERS DE L'ISLE ADAM, ÉMILE ZOLA, ETC.

MUSIQUE

PAR LES PRINCIPAUX COMPOSITEURS

TOILETTES DE PROMENADE

・上：馬拉美的《最新流行》第二期之封面。
・下：同期雜誌之內頁。

唯有巴黎歡欣地自成一個世界。也只有巴黎這個都市既是市場又是博物館。

這裡指出巴黎「身兼市場與博物館兩種角色」，因爲巴黎既是萬國博覽會場，也是百貨公司等時尙產業興起的地方。而馬拉美對巴黎的禮讚則描繪出裝飾著豐盛商品的夢幻消費都市，同時也是在向世人介紹「巴黎神話」的典型。

馬拉美盛讚的「巴黎神話」其實已和「時尙神話」合而爲一。如果把精工雕琢、光輝燦爛的都市比喻爲寶石，那麼點綴在都市空間的女性服飾所散發出的耀眼光澤當然也和寶石不相上下。身穿蕾絲與薄絲衣裳的仕女們閃耀著「彩虹或貓眼石一般」的光輝，她們散發出「寶石的光芒」令人無法仰視。

當時的一八七〇年代正是腰墊式（bustle style，譯註：上身緊身，細腰身，長裙腰後臀部上方有腰墊）洋裝的全盛期。仕女們身後拖著多層重疊縐褶組成的優雅長裙，身上穿戴著人造花和寶石等光鮮裝飾品，這種裝扮都市社交界最新流行的正是馬拉美所盛讚的「美」之衣裳。馬拉美曾經點名稱讚高級時裝設計師沃斯（Charles Frederick Worth, 1825-1895）：「大家都在無意中夢想著這樣的服裝。然而，只有沃斯一個人擁有特殊的技術，懂得如何製做大家夢想中的服裝。」

高級服裝創始者沃斯也是篷裙式（crinoline style，譯註：細腰身，腰部以下呈瀑布式長裙，內有硬質襯裙撐起）洋裝的發明者，他並因此而聞名於世。而這種洋裝以束腹（corset）捆綁女性身體的特點早已是服裝史上眾所周知的事實。套用反諷式的想法來看，這種打著時尚之美為招牌的《最新流行》言論，其實正是包藏在假借流行時裝為名之「裝飾」裡的典型男性主觀想法。

十九世紀末是個室內崇拜的時代，而每家之中最大的裝飾品正是「女人」。事實上，幾乎所有的物品都可用來裝飾女人的身體，同時也裝飾了男人的財產總目錄。在這個以「室內」為主的世紀，私人領域的範圍越來越向外發展，而從某種意義來看，女人其實已被囚禁在「裝飾」之內。我們甚至可說，馬拉美的時尚論即是在讚美這些被囚禁在「內」的「家中女人」。

那些被囚禁在「家」、「衣裳」和「美」之中的女人變成男人的眼中之「物」而閃耀著美麗光芒。「處女、活潑、美麗」——這是詩人所謳歌的女人。從這一點來看，毫無疑問地，馬拉美也是「世紀末人類」當中之一人。「此時，唯有女人遠離『政治』和所有令人心煩之事，她們在靜待那個時刻的來臨，那個女人不再化妝，並且想要進一步裝飾自己靈魂的時刻。」

在這屬於「室內」的世紀末，女人被關進男人的「樂園」之中，她們躲進遠離現實的溫室，從容不迫地綻放出「裝飾」的美麗花朵。

「外」之時尚

然而，世紀末終於走向黃昏，迎來夜晚。女人們這時開始朝「外」發展，她們走向「家」外，「溫室」之外。

事實上，從十九世紀末到二十世紀初的黃金時代也是女性服裝時尚發生巨幅改變的重要轉換期。在這段時期裡，和服與俄國芭蕾舞開始廣爲流行，而肉類料理poeler（譯註：法國料理，不加水，只以牛油蒸煮肉類的烹調法）引起「束腹之解放」，也是在二十世紀初的時期。大家只要回憶一下普魯斯特筆下的「花樣少女」，就能想像當時的景象吧。那群出現在諾曼地海邊的少女以嶄新的外表引起了人們的注意。「她們的服裝和巴爾貝克女孩的服裝完全不同」。我們在前面已經介紹過，這些女孩是「運動少女」，也是綻放在海邊的「肉體薔薇」，她們領先走在愛好運動、追求健康美的世紀前端。

的確，休閒娛樂的盛行使女人轉向「裝飾之外」的世界。譬如旅遊服裝就是很好的例子。由於當時開始流行旅行活動，女人被帶出室外、戶外。我們從馬拉美所編的《最新流行》裡的插圖便可看出，儘管當時大部分的女性休閒服幾乎和今天女性正式的外出服大同小異，但很顯然地，

●上右：西裝兼運動服——打獵的裝束。

●下右：運動服表現的簡樸。

●左：高爾夫球裝的西裝。

旅行已經使得女裝往「簡樸」的方向邁進。隨著旅行活動日漸普及，套裝開始廣為流行。這種上下分開式的服裝由於穿脫方便而深受女性歡迎，從此之後，套裝不僅限於旅行，甚至更進一步地成為女性的一般外出服。而且，裙型簡單的套裝更加強了時尚的「摩登感覺」。作家波特萊爾（Charles Pierre Baudelaire）曾將紳士西裝比喻為「喪」服，但這種西裝現在反而成為女性服裝的一種，並且還變成了「解放」女性的服裝。我們甚至因此還能得出這樣的結論：旅行給男性帶來了擴張「帝國」的夢想，但同時也把女性帶出了男性的帝國。旅行把女性帶向「家」之外、「都市」之外和更重要的「裝飾」之外。

因為先有了旅行和運動，才發生上述這種「外」之時尚的風潮。「騎自行車的少女」奧貝婷（譯註：普魯斯特的小說人物，請參閱第二章）那開放活潑的模樣曾讓讀者為之傾倒，而她的服飾最吸引人的部份還是那份「簡樸」。這朵新世紀的薔薇早已在「裝飾」之外綻放花朵。普魯斯特假借小說中的人物——畫家艾斯提爾——而引出當時這種最新的流行時尚。對艾斯提爾這個角色，很多人都認為普魯斯特是在影射莫內，但我們更感關心的是，艾斯提爾在小說裡所表現的美學，才稱得上是眞正的時尚。正像波特萊爾以「現代的大眾畫家」來讚美艾斯提爾，這位小說裡的畫家的確把當時的大眾日常之美表現得淋漓盡致。舉例來說，運動就是其中的一部份。艾斯提爾曾經不只一次地盛讚賽馬與賽船（regatta）的景色之美。

●上右：年輕的香奈兒站在自己位於杜維爾的服裝店門前，身上穿著她所設計的休閒服。香奈兒左側的服裝也是她的設計。
●上左：騎自行車的女孩。
●下：穿西裝的女性。

就拿對帆船之美的描述來說吧，艾斯提爾實在勾勒出眞正的時尙之美：帆船的魅力、船上裝飾的魅力，還有乘坐帆船時所穿著的服裝之魅力，總而言之，這種魅力即是最適合海上活動的「簡樸」兩字……就連乘坐帆船的女性身上穿著的服裝也是一樣。她們看來那麼清爽、高雅，因爲她們身上穿著輕快的白色服裝，質料不是厚麻就是薄麻，要不然就是棉布或棉織品。在陽光的照射下，她們像是白帆似地點綴著深藍色的海面。

在深藍色大海的背景下，簡樸的純白耀眼地沈浮在大海之上。艾斯提爾提出的美學在當時曾被視爲前衛、先進，換成今天的表現方式來說，艾斯提爾主張的是「舒適」的時尙感覺。因爲不僅是服裝的型態簡單，質料更是樸素。棉、麻與針織品等質料在製作高級服裝時根本英雄無用武之地。而從這個角度來看，這類質料的服裝都屬於正統之「外」的時尙範圍。因爲這些服裝使那些花樣少女處於舊有社交界之外的地位。事實上，小說裡的奧貝婷在休閒地的表現，的確完全不同於那些「身穿絲綢洋裝打高爾夫球」的上流社會女孩。「那些少女們長得非常美。她們全都穿著高雅的服裝。不過那是屬於都市的高雅，而非屬於海濱的高雅。她們穿著長裙，戴著大型帽子，和奧貝婷比起來，她們簡直就像另類人種。」

普魯斯特說得沒錯，奧貝婷的確屬於一種嶄新的階級，也因此，小說的男主角在猜測這位生長於未知世界的少女的出身時，他以為奧貝婷是「賽船選手的情婦」。奧貝婷的教養確實不好。所以她才那麼適合騎在自行車上，而且身體發育良好。而她那一身舒適隨意的服裝之所以顯得那麼耀眼，主要是因為有她那活潑開朗的健康美做為陪襯。普魯斯特心懷震驚地注視著這朵嶄新的「肉體薔薇」，他在小說中所描述的，正是二十世紀之時尚方興未艾的一個鏡頭。

時尚革命

說到這裡，可可·香奈兒（Gabrielle Chanel, 1883-1971，譯註：別名Coco Chanel）即將要在這個少女譜系上場了。很多人都認為，普魯斯特筆下的花樣少女似乎預告著香奈兒的出現。因為香奈兒也是一位出身於社交界以外的「野外少女」。

事實上，香奈兒是在諾曼地避暑勝地推出她的休閒時尚，並因此獲得了空前的成功。她和普魯斯特的小說人物奧貝婷一樣，是一位喜歡騎自行車的「運動少女」。香奈兒不只是對那些到避暑地休閒的社交界貴婦們推銷她自己的款式，同時還將這些款式時尚化、商品化。香奈兒曾經表示：「我為自己設計了那些運動服。不是因為其他女性都在運動，而是因為我自己在運動。」

香奈兒在這種情況下推出的休閒服裝當然不會採用「絲綢」做材料。她和小說裡的畫家艾斯提爾一樣，選擇了屬於都市以「外」的質料。而香奈兒從水手工作服獲得靈感，採用毛料針織品製作女性服裝則是她最有名的軼事之一。由於毛料針織品與其他針織品極具活動性，穿在身上使人感到舒適自由，因此深獲第一次世界大戰期間的法國女性喜愛。而最先發源於休閒地的香奈兒休閒服裝，這時也逐漸開始受到都市仕女的歡迎。隨著新世紀的來臨，女性比從前更講求服裝的活動性與實用性，香奈兒可說是站在流行尖端，最先看出這種時代的訴求。也有很多人認為，香奈兒其實只是出現在二十世紀初的眾多職業婦女之一，她們剪短了頭髮，和男人一樣勤奮工作。

香奈兒這位不靠男人生活的職業婦女是一名徹底的「裝飾」否定者。當時那些被囚禁在室內的女人因過於閒暇而沈溺於「裝飾」之中。正像馬拉美所說，這些「裝飾」之花都是開放在「溫室」裡的無為之花。而香奈兒則企圖將這些女人從室內解放出來。她曾表示：「我的事業是為了新時代而展開的。過去大家做衣服，都是為那些什麼事都不幹的閒暇女人，還有那些連襪子都要女侍代勞的女人。但我的顧客可都是忙碌好動的，忙碌的女性需要穿著舒適的服裝，因為她們必須捲起袖子做事嘛。」

於是，原本誕生在休閒地「反裝飾」的服裝開始越境朝向都市蔓延，而排除一切無用裝飾的簡樸休閒服也逐漸地超越正式外出服的地位。那些穿在銀色水邊的花樣少女身上的「水邊服裝」，則好比現代女性的「都市服裝」的姊妹。

事實上，誕生於休閒地的香奈兒款式正在逐漸轉型爲時髦的都市服裝，同時也在巴黎日漸普及。香奈兒選中的毛料針織品在從前只用來製作男性內衣，但現在這種形象低俗的布料卻將絲綢打敗而登上流行的王座。另一方面，在過去的流行時尚中絕不會出現的款式現在卻登上高級服裝的舞台。我們甚至可以說，如果沒有香奈兒的靈感，毛料針織品是無法越境從「低層次」躍向「高層次」的。

香奈兒不只對服裝材料進行革新性的改進，她對服裝色彩也做過一番研究。香奈兒完全否定過去高級服裝所使用的鮮豔色彩，她推出的第一套高級女裝採用的是乳白色、黑色等較不顯眼的顏色。「從前我對黑色以外的顏色還比較能夠容忍，但到了最後，我還是覺得沒有任何色彩能夠勝過黑白格子花紋」、「沒有任何顏色能壓過黑色。也沒有任何顏色能壓過白色」——香奈兒的看法似乎能和畫家艾斯提爾的美學論相互呼應。因爲艾斯提爾曾對海邊的「白色」魅力讚不絕口。二十世紀初期，蔚藍海岸的休閒季節從冬季轉爲夏季，從此之後，白色成爲海濱的色彩，黑色則成爲都市的色彩，「黑白格子」也漸漸地蔓延到街頭。而這一場發源於水邊的現代時尚革命，正在緩慢地定型成爲新世紀的流行款式。因爲屬於「外」的時尚已經完全顛覆十九世紀那些華美奢豪的高級服裝。

可可・香奈兒最大的貢獻是她徹底摧毀了十九世紀的服裝流行。而她所掀起的現代時尚革命，則將所有「色彩」與「多餘」從女性服裝一掃而空。香奈兒可說是一名專事破壞的使者，她掃除了「裝飾」世紀的所有遺產。對香奈兒來說，馬拉美的《最新流行》中那些插圖裡的美麗服裝，正是她決心要除去的時裝。「一九一四年以前的流行時尚眞是沈悶得要命！我是在賽馬場時親身感受到這種感覺的。我感到自己眼前盡是『奢侈的死亡』，時代已經是十九世紀末期，這個時代已經即將結束了。……那些裝飾過剩的女人簡直把身體的線條都封殺掉了嘛。」

出生於法國鄉間貧窮村莊的香奈兒可能始終都對貴族們炫耀富有而感到厭惡吧。關於金錢，她曾經表示：「金錢和寶石是一樣的。不論是仿造寶石，或是眞正的寶石，其實看起來沒什麼分別。爲什麼堅持非要眞正的石頭呢？那不是跟戴了一圈郵票在頸上一樣嗎？」我們由這一段話能夠看出香奈兒對富人的炫耀所抱持的批判與厭惡。作家保羅・莫藍和香奈兒生於同一時代，他對香奈兒的評語是：這位永遠否定十九世紀之奢華的姑娘是一位「趕盡殺絕」的天使。莫藍還說：

馬里沃（Pierre Carlet de Chamblain de Marivaux, 1688-1763, 法國戲劇作家）在他的作品《鄉下百姓》指出：「在我們這個世紀裡，牧羊人必會前來復仇。」香奈兒帶來的，正是馬里沃筆下那些「穿著束腹與平底鞋的姑娘們」的升級。而少女們的升級將使「都市陷於危險」，並使她們戰勝都市。少女們永無休止的復仇慾望則終將點燃革命的火花。……

香奈兒的確就是屬於這個譜系的少女。

鄉下的舒適終於打敗了都市過多的裝飾。過剩的色彩在香奈兒的黑白兩色對比下逐漸褪色，粗俗的毛料針織品則早已將奢華的絲綢擊退。隨著香奈兒的出現，十九世紀那些溫室裡的花朵，還有那些華美的絲綢衣裳已被推往陳腐化的方向前進。

巴黎流行

在強調香奈兒的時尚革命的同時，我們必須提醒大家一個重要的事實。那就是這位「牧羊女」對於巴黎這塊寶石的價值是心知肚明的。香奈兒曾說：「時尚產於巴黎。」顯然她對時尚都市的定義十分明瞭。香奈兒所發動的時尚革命雖是以「簡樸」代替華美的「裝飾」，但這並不表示她企圖推行時尚的大眾化。因為香奈兒推出的新型舒適款式並不比過去的絲綢衣裳更廉價。我們甚至可以說，這位「趕盡殺絕的天使」所採取的是相反的策略。因為她把簡樸款式的服裝賣得和豪華絲綢衣裳一樣貴。這種做法正像她當初把毛料針織品這種粗俗的布料推上了光榮的寶座一樣。

香奈兒爲什麼這麼做呢？理由很簡單，只是因爲這些服裝是「巴黎流行」而已。「水邊的衣裳」若要從「低層次」躍進「高層次」，必須先變成「巴黎的衣裳」不可。這就是這些服裝爲何非得以「巴黎的價格」出售的原因，而且非得以「世界第一的寶石」——巴黎——的價格出售。

說到這裡，請大家再回過頭來看馬拉美。對這位詩人來說，巴黎是全世界唯一能夠震懾靈魂的寶石。馬拉美認爲，寶石必須經過切割的裝飾才能發出光芒，而這種虛浮的光輝則能幻惑人們的眼光。如果我們把這種能夠散發虛構魅力的物體稱之爲盲目崇拜的對象（**fetish**）的話，馬拉美眼中的巴黎這塊寶石則是眞正的物神。香奈兒深知，時尚必然引致盲目崇拜，而且時尚根本只是「拜物的市場」而已。這也是她絕不把舒適時尚當作廉價商品出售的理由。因爲香奈兒瞭解，「拜物的時裝」非得以「拜物的價格」出售不可。

香奈兒否定過度華美的裝飾，並且創造了「外之時尚」，但她絕對不願自己的時裝變成「時尚之『外』」。裝飾之外的時尚其實亦是一種「另類寶石」，而香奈兒的目的也只不過是要創造一種「另類時尚」而已。不，事實應該反過來說，就是因爲這種「另類時尚」以簡樸爲主，所以反而應該比裝飾過剩的時尚售價更高才對。普魯斯特也曾假藉奧貝婷的口中說出同樣的話：

「你看艾斯提爾夫人，那樣的打扮才叫做高雅女性呢！」。我答道，艾斯提爾夫人的服裝看起來非常簡樸嘛。「對啊，眞是非常簡樸呢。不過這種裝扮，實在很有魅力。你看起來覺得很簡樸，其實要裝扮成這樣，那位夫人可是花了大筆銀子呢！」

在相同的場景，普魯斯特還提到艾斯提爾夫人以「貴得驚人的價格」，「又配上了洋傘、帽子和外套」。這裡提到的服裝雖然簡樸，但其設計與剪裁卻講究得能夠影響全身，所以這樣的服裝甚至比寶石還要昂貴。我們甚至可以這樣解釋：由於時尚的現代革命是以粗俗的質料完成，所以時尚這種「虛浮現象」的本質反而應該更爲鮮明地予以突顯。

這種出現在新世紀的「另類時尚」——對休閒服來說也是一樣——逐漸把現代人熟悉的品味推廣到大眾之間。這種品味即是「高雅」的美學意識。譬如奧貝婷說過：「那些人，一點都不高雅。」還有那個歐黛特（譯註：普魯斯特的小說《追尋逝去的時光》裡的人物）也做過相同評語。歐黛特原本出身高級妓女，後來成爲史旺夫人，同時還做過格爾曼公爵的情婦，她是當時取代貴族而往上流社會晉升的新興勢力之代表。而歐黛特的品味也是講求「高雅」。她初見戴著單片眼鏡的史旺時，曾經欣喜地表示：「他高雅得無話可說！」歐黛特後來還對朋友稱讚史旺說：「這傢伙，只肯去高雅的地方。」普魯斯特很明顯地在這裡點出，「高雅」即是普及於二十世紀的新品味。

貴族的「高雅品味」來自天生，而和這種階級的閉鎖性對照之下，奧貝婷或歐黛特這些中產階級的女性穿鑿附會所養成的品味，和她們的出身卻絲毫扯不上一點關係。她們的品味是可以靠個人努力培養，也可以藉著財富的力量獲得的。法國的黃金時代是消費文化開花結果的時代，同時也是上述這種新品味走向商品化、市場化的時代。譬如《追尋逝去的時光》裡就提到男主角買了卡地亞（Cartier）的黃金首飾盒送給奧貝婷。這段插曲恰好反映出當時的時代氣氛，使人念來倍感興趣。

香奈兒就是在這段時期開始嶄露頭角的。這時正是所謂的黃金時代，亦即是「高雅」的黃金時代。如果說這位「趕盡殺絕的天使」是使「高雅」變身成爲頂尖時尙的功勞者，這種說法是一點也不爲過的。根據香奈兒的看法，「脖頸上繞著一圈郵票似的」高價珠寶的裝扮方式簡直離「高雅」的境界差了十萬八千里。而故意把眞寶石弄得像假寶石那樣隨意地掛在身上，這種裝扮方式才是時髦的最高境界。裝飾品是否時髦和材料的價值並無關連，主要關鍵在於設計的優劣。而對服裝來說，也是同樣的道理。這也是粗俗毛織品製成的套裝款式能夠凌駕絲綢衣裳的原因。

從此之後，新式的高雅之美變得比貴族的奢華品味更昂貴。而服裝設計師的名氣也開始擁有無形的價值，並成爲盲目崇拜的目標。因爲服裝設計師的名氣也和寶石一樣，被賦予了虛設的價值。說到這裡，大家可能會發現，這即是現代的「名牌現象」。而普魯斯特不僅早已熟知「高雅之美學」，他對「名牌現象」，也一樣如數家珍。事實上，普魯斯特曾在小說中安排奧貝婷與艾斯提爾兩人進行過這樣的對話：

「我說啊，好的服裝設計師實在太少了，頂多只有一兩個人吧。像卡羅的服裝就用了太多的蕾絲，還有就只剩杜賽、謝路易了，帕坎偶爾也不錯，其他的設計師則完全不行。」……「眞是的，要是去其他的店，只要三百法郎就能買得到的，那一家居然花了我兩千法郎呢。不過啊，兩家店的東西眞是天壤之別。不懂的人可能看不出來就是了。」「對啊，完全正確。」艾斯提爾答道。

普魯斯特所描述的顯然就是當時的名牌現象。在這貴族品味日漸沒落的時代，服裝設計師的名氣被冠上了無法估計的價值。只要有設計師的名字擔保，即使是假鑽石也能擁有不輸給眞鑽石的價格。造成這種結果的原因，主要是因爲無形的拜物主義在暗中影響人們的心理。所謂的現代時尙即是這種拜物主義的市場。而巴黎本身正是一個巨大的市場，凡是在巴黎特別引人注意的物品，必然能夠賣得好價錢。事實上，香奈兒對於這種拜物的幻惑性是十分明瞭的。對於這一點，作家莫藍分析得很對，他認爲，這位「牧羊女」的復仇行動之所以獲得勝利，乃因她絕不把休閒服這種「低層次」的服裝當成廉價品，另一方面，她又把假寶石貼上了比眞寶石還昂貴的標價。

香奈兒這位來自田野的姑娘不斷把屬於「低層次」的物品轉換到「高層次」去，而且再冠上巴黎的價格出售，這是因爲她深切瞭解，時尚即是「虛榮的少女」。既然「眞實」被標上實在的標價，那麼「虛浮」不免被訂下虛華的價格。香奈兒之所以成爲二十世紀時尚的創建者，主要是因爲她在一塊毛織品上貼上了驚人的「虛華之價格」，同時並使之成爲具有魅力的名牌產品。從這個角度來看，香奈兒毫無疑問是巴黎所創造的服裝設計師，而她所設計的簡樸衣裳則是眞正的巴黎時尚。

時尚風景

事實上，巴黎這塊寶石是世界上最昂貴的寶石。整個巴黎都投身於時尚的市場。就拿風景和土地來說，兩者都曾受到時尚的影響。而對巴黎周圍的海洋或海濱來說，只要這些地點一旦成爲休閒地，就會立即被歸類爲寶石，並且逐漸成爲「時尚風景」。

說到這裡，請大家回憶一下馬拉美的《最新流行》。因爲馬拉美曾在這份雜誌裡提到「土地這種寶石」。詩人馬拉美提到休閒地時曾指出，不論是在海邊或綠地，人們企圖在戶外尋求的歡樂絕對不會是「面對自然」。因爲不管是在多麼自然的場所，只要是在「休閒地」，我們就無法躲避「裝飾」的煩擾。馬拉美對那些徘徊在海邊的女孩做出如下評語：

她們是想要從都市逃走嗎？是的，我想大家都是這麼想的。是想要面對自然嗎？……然而，就算她們到了海邊，她們身上穿的衣裳裙邊還是繡著「大海」的白色波濤吧。

馬拉美眞不愧是謳歌「裝飾代表一切」的詩人，能夠想到以裙邊白色波浪的刺繡來做比喻。然而，詩人卻在這裡無意中透露了一個重要的訊息，那就是時尙的反自然性。

的確，與其說是「裝飾性」將「自然」變爲「寶石」，倒不如說得更透徹一點，應該是「反自然性」（譯註：時尙的反自然性）將「自然」變成了「寶石」。從這個角度來看，馬拉美倒是觸及時尙這種現象的本質。詩人以寶石來比喻巴黎的同時，也在隱喻這是一塊硬質的寶石，它絕不會腐爛，絕不含任何自然要素，而且永遠都那麼光彩鮮亮。

然而，被比喻爲寶石的景色，不論是多麼「自然」的風景，也絕對不會自然。就拿海邊的風景來說吧，流連在海邊的女孩腳下踏著「刺繡般的白浪」，「即使是在布羅尼森林的賽馬或塞納河上的賽船等戶外活動盛行的季節」，這些地點還是有它們自己的裝飾與時尙，人們是無法遁逃到自然裡去的。馬拉美甚至明確地指出，這些休閒地的景色是「宣告自然無法使人滿足的一種現代形

・上：白色的女孩。
・下：海濱之白色。

象！」這位詩人說的沒錯，不論在戶外任何地方，人們的視線總是成為這些場所的裝飾。這種自然正在變成「被觀賞」之物，也逐漸幻化成舞台空間。而凡是能彙集他人視線的地點，其風景必然成為「時尚風景」。

馬拉美的看法沒有錯，法國的休閒地只是一種社交空間，一種逃避他人視線的避難所。說到這裡，請大家回想一下奧古斯丁・貝爾克（Augustin Berque）的都市論。貝爾克曾將法國都市和英美都市兩相對比之後做出明確的定義。他認為，英美兩國標榜「住在綠中」的理想並企圖將之實踐，而對法國來說，都市位於與自然對立的地位，都市只是一種以自然為基礎的「型態」。所謂的「型態」，不僅能夠吸引人們的視線，同時還因人們的視線而更顯突出。貝爾克的理論正好說明了巴黎這個都市的時尚性。因為巴黎這個舞台都市自始就認定自然的「美中不足」，所以人們不斷從事設計，以便對自然進行修飾。這和寶石必須經過精雕細琢才能放出光芒的道理是一樣的。

上述的舞台空間不論屬於私人或是用以社交，都肯定會引來他人的視線。馬拉美的說明是：「因為這種舞台空間上所有的一切都屬於每個人。即使是人們臉頰上的一個微笑！」貝爾克的都市論也提到了這一點。他認為，法國都市「就街道來說，唯有步行的機能尚未恢復」。街道不僅是交通的場所，同時也是一種顯示「觀賞／被觀賞」之關係的場所。不論是誰走在街道上，均變成群眾裡的「每個人」，彼此都會交換視線。

●上：法國黃金時代的時尚空間「布羅尼的白樺大道」。

●下：白樺大道上散步的女伶。

這種能夠聚集人們「視線」的戶外逐漸變成某種型態的室內，並且成爲一種時尚空間。這類場所將會閃出耀眼光芒，變成人們盲目崇拜的「寶石土地」。馬拉美的《最新流行》裡曾經列舉這類「時尚之土地」的名稱。譬如迪葉普（Dieppe）、魯托雷波、庫里艾爾，以及一些「諾曼地與布爾塔尼（Bretagne）等流行的海邊休閒地」，還有地中海沿岸的一些休閒地。

馬拉美並在這本時尚雜誌裡精工雕琢這些「寶石之土地」。事實上，正像香奈兒的「水邊的衣裳」其實就是「巴黎的衣裳」一樣，這些「寶石的上地」其實等於就是外地的巴黎。換句話說，這些休閒地等於就是巴黎。套用我們前面用過的字眼來說，這些地方都是高雅的場所。的確，這些休閒地是一流的時尚空間，是時髦的社交人士爲了演出「觀賞／被觀賞」劇集而非得現身不可的場所。

《追尋逝去的時光》裡曾有歐黛特列舉「高雅的場所」的一幕：「譬如星期天早上的安培爾托力斯大道就是啊。還有下午五點到布羅尼繞湖一周。或者是星期四的艾登劇院、星期五的賽馬場。除此之外還有舞會啊。……」歐黛特在這裡列舉的場所全都是著名的社交場所，也是上流社會的舞台焦點。這也是身爲舞台女演員的歐黛特每天穿著高雅服裝出現在這些場所的原因。

事實上，歐黛特列舉的這些地點正好正確地反映出黃金時代的社交空間。而有趣的是，保羅・莫藍在《一九〇〇年》裡回顧當時的時尚空間時，也曾使用過相同的字眼。因爲莫藍也在作

●上右：宣傳夏季蔚藍海岸的海報。豪華列車Blue Train載著黃金時代的有閒階級們到里維拉海岸。

●上左：夏季之夢的海洋。

●下：優雅的蔚藍海岸假期。

品裡面列舉了「高雅的場所」：

那時所謂「高雅的場所」，可不像今天這樣一個禮拜就變了樣。一旦被冠上「高雅的場所」，是永遠不會改變的。到布羅尼森林之島去吃晚飯叫做高雅，五點之前到溜冰場去也叫高雅，還有鴿子射擊場前的白樺大道亦是高雅。

按照普魯斯特和莫藍的作品來看，布羅尼森林和其他那些場所雖稱得上是高雅的黃金時代最高級的舞台空間，但這些場所的「綠」和「水」絕對稱不上「自然」。充其量，這些場所不過是路過的女人展示服裝的場地罷了。就好像拍打在海邊的白浪，其實只不過是裝飾在少女裙邊的刺繡罷了。

水之寶石

法國全國各地都在「視線的裝飾」下逐漸成爲「另類寶石」，同時也正在逐漸變成一個拜物的市場。說到這裡，請大家再回過頭來看莫藍的作品。莫藍認爲，「從坎內到蒙地卡羅的鐵路才算高雅」。在一九〇〇年當時，新世紀的太陽正讓法國南部的避寒勝地轉型爲避暑勝地。南方蔚藍海岸的青色大洋正在逐漸取代北方的托爾維爾、杜維爾等地，成爲高雅中的高雅休閒勝地。

事實上，二十世紀正是法國南部取代諾曼地成爲最高級休閒勝地的時期，蔚藍海岸不僅成爲夢想的代名詞，同時也變成一塊動人心弦的名牌土地。二十世紀正是蔚藍海岸變化成爲「青色寶石」的時代。從另一方面來看，蔚藍海岸日漸升級的時代正好和香奈兒的時代兩相重疊。在這個新世紀的開始，閃耀著青綠光輝的南方大海逐漸成爲時尚風景，健康活潑的肉體照耀在眩目的陽光之下。香奈兒曾經表示：「把純白的耳環戴在被太陽曬黑的耳垂上。這是我最愛的裝飾。」我們還可以肯定的是，香奈兒一定會把那純白耳環標上比眞寶石還高的價格……。

回顧這段歷史，不免讓人感到諷刺。「簡樸」成爲時尙的過程實在一點也不「簡樸」。因爲簡樸的服裝反而更鮮明地將時尚現象的幻化性呈現在人們眼前。而人們爲了讓簡樸的白色穿在身上顯得「高雅」，反而付出了無法估計的相對代價。或許，我們甚至該把這種代價稱之爲「虛榮的相對代價」吧。

說到這裡，我們不免懷疑，法國這個國家——或者應該說是巴黎這個都市——實在是個「虛浮」的場所。這種都市標榜其屹立於自然之中的「型態」，同時也無可避免地將其擁有的「綠」與「水」推向都市化與時尚化。而蔚藍海岸的青色天空與水面則像令人眩目的玻璃球一樣，一邊發出反射的光芒，一邊反映出聚集而來的人群與喧囂。

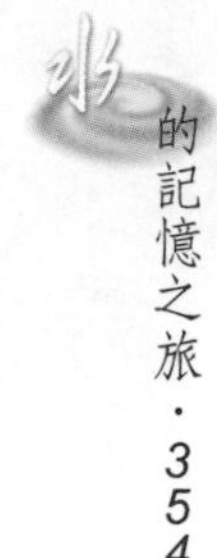

對生活在上述舞台空間裡的人們來說，有人或許在某段期間憧憬「隱居的庭園」，也有人或許渴望擁有能夠避開他人視線的避難所。然而，人們同樣地也會因爲缺少演出「觀賞／被觀賞」劇集的舞台而感到空乏吧。即使爲了獲得這種舞台必須付出大筆「虛榮的相對價值」，人們也樂此不疲。

是的，蔚藍海岸的青色大洋是能夠治癒「都市疲勞」的治療之水，也是令人懷念的幸福之水，同時還是使人盲目崇拜的珍貴寶石。這片閃耀在夏季陽光下的鮮亮海面的確是一塊晶瑩透徹毫無瑕疵的寶石。

這塊光彩奪目的寶石至今仍然不斷地惹人心動，予人夢想。就像昂貴的香奈兒仿製首飾給人們帶來彩虹般的耀眼光芒一樣。

後記

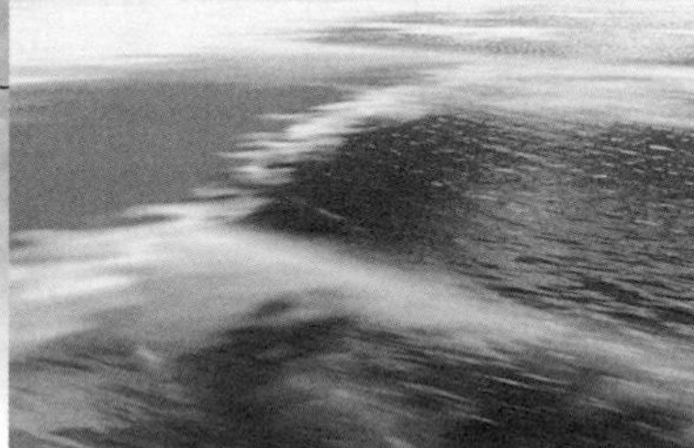

那是一個寒冷的冬日。二十年來最大的寒流使巴黎籠罩在攝氏零度以下的氣溫裡。不知何時，我一個人蹲坐在巴黎的人行道上。眼中的淚水模糊了視線，使我無法舉步前進。也不知道在那凍徹心扉的路面哭了多久，暮色逐漸逼近，我站起身子，失魂落魄地朝著地鐵車站方向走去。

——那時的寒冷，至今無法忘懷。那時的眼淚，至今亦無法忘懷。

那天，我在舊書攤上意外發現了一本書。這本書帶來懾人的衝擊使我不自覺地蹲坐在人行道上。那時的眼淚並不是因爲錯過了自己想找的舊書。而是因爲我重新認識到研究「休閒」這個題目是無法估計的「徒勞」。那時的我像孩子一般感到無力。

當初決心研究這個題目時我就應該知道的。有心進行這種橫跨多領域的研究，要花費多少時間和金錢在實地探訪工作上，要花費多少工夫在那些毫無頭緒的文獻資料上，我心裡倒是早就有所準備的。然而，待我一旦動手展開實際工作，才發現這項研究的範圍遠遠超過了當初的計畫。儘管打從一開始，有關「身體」與「環境」等文化方面的題目，譬如塞納河的娛樂、海水浴、療養、旅行、溫泉、水療等都納入了研究範圍，但等到眞的動手進行工作之後才發現，這項研究還牽涉到衛生學、環境學、景觀論等層面，甚至連郝斯曼的都市改造等現代都市成立過程等，都和我的研究有關。這些還不算，還有電力、瓦斯等能源問題；自行車、汽車等「交通」問題，甚至奧林匹克運動會等，也和我的研究題目有關。最後，我更發現，十九世紀末風靡整個歐洲的巴黎

萬國博覽會竟然也和上述所有的題目有關。於是，我的「水之旅」只好臨時延長路線，踏上了當初不在計畫內的水路，並且持續進行著預料外的長途漂泊。

回想起來，當初這項研究計畫原本只是一次簡單的「水的記憶之旅」。動機只是因爲我非常喜愛「水」這種物質，我一直想要進行一次充滿「水之想像力」的旅行。而我之所以會在無意中產生這種想法，主要還是因爲我重讀了莫泊桑的小說。當我再次讀完《女人的一生》之後，我不免沈醉於小說裡的「水之世界」。於是我一本接著一本地，耽溺於莫泊桑的長篇與短篇作品裡。更由於日本專門研究這位作家的學者人數極少，我不免興起進一步介紹這位作家的慾望。

當然，我並不是想從作家的角度來探討莫泊桑。我只是想從「非觀念性」的角度來討論「水之想像力」的世界。我不僅想深入研究水的象徵性，同時還想追溯水的歷史性與文化性。我的研究對象除了能夠震懾人類靈魂的「永恆之水」外，還包括十九世紀末流過巴黎與其市郊的塞納河水、諾曼地海邊的波濤，還有從溫泉地底湧出的礦泉水，以及以礦泉水爲對象的水產業。我以文化史的背景角度重讀流動在莫泊桑文學裡的「水」，而我的旅行目的則是希望以嶄新角度來研究世紀末文學。而理所當然地，這一趟「水的記憶之旅」當然會和普魯斯特的世界發生交集。因爲休閒地的小說故事的確就發生在「花樣少女的背後」。而且更巧的是，普魯斯特的小說也和莫泊桑一樣，舞台都在諾曼地海濱。對我來說，若是能從海濱休閒這個文化背景的角度解讀莫泊桑、普魯斯特、羅狄和凡爾納等人的作品，換句話說，也就是所謂的「世紀末」旅行文學，那麼我的研究旅行等於已經完成一半的任務。

然而，剩下來的另「一半」研究範圍是多麼廣泛啊！光從「文化」這個題目找來的文獻資料簡直絲毫沒有用處。我蒐集到觀光手冊、海水浴導遊、體育報紙、雜誌，以及有關電之歷史、衛生學之歷史、萬國博覽會、旅館和休閒地服裝等相關資料，從這些資料來估計，這趟水之旅即使進行個五、六年，也不會有任何成果。更要命的是，長期旅行是耗費繁重之事。休閒活動原本就是有閒階級的鄉間娛樂，所以當然極盡奢侈之能事。我從一開始就料想到，對「休閒」進行研究當然也不得不跟著一塊兒奢侈。但我實在沒有想到相關的圖片資料實在太豐富了。我那狹窄的斗室早已塞滿了各種資料，然而新的圖片仍然源源不斷地被我發掘出來。

就像那個寒冷的冬日也是一樣。我在巴黎的舊書攤上發現了那本世紀末的避寒勝地圖冊。這本舊書的定價是兩千五百法郎。不是買不起的價格。但這麼多年來，我已經爲自己的研究花費了數千萬日幣，再要付出這筆經費，想想實在有點難以出手。但要我放棄不買，也是同樣的痛苦。想買卻不能買，不買又不甘心。於是我傷心地蹲坐在人行道上流淚。「啊，爲什麼會有這麼多的圖片呢？研究『休閒』爲什麼這麼花錢呢？我眞的已經沒法堅持下去了。可是，走到這裡，已經沒法回頭了……。」在那刺骨寒風中，我一邊斷斷續續地思索著，一邊哭得像個孩子似的。

總而言之，休閒文化史的研究超過了個人研究的範圍。對於這一點，我當然自始即已明白。但卻不顧一切地打算強撐過去。這種想法也許有點過於天眞。因爲在這趟毫無把握的研究之旅當中，我眞的是過一天算一天，不知旅途的盡頭在何處。然而，我想，這樣一趟花工夫的旅行當然還是有收穫的。這本書中十一章裡的每一節所含括的範圍，都可以單獨成冊。但在我發現這點之後，卻決定把各章內容儘量濃縮。說得好聽一點，是我希望本書成爲一本「多采多姿」的著作。但從另一個角度來看，多采多姿也正是本書的缺點，因爲書中各節的內容亦很可能流於「不夠深入」的研究。就拿本書有關蔚藍海岸的這一節來說，這一節實在是我不愼打破禁慾的禁錮之後加進去的。因爲法國南部原本並未被我列入研究對象之內。理由之一是因爲研究這個地區要花費太多經費。提起這個理由實在讓人傷心，不過這是實話。而另一個理由則是屬於理論性的，因爲我原本只想把本書的研究範圍侷限於十九世紀的文學研究。而避暑勝地蔚藍海岸的興起背景及其表象都屬於二十世紀的範圍。

嚴格說來，本書只是一部十九世紀海濱休閒文學的研究報告。說得更精確些，本書所涵蓋的時空範圍應該是從法國第二帝國時期至黃金時代。因爲這段期間正是法國的休閒活動（從郊遊旅行至運動）最繁盛的時期（順便向大家說明一點，法國制定有薪休假法之後，夏季渡長假及出門旅行才逐漸成爲人們生活中的習慣。而這一切都是在進入二十世紀第二次世界大戰之後的事情）。

綜上所述，本書的重點限定於十九世紀的文學研究。而有關憂鬱症及水療之「水」的部分，我想應該也算得上是十九世紀末的範圍。

在進行這趟水的研究之旅過程中，若沒有多位前輩給予指導與支持，我是無法完成這項研究的。在此特別向他們一一致謝。首先要感謝*is*雜誌總編輯山內直樹先生。他不僅幫助我實現這趟研究之旅的夢想，同時連續三年之間以極大的篇幅刊載我的報告。不論我在旅途病倒時，或是缺乏靈感無法下筆時，甚至當我遇到困難不知如何是好時，山內先生都給予我無上的關懷與協助，在此特別向他致上深摯謝意。另外還要感謝筑摩書房編輯部的大山悅子女士，她慨然負起將我的連載集結成書的任務。在我研究受阻的時候，她給予我各種建議與鼓勵，從對文章內容的感想到對圖片的選擇，可以說，她等於是陪伴我走完這趟旅行的唯一夥伴。我特別對她致上無限感謝。此外，本書在*is*連載中，感謝美術設計的鈴木成一先生爲我設計版面，使我的文章看來更有吸引力。最後，我還要感謝其他許多不知名的朋友，他們借給我貴重的文獻資料、提供我建議與意見，並在精神上予以支持，在此一併向他們致謝。

更要感謝文部省於平成七～八年度撥給我的科學研究補助費（論文號碼07610495），使我得以完成這項研究。

本書主題爲十九世紀末的法國文學研究，在寫作過程中，我曾參照各種文學作品、參考書、歷史書。由於文體的關係，本書當中許多名詞爲我私自創造的譯名，其他的部份則參照上述資料中的現成譯名。因爲這類譯名數目繁多，無法在此一一列舉。謹在此深表感謝。從結論來看，本書可說上承上田敏的《海潮音》之後的「水之法國文學」之脈絡而成，在此特對上田先生表達深摯敬意（譯註：上田敏爲日本的英國文學家、日本文學的象徵派先驅者，著有《海潮音》、《詞華集》。《海潮音》爲上田敏之譯詩集，其中收錄歐洲二十九位詩人的作品五十七篇）。

這趟「水之旅」承蒙上述各位的支持，方能大功告成，做爲本書作者的唯一希望，就是能將「世紀末之大海」呈現在讀者眼前。

一九九八年五月
山田登世子

水的記憶之旅

WISE系列03

著　　者／山田登世子
譯　　者／章蓓蕾
出 版 者／生智文化事業有限公司
發 行 人／林新倫
特約編輯／張明玲
登 記 證／局版北市業字第677號
地　　址／台北市新生南路三段88號5樓之6
電　　話／(02)2366-0309 2366-0313
傳　　眞／(02)2366-0310
E-mail／tn605541@ms6.tisnet.net.tw
網　　址／http://www.ycrc.com.tw
郵撥帳號／14534976
戶　　名／揚智文化事業股份有限公司
印　　刷／鼎易印刷事業股份有限公司
法律顧問／北辰著作權事務所　蕭雄淋律師
初版一刷／2001年12月
定　　價／新台幣300元
ＩＳＢＮ／957-818-303-8
原著書名／Mizu No KioKu No Tabi

總 經 銷／揚智文化事業股份有限公司
地　　址／台北市新生南路三段88號5樓之6
電　　話／(02)2366-0309 2366-0313
傳　　眞／(02)2366-0310

國家圖書館出版品預行編目資料

水的記憶之旅／山田登世子著；章蓓蕾譯.
--初版.--台北市：生智, 2001[民90]
面； 公分. --（Wise系列：3）

ISBN 957-818-303-8（平裝）

1.法國文學—作品研究

876.2 90010428

§ 生智文化事業有限公司 §

D0001B	生命的學問(二版)	傅偉勳/著	NT:150B/平
D0002	人生的哲理	馮友蘭/著	NT:200B/平
D0003	耕讀集	李福登/著	NT:200B/平
D0101	藝術社會學描述	滕守堯/著	NT:120B/平
D0102	過程與今日藝術	滕守堯/著	NT:120B/平
D0103	繪畫物語—當代畫體另類物象	羲千鬱/著	NT:300B/精
D0104	文化突圍—世紀末之爭的余秋雨	徐林正/著	NT:180B/平
D0201	臺灣文學與「臺灣文學」	周慶華/著	NT:250A/平
D0202	語言文化學	周慶華/著	NT:200B/平
D0203	兒童文學新論	周慶華/著	NT:250A/平
D0301	後現代學科與理論	鄭祥福、孟樊/著	NT:200B/平
D0401	各國課程比較研究	李奉儒/校閱	NT:300A/平
D0501	破繭而出—邁向未來電子新視界	張　錡/著	NT:200B/平
D9001	胡雪巖之異軍突起、縱橫金權、紅頂寶典	徐星平/著	NT:399B/平
D9002	上海寶貝	衛　慧/著	NT:250B/平
D9003	像衛慧那樣瘋狂	衛　慧/著	NT:250B/平
D9004	糖	棉　棉/著	NT:250B/平
D9005	小妖的網	周潔茹/著	NT:250B/平
D9006	密使	于庸愚/著	NT:250B/平
D9007	金枝玉葉	齊　萱/著	NT:250B/平
D9401	風流才子紀曉嵐—妻妾奇緣（上）	易照峰/著	NT:350B/平
D9402	風流才子紀曉嵐—四庫英華（下）	易照峰/著	NT:350B/平
D9403	蘇東坡之把酒謝天	易照峰/著	NT:250B/精
D9404	蘇東坡之飲酒垂釣	易照峰/著	NT:250B/精
D9405	蘇東坡之湖州夢碎	易照峰/著	NT:250B/精
D9406	蘇東坡之大江東去	易照峰/著	NT:250B/精
D9501	紀曉嵐智謀（上）	聞　迅/編著	NT:300B/平
D9502	紀曉嵐智謀（下）	聞　迅/編著	NT:300B/平

MBA系列

D5001	混沌管理	袁 闖/著	NT:260B/平
D5002	PC英雄傳	高于峰/著	NT:320B/平
D5003	駛向未來一台汽的危機與變革	徐聯恩/等著	NT:280B/平
D5004	中國管理思想	袁 闖/主編	NT:500B/平
D5005	中國管理技巧	芮明杰、陳榮輝/主編	NT:450B/平
D5006	複雜性優勢	楊哲萍/譯	NT:350B/平
D5007	裁員風暴	丁志達/著	NT:280B/平
D5008	投資中國一台灣商人大陸夢	劉文成/著	NT:200B/平
D5009	兩岸經貿大未來	劉文成/著	NT:300B/平

WISE系列

D5201	英倫書房	蔡明燁/著	NT:220B/平
D5202	村上春樹的黃色辭典	蕭秋梅/譯	NT:200B/平
D5203	水的記憶之旅	章蓓蕾/譯	NT:300B/平
D5204	反思旅行	蔡文杰/著	NT:180B/平

ENJOY系列

D6001	葡萄酒購買指南	周凡生/著	NT:300B/平
D6002	再窮也要去旅行	黃惠鈴、陳介祜/著	NT:160B/平
D6003	蔓延在小酒館裡的聲音—Live in Pub	李　茶/著	NT:160B/平
D6004	喝一杯，幸福無限	曾麗錦/譯	NT:180B/平
D6005	巴黎瘋瘋瘋	張寧靜/著	NT:280B/平
D6006	旅途中的音樂	莊裕安等/著	NT:250B/平

LOT系列

D6101	觀看星座的第一本書	王瑤英/譯	NT:260B/平
D6102	上升星座的第一本書 (附光碟)	黃家騁/著	NT:220B/平
D6103	太陽星座的第一本書 (附光碟)	黃家騁/著	NT:280B/平
D6104	月亮星座的第一本書 (附光碟)	黃家騁/著	NT:260B/平
D6105	紅樓摘星—紅樓夢十二星座	風雨、琉璃/著	NT:250B/平
D6106	金庸武俠星座	劉鐵虎、莉莉瑪蓮/著	NT:180B/平
D6107	星座衣Q	飛馬天嬌、李昀/著	NT:350B/平
XA011	掌握生命的變數	李明進/著	NT:250B/平

FAX系列

D7001	情色地圖	張錦弘/著	NT:180B/平
D7002	台灣學生在北大	蕭弘德/著	NT:250B/平
D7003	台灣書店風情	韓維君等/著	NT:220B/平
D7004	賭城萬花筒—從拉斯維加斯到大西洋城	張　邦/著	NT:230B/平
D7005	西雅圖夏令營手記	張維安/著	NT:240B/平
D7101	我的悲傷是你不懂的語言	沈　琬/著	NT:250B/平
XA009	韓戰憶往	高文俊/著	NT:350B/平

李憲章TOURISM

D8001	情色之旅	李憲章/著	NT:180B/平
D8002	旅遊塗鴉本	李憲章/著	NT:320B/平
D8003	日本精緻之旅	李憲章/著	NT:320B/平
D8004	旅遊攝影	李憲章/著